S

Elsemarie Maletzke

AGATHES DUNKLER GARTEN

Kriminalroman

Schöffling & Co.

Erste Auflage 2023

Satz: Fotosatz Amann, Memmingen
Druck & Bindung: Pustet, Regensburg
ISBN 978-3-89561-613-6

www.schoeffling.de

I

Die tote Frau am Wehr

Die Rausch, September 2008

Die Abendsonne spiegelte sich in der Rausch, als er hinter der umgestürzten Weide seinen Rucksack abstellte, den Hocker aufklappte und Posten bezog. Mehlschwalben jagten zwitschernd über dem Fluss, schnittige Luft- und Wellenreiter, die aus dem Himmel stürzten und mit vibrierenden Flügeln übers Wasser surften, ehe sie wieder davonwirbelten, als sei es das Leichteste auf der Welt. Als er noch klein war, hatte Opa Adam ihm die Schwalben im Kuhstall gezeigt. Unter dem Vordach hatten ihre Nester geklebt, über deren Rand die aufgerissenen Schnäbel der Küken spektakelten, gelbe Schlünde, die verlangten, gestopft zu werden.

»Hast du gesehen, Andi, wie die Alten da angeflitzt kommen? Das sind ganz Schlaue. Die stoßen nie zusammen. Und sie bringen Glück.«

»Uns auch?«

»Na, logisch, uns auch … dir bestimmt mal.«

Wenn er sich einen Vogel aussuchen dürfte, mit dem er tauschen würde, dann wäre es eine Schwalbe. Oder ein Rotmilan. Sperber? Oder ein Sperber.

Er folgte den Schwalben mit den Augen, merkte nicht,

dass er lächelte, sah den Schwarm hoch über den Fluss steigen. Die weißen Unterseiten der Flügel blitzten in der Sonne wie Flitter. Dann kippten sie auf ihre dunkle Seite, stoben fast unsichtbar auseinander, wurden mückenklein, waren plötzlich wieder zurück und sausten im Tiefflug über die Rausch. Er ließ sich vorsichtig auf dem kippeligen Hocker nieder, für den er längst zu groß war, stützte sich mit den Ellenbogen auf den Weidenstamm und hielt das Fernglas vor die Augen; Opas Feldstecher, den er letztes Jahr zur Konfirmation von ihm bekommen hatte, ein gepflegter alter Zeiss mit schwarzen Wülsten, die gut in der Hand lagen. Er ließ ihn über das Weidengebüsch am gegenüberliegenden Steilufer schweifen. Hier hatte er ihn gestern aus den Augenwinkeln gesehen: ein blitzblaues Geschoss, das flussauf und hinein ins Dickicht zischte, ein Eisvogel. Sein erster. Er hatte Marvin und Fips davon berichtet und sie hatten beschlossen, dass er auf seiner Liste hinter Alcedo atthis ein Datum und ein Häkchen setzen durfte. Auch ein Eisvogel im Husch galt als Sichtung.

Heute Abend würde er auf ihn warten. Leise kramte er die Thermoskanne und das Stück Streuselkuchen aus dem Rucksack, goss Milchkaffee ein, stellte den Becher zwischen seine Füße und schraubte die Kanne wieder zu. Er war gern allein am Wehr. In den Ästen der umgestürzten Weide hatte er sich einen Tarnsitz gebaut, Zweige zu einem Dach verflochten und den Betonboden gefegt. Richtig geheim war der Platz natürlich nicht, er hatte hier auch schon mit den Freunden gesessen, aber es war doch unverkennbar sein Sitz. Zum Zeichen schloss er jedes Mal den Klapphocker mit einer Fahrradkette an die Weide, bevor er nach Hause ging. Er biss in den Streuselkuchen, wischte sich mit dem Handrücken die Krümel aus den Mundwinkeln und ließ dabei das Steilufer nicht aus den Augen.

Die erste Tugend des Ornithologen sei das Wartenkönnen, hatte Opa Adam ihm eingeschärft. Aber Opa hatte alle Zeit der Welt und er nur bis halb neun, weil er sich dann mit Fips am Kino treffen wollte. Die Rückkehr der Zombies. Außerdem wurde es langsam dämmerig und dann würde auch der Eisvogel den Abflug machen und nicht im Traum daran denken, sich seinem Freund Andi zu zeigen.

Komm schon, Vogel!, sagte er leise, ließ das Fernglas noch einmal flussauf wandern – die Schwalben waren verschwunden – und flussab bis zum Wehr.

Hinter der Barriere sprudelte das Wasser flach übers Geröll. Die violetten Kerzen des Blutweiderichs leuchteten zwischen den Steinen und die gelben Wedel der Goldrute. Vor dem Wehr hing ein blauer Müllsack halb im Wasser. Etwas Schweres. Er betrachtete seine Form lange im rieselnden Licht, den schwarzen Schuh, der dazugehörte, ein glänzender Fleck. Das Blut strömte ihm zum Herzen. Plötzlich hatte er doch alle Zeit der Welt, als er sich mit zitternden Händen das Fernglas um den Hals hängte, die Thermoskanne in den Rucksack steckte, den Riemen über die Schulter schlang und über den Betonstreifen zum Wehr hinüberging.

Am Wasserrand blieb er stehen, schaute hin und spürte, wie sich etwas in seinem Mund zusammenzog, über das er keine Gewalt hatte. Er begann zu wimmern. Der Sack war aufgerissen. Sie lag auf der Seite, die Knie hochgezogen. Das lange schwarze Haar klebte ihr am Kopf, das Gesicht war ihm zugewandt mit halb geöffneten Augen und er sah, dass die Fische schon an ihr gewesen waren, die furchtbaren Welse. Und dass sie ein gelbes Sommerkleid getragen hatte.

*

Hasenmühle 2014

Bis zur kleinen Hasenmühle fließt die Rausch ruhig zwischen Schilf und Weiden. Libellen schwirren übers Wasser, Graureiher bewachen die Kiesbänke. Wenn im Sommer der Wind durch die Bäume fährt, ist die Luft voll Pappelflaum, der aufs Wasser sinkt und als getupfte Schleppe mit der Strömung zieht, bis das Wehr sie bricht. Ein Stück oberhalb war die Rausch vor Jahren einmal abgezweigt worden, um der kleinen Hasenmühle dienstbar zu sein. Dort gleitet sie noch immer zwischen Mauern und überhängendem Dornengestrüpp schleunig dahin und nur die Strudel, die wie Grübchen auf der Oberfläche kreiseln, verraten den harten Sog. Kurz vor der Mühle stürzt sie in einen Schacht und tost unter dem Haus hindurch. Noch ganz aufgeregt erscheint sie am anderen Ende, wo der Kanal sie wieder aufnimmt und nach achtzig Schritten zurück in ihr altes Bett geleitet.

Seit 1756 behauptet die kleine Hasenmühle – die heißt, wie sie heißt, weil einen Kilometer flussabwärts die große Hasenmühle liegt, die aber schon lange keine Mühle mehr ist, sondern eine Gelatinefabrik –, ihren Platz am rechten Ufer. Die Jahreszahl und ein kauernder Hase sind in den Schlussstein über der Tür gemetzt. Das Haus ist leer, beschmutzt, aber noch immer stattlich. Nach hinten hinaus überbrückt es den Mühlbach und steht mit der Rückseite auf der Insel zwischen Fluss und Kanal; nach vorn hinaus überschatten zwei pyramidale Rosskastanien den Eingang und den Hof.

Ehe sich die Gemeinde Sagenhausen ein Schwimmbad genehmigte, war das Wehr der kommunale Badeplatz. Nun ist das Wehr wieder nur das Wehr, eine Barriere aus Geröll und ein betonierter Uferstreifen und es kommen Leute, die bei freiem Eintritt tun, was man im Schwimmbad nicht tun darf: Feuer machen, sich betrinken, vögeln, Glas zerbrechen. Halb versunken im Schilf steht noch der Sockel des Sprungbretts, vor dem das Wasser auch in trockenen Sommern tief genug ist, dass man hineinhechten und ein gutes Stück flussauf schwimmen kann.

Bei Hochwasser gleitet die Rausch in langen braunen Wellen über das Wehr und wenn es wild kommt, führt sie allerlei Krempel, den sie weiter oben hat mitgehen lassen. Der Zeitungsvolontär Fred Pauli, den Vorwitz und Geltungssucht anlässlich einer sommerlichen Überschwemmung in den Strom gelockt hatten, wurde von einer Kühlschranktür getroffen, und nur der Sprung eines anderen Jungen, der den Volontär zu fassen bekam und ans Ufer zerrte, während die Kühlschranktür über das Wehr hüpfte, sorgte dafür, dass Fred mit einer Beule am Kopf und einem leider nicht sehr nachhaltigen Schrecken davonkam.

Auch von der Hasenmühle wird die Rausch nicht mehr gebraucht. Im Schacht unter dem Haus hängt ein morsches Mühlrad, das niemand je in Bewegung gesehen hat. Der Bauer, dessen Kühe hier vor sechzig Jahren weideten, hatte abends die vollen Milchkannen in diesen klammen Tunnel gestellt, ehe er sie in der Frühe mit dem Handkarren zur Straße gezogen und dort auf ein Gestell gehievt hatte, wo sie vom Lastwagen der Molkerei abgeholt worden waren. In einem Novembermorgengrauen war das unbeleuchtete Gespann von einem Traktor, der mit vierzig Sachen im Leerlauf den Berg heruntergerollt kam, überfahren worden. Der Bauer starb zwischen seinen Kannen, während die Milch über die Straße lief.

Der Unfall war mit der Zeit in Vergessenheit geraten – außer bei dem damals Siebzehnjährigen, der den Traktor gelenkt hatte. Eine Weile lagen noch welke Blumen auf dem Gestell an der Straße; dann verschwand es und wie so oft, wenn die Arbeit geht, zog der Nichtsnutz ein. So auch in der kleinen Hasenmühle. Eine Gruppe problematischer Jugendlicher, die im Rahmen eines Projekts lernen sollte, verantwortungsvoll zu agieren, riss das Wasserklosett im ersten Stock heraus und warf es in den Hof. Es gab einen Verletzten und der Fall endete vor dem Jugendrichter.

Die Gemeinde ließ die sanitäre Anlage herrichten und verpachtete die Mühle an einen Jäger, der den Gerüchen der Vergangenheit Noten von nassem Hund, Blut und Schweißfüßen hinzufügte. Auf der Insel hinter dem Haus betonierte er mehrere Quadratmeter für schweres Grillgerät, fand aber keinen, der ihm beim Essen Gesellschaft leisten wollte, und nachdem ihn nicht nur das Jagdglück verlassen hatte, wurde er in Sagenhausen nicht mehr gesehen.

Zuletzt wohnte eine französische Künstlerin mit ihrer Katze in dem einzigen warmen Raum, der Küche im Erdgeschoss. Camille entwarf Schmuck der reduzierten Art, goss im Sommer die Johannisbeersträucher im Garten, band Blumensträuße und pflückte die Mirabellen. Aber niemand kaufte ihre Halsreifen aus rostigen Hufnägeln. Im Herbst zog das Wasser aus dem Schacht in die Mauern, der Regen fiel durch den Schornstein und ein streunender Hund biss die Katze tot. Sie zog aus, ohne sich in Sagenhausen verabschiedet zu haben.

Nicht, dass die Wildnis den Garten erobern musste. Er war in dem Augenblick verloren, als Camille die Tür hinter sich zuzog, und es dauerte kein Jahr, bis er im unbeherrschten Grün aufgegangen war. Äpfel und Mirabellen, die niemand mehr erntete, fielen und faulten im Gras, das niemand mehr mähte. Der Leerstand sprach sich herum. Ein Antiquitätenhändler lud das Hoftor auf seinen Anhänger. Mit zerbrochenen Scheiben und ohne Türklinke wurde die kleine Hasenmühle von jenen heimgesucht, die mit Fleiß zerstören, was ihnen nicht gehört. Als Agathe Weh – vor Ort unbekannt, alleinstehend und verwitwet – das Haus kaufte, pfiff es aus dem letzten Mauseloch.

In Sagenhausen hielt man ihren Namen für eine Abkürzung, aber auch Agathe Weh hieß, wie sie hieß, zumindest in Sagenhausen. Man hörte, sie habe Geld wie Heu. Sie werde aus dem kleinen Schandfleck etwas Großes machen, nämlich ein Toprestaurant eröffnen. Auch ein Golfplatz war im Gespräch. Zumindest erwartete man, dass die Zufahrt endlich asphaltiert und um die Mühle ein extravaganter Gartenzaun Aufstellung nehmen würden. Aber alles blieb ruhig. Und nachdem der Glaser gegangen war und die neue Besitzerin gekommen, traf es sich gut, dass sie ebenfalls nicht viel mehr als die Küche und eine Schlafkammer im ersten Stock in Anspruch nahm, denn so wie der Feldweg inzwischen beschaffen war, hätte ein Möbelwagen bei der kleinen Hasenmühle nicht vorfahren können.

Stattdessen fuhr Fred Pauli auf dem Moped vor, der Junge, den die Rausch beinahe mit einer Kühlschranktür erschlagen hätte. Er war inzwischen leitender Redakteur der *Sagenhauser Nachrichten*, der sein wöchentliches Wort an die Leser unter dem prophetischen Alias *Paulus* publizierte. Im Hof stieß er auf eine kleine alte Dame im schwarzen Samtkleid und passenden rot gefütterten Bolero, deren stämmige Beine strumpflos in Gummistiefeln steckten und die dabei war, das Kopfsteinpflaster zu fegen. Dabei bewegte sie sich schwungvoll und behände, wie es dicken Frauen manchmal eigen ist, sodass ihr die silbernen Ohrgehänge um die Wangen schlenkerten.

Ihr Kostüm und die Art, wie sie ihm in den Weg trat, missfielen dem Redakteur. Er konnte nicht wissen, dass Agathe Weh gesichtsblind war, ein Defekt, den sie von ihrem Vater geerbt hatte, der die eigene Tochter nicht erkannte, bevor sie ihn ansprach. Erst dann ein Lächeln, *Katie, mein liebes Kind!* Agathe Weh vergaß jedes Gesicht, sobald es sich von ihr abgewandt hatte, und musste sich ihr Gegenüber auf eigene Weise einprägen. Im Falle Pauli waren es ein fusseliger Bart, der auf Kragenhöhe wie ein Spaten abgeschnitten war, und ein Kapuzenpullover mit dem Aufdruck *Sag nicht, du hast schon wieder Kopfweh!* Solche Wortspiele kannte sie zur Genüge und schon der Pullover reichte, um ihr den Träger zu verleiden. Eine glanzlose Erscheinung, entschied sie. Vermutlich in vielerlei Hinsicht von Fehleinschätzungen geleitet.

»Kann ich Ihnen behilflich sein?«, fragte sie mit hoher, zwitschernder Stimme und Pauli, der sich in vielen Formen der Abwehr auskannte, vermutete, dass ihr nichts ferner lag, womit er ausnahmsweise recht hatte.

Agathe war vor langer Zeit von einer französischen Gouvernante erzogen worden, der sie Sprachkenntnisse verdankte, die ihr als Kind erlaubten, ihre Eltern zu verstehen, wenn diese – pas devant l'enfant! – Dinge besprachen, die sie nichts angingen. Und spätestens seit sie mit siebzehn als Au-pair den Töchtern eines Lyoner Seidenfabrikanten Gesellschaft geleistet hatte, pflegte sie ihre Rede mit französischen Wendungen zu schmücken, eine kokette Angewohnheit, die sie ihr Leben lang kultivierte, während die restliche Politur, die Mademoiselle aufgetragen hatte, mit der Zeit über dem harten Kernholz dünn geworden war. Inzwischen dachte Agathe Weh nicht mehr daran, den Erwartungen ihrer Mitmenschen zu entsprechen; vor allem nicht, einem Mann in dieser Sorte Pullover behilflich zu sein.

»Schön, dass ich Sie treffe, Frau Weh«, sprach er sie an. »Ich bin Fred Pauli von den *Sagenhauser Nachrichten*. Ich bin der leitende Redakteur.« Er musterte das Haus. Bis auf die heilen Fensterscheiben und die wiederhergestellte Tür hatte es sich nicht verändert. »Frau Weh, ich grüße Sie als neue Mitbürgerin und Besitzerin eines historischen Anwesens. Ihr Haus ist ein Gegenstand von großem Interesse für unsere Leser – und Leserinnen.«

»Wie das?«, fragte sie.

Er beschrieb mit dem Arm einen weiten Bogen, angefangen von den Kastanien im Hof über das leicht eingesunkene Dach bis zum Mühlenkanal, der unter dem Haus verschwand. »Nun, wir blicken alle gespannt auf die Veränderungen, die zu erwarten stehen.«

»Wir? Wir erwarten Veränderungen?« Sie sah an seinem rechten Ohr vorbei.

Das macht ihr wohl Spaß, dachte er. In Sagenhausen

gab man dem leitenden Redakteur Pauli ohne großes Theater Auskunft und spielte sich nicht auf wie die Gräfin Koks.

»Ich genüge hier nur meiner Chronistenpflicht«, sagte er salopp, eine Redensart, die Agathe Weh nicht geneigter stimmte. »Darf ich fragen, welche Pläne Sie mit dem Anwesen verfolgen? Wir haben von einem, äh, Restaurant gehört.«

Zu seiner Überraschung stimmte sie ein hohes, schrilles Gelächter an, warf die Hand von der Stirn in die Luft und rief, das sei doch verrückt, vollkommen verrrüückt! Wer denn einen solchen Unsinn in die Welt setze?

Die spinnt doch selbst, dachte Pauli, so wie sie aussieht, und erkundigte sich, ob Frau Weh gedenke, als Frau allein an diesem abgeschiedenen Ort zu privatisieren. Er hatte nicht einmal ein Auto gesehen. Sie blickte auf das zusammengefegte Häufchen zu ihren Füßen. »Junger Mann. Sie können gern Ihrer Chronistenpflicht genügen, doch, mit Verlaub, meine Pläne gehen Sie einen feuchten Kehricht an.«

Fred Pauli war Abfuhren gewöhnt, und er nahm jede einzelne persönlich. »Aber liebe Frau Weh, hat man Ihnen das denn nicht gesagt? Nichts über die große Hasenmühle?« Er deutete flussabwärts. »Die Gelatinefabrik. Bei Westwind stinkt's hier ganz bestialisch nach totem Tier. Das kommt von da unten. Sie haben sich vielleicht gedacht, kauf ich mir eine schnuckelige kleine Mühle auf dem Land, aber ehrlich, den Abdeckergestank wollen Sie nicht riechen und Ihr Traumhaus – also, ich sag's mal so: der reinste Rheumaschuppen; praktisch auf Wasser gebaut. Und das Dach! Es wird nicht mehr lang dauern und die Hütte fällt Ihnen auf den Kopf. Der Garten ist eh schon verreckt.«

»Welcher Garten?«, fragte Agathe und Herr Pauli wies hilfsbereit auf die struppige Insel zwischen der Rausch und dem Mühlenkanal, auf der die Rückwand des Hauses stand. Aus dem Dickicht ragten die auseinandergebrochenen Kronen der alten Obstbäume.

»Ihr Garten«, wiederholte er. »Das da drüben, das ist der Garten von der kleinen Hasenmühle.«

Agathe, die mit einem alten Dünkel und Bildern eines Parks aufgewachsen war, in dem die Eibenhecken wie Mauern und die Kübelpflanzen wie Posten gestanden hatten, die Fontänen alle gleich hoch gesprungen waren und im Parterre Buchsschnörkel und bunter Kies das Familienwappen nachgebildet hatten, stimmte erneut ihr enervierendes Gelächter an. Sie hatte dieses Haus gewählt, weil es am Wasser lag und weitgehend unbehelligt schien, und nicht, weil es sie nach gärtnerischer Ordnung verlangte.

Deshalb musste Redakteur Pauli auskunftslos aufs Moped steigen und über den Feldweg zurück in sein Verbreitungsgebiet hoppeln, das ebenfalls hieß, wie es hieß, obwohl sich darin nichts Sagenhaftes ereignet hatte, was auch nur eine 28-Punkt-Überschrift wert gewesen wäre, seit der Andi vor fünf, sechs Jahren die tote Nutte am Wehr aufgegabelt hatte. Der Fall gab leider nicht viel her, wurde nie aufgeklärt, ein sogenannter cold case, wie *Paulus* seine Leser informierte. Das hätte er der alten Hexe eigentlich stecken sollen, damit sie auf ihrem Besen abschwirrte. Schade, dachte er. Aber er würde eine Gelegenheit finden, ihr die Abfuhr heimzuzahlen. So wie es aussah, lief sie ja nicht davon.

*

Der Schornsteinfeger – übrigens derselbe junge Mann, der Fred Pauli nach dem Knockout durch die Kühlschranktür aus der Rausch gezogen hatte – war bei seinem ersten Besuch besser gelitten. Er kam von Amts wegen, um die Feuerstätten auf der Hasenmühle zu überprüfen, und hatte seinen Besuch mit einer Postkarte angekündigt. Es war ein Nachmittag im Februar, als Agathe ihn zügig über den Hof herannahen sah, ein Schlacks in schwarzer Kluft mit weißem Halstuch. Als er sich unter dem Türsturz bückte und grüßte, nahm Agathe seinen lokalen Dialekt wahr, einen Anflug von Schüchternheit, graugrüne Augen und blattförmige Lider, die sie an einen anderen Mann erinnerten.

»Ihr habt ja ein richtiges Geheischnis hier«, sagte er. Es klang nett, und so war es auch gemeint.

»Ein was?«

»Na, so ein gemütliches Plätzchen«, sagte er nach kurzem Überlegen.

Agathe gefiel der ländliche Plural – kein Du und kein Sie, aber respektvoll und nachbarlich zugleich. Eine verdächtige Lachlust stieg in ihr auf, so als sei sie gerade dabei sich zu verlieben, und sie beschloss, den Schornsteinfeger ein wenig länger festzuhalten. »Was für ein schönes Wort! Ein Geheischnis. Ich danke Ihnen dafür. Woher das wohl kommt? Von Hag? Oder von Geheimnis?«

Er winkte ab. »Das sagt man halt so bei uns.«

»Möchten Sie vielleicht einen Kaffee?«

Sein Wagen stand an der Straße, eine halbe Stunde Fußweg entfernt. Es hatte angefangen zu regnen und sie war seine letzte Kundin für heute. So dankte er seinerseits, ließ die Schlösser an seinem schwarzen Koffer aufschnalzen, entnahm die Geräte und nachdem er eine Weile im Haus herumgegangen war und gemessen hatte, legte er unterschriftsreife Papiere auf den Tisch. Agathe merkte sich seine erstaunlich weißen Hände. Die Emissionswerte der Gastherme im Bad lagen im tolerablen Bereich; der Kohlenherd und der eiserne Ofen im Schlafzimmer fielen in die Abteilung historisch und waren von der Prüfung ausgeschlossen, das heißt, der Einbau eines Filters gemäß Feinstaubverordnung für Einzelraumfeuerungsanlagen entfiel. Gleichwohl riet er zu einer energetisch etwas zeitgemäßeren Lösung sowie zu einer Bedachung des Schornsteins. Bei Regen tropfe das Wasser durch den Schlot auf den Herd unter der Kaminhaube.

»Sie kennen sich aus«, sagte Agathe.

Der Ofen und der Herd waren bereits alt und nutzlos, als Camille hier gewohnt hatte, und während er seine Messinstrumente im Auge behielt, sah er auch das Bett, das ein anderes war, aber an derselben Stelle in der oberen Kammer stand, unter der Dachschräge mit dem Fenster am Fußende, unter dem fünf Meter tiefer die Rausch aus dem Mühlenschacht in den Kanal fiel, ein unaufhörliches Brausen, eine märchenhafte Wassermusik, wenn sie an den heißen Nachmittagen vom Schwimmen kamen, hellwach und erregt, die beste Zeit zum Vögeln. Die Hasenmühle war ihr Geheischnis in diesem Sommer und dann nicht mehr, als die Liebe sie im Winter verlassen hatte und die Musik verstummt war.

Auch in der Küche hatte sich nicht viel verändert. Noch immer lagen die Lattenroste auf dem Fußboden, die den kalten Hauch der Steinfliesen nicht mildern konnten. Dafür hatte die Frau ordentlich eingeheizt. In der Kiste neben dem Herd stapelten sich die Scheite bis zum Rand. Den Gasring, auf dessen blauen Feuerkranz sie die Espressokanne stellte, hatte sie mitgebracht, auch den runden Tisch und die silberne Schüssel, in der die Mantelfeder eines Sperbers lag. An der Wand im Hintergrund hing das Porträt eines Mannes im Goldrahmen; zu dunkel, um mehr als einen weißen Bart zu erkennen.

Mit lautem Ratsch zog die Frau das Feuertürchen auf und schob ein Holzscheit nach. Sofort stellte sich Camilles Bild ein, die auch fremd und fremd geblieben war, wie sie sich zum Feuer hinuntergebeugt hatte, den

Schein im Gesicht, krause Locken, die ihr in die Augen fielen. Sie richtete sich auf und ließ die Strickjacke los, die sie am Hals zusammengerafft hatte, der zarte Hals mit dem schweren eisernen Reif, und plötzlich wurde er sich des Schweigens bewusst und der Blicke der merkwürdigen alten Frau.

Sie stand mit dem Rücken zum Herd, das dichte graue Haar mit ein paar Kämmen auf dem Kopf zusammengesteckt. Augen schwarz wie Schlehen, Gummistiefel und alter Schmuck, Silberzeug, Löcher in der Jacke, die aussah, als habe sie ein preußischer Gendarm abgelegt. Redete ein bisschen geschwollen daher. War sie arm oder reich? Reich gewesen? Geld wie Heu? Natürlich hatte er von der Schnapsidee mit dem Restaurant gehört. Dabei konnte jeder schon von Weitem sehen, dass die Hasenmühle eine Bruchbude war. Und diese Frau keine Geschäftemacherin.

»Sie kommen in Ihrem Beruf ja überall herum«, sagte sie, nahm zwei Tassen vom Bord, »und Sie kennen sicher alle Leute. Wer hat eigentlich vor mir hier gewohnt?«

So erfuhr Agathe von der Künstlerin Camille, die Schmuck aus Hufnägeln machte, von ihrer Katze Mimi und dem Hund, der sie totgebissen hatte. Das mit der Katze war natürlich total schlimm für Camille, auch wenn der Schornsteinfeger überhaupt kein Freund streunender Tiere war, speziell kein Freund mörderischer Hauskatzen.

»Milliarden«, sagte er mit erhobenem Zeigefinger,

»Milliarden von Vögeln auf der ganzen Welt werden jedes Jahr von Hauskatzen gekillt. Habt Ihr das gewusst? Nichtsnutzige Biester. Kein Mensch braucht eine Katze.« Er verstummte und klappte den Zeigefinger wieder ein. Vielleicht mochte sie ja Katzen. Er hatte keine gesehen. Anderes Thema. Ja, er kenne sich an der Hasenmühle ganz gut aus, weil er und die anderen Jungs hier schon als Kinder gespielt hätten. Damals, als alle zum Schwimmen an die Rausch kamen. »Ja«, sagte er noch einmal, machte den Mund zu und schaute aus dem Fenster, wo es nichts zu sehen gab.

Der Müllsack am Wehr. Im Sommer wären es sechs Jahre her. Alle hatten ihm gesagt, er werde das vergessen. Schlimm für den Bub, aber es werde Gras über die Sache wachsen, und klar – sie hatten es vergessen, denn sie hatten die Frau im gelben Kleid nicht gesehen. Sie hieß Inna Koidula und kam aus Estland. Es war nicht ihr echter Name, aber den kannte selbst die Polizei nicht, und so blieb sie für ihn Inna. Sie war 28, als sie starb, mit 0,8 Promille im Blut und den Spuren einer Fessel um die Handgelenke, erschlagen, in einen Sack gestopft und weggeworfen wie Dreck. Ihr Mörder lief noch immer frei herum. Doch er hatte sie gesehen, ihr armes zerstörtes Gesicht, das sie ihm zugewandt hatte, und er erinnerte sich an das Gefühl, sie beschützen zu müssen.

Die Polizisten hatten sie natürlich auch gesehen, Typen in Kapuzen-Overalls, die im Schilf ein Stück vom Saum des gelben Sommerkleids gefunden hatten, achtzig Schritte flussauf von hier am Steg. In der Hasenmühle wohnte damals ein reicher Macker, der in den Kneipen damit prahlte, in Afrika große Tiere zu erlegen. Über dem Hasen im Türsturz hing zu seiner Zeit das Gehörn eines Kaffernbüffels, ein grauer Schädel mit einer blöden Hornfrisur. So blöd wie der Typ. Kuhn hieß er, trug immer einen Safarianzug und die Leute nannten ihn Kuhn Afrika. Da war er auch auf der Jagd, als Inna Koidula ins Wasser geworfen wurde.

Es gab Reifenspuren am Steg, wo es geschah, aber niemand hatte etwas gesehen. Der mit der Glatze, der Kommissar, der ihn ausgefragt hatte, wollte natürlich nicht, dass er etwas vergaß, denn er war ja ein wichtiger Zeuge. Aber mit seinem Entsetzen und dem Gefühl, die tote Frau beschützen zu müssen, war er allein geblieben. Inna Koidula war seine Sache, sein Mensch, sie war es noch immer. Nur Opa Adam hatte das verstanden. Er selbst konnte lange nicht mehr ans Wehr gehen. Als ein Hochwasser die umgestürzte Weide mit seinem Geheimplatz davonschwemmte, war er erleichtert.

»Die Natur hat sich das Ufer zurückgeholt«, sagte er in die Stille. »Es gibt wieder Platz für die Vögel. Ich bin da nämlich öfter mit meinem Verein.« Und auf ihren fragenden Blick, »Wir sind Ornis. Am Wehr kann man astrein beobachten.«

»Ah, verstehe«, sagte Agathe vom Herd. »Ornithologen, nicht wahr? Das ist Ihr Hobby? Gibt es denn interessante Vögel hier zu sehen?«

»Na, geht so. Graureiher, Kormorane, Schwalben, einmal eine verirrte Brautente. Die ist wohl aus irgendeinem Park entwischt, und sie ist auch nicht geblieben.

»Brautenten kenne ich«, sagte sie.

Er nahm die Vogelfeder aus der silbernen Schüssel und zwirbelte sie zwischen Daumen und Zeigefinger. »Dann seid Ihr auch ein Orni?«

»Nicht wirklich. Die habe ich im Gebüsch gefunden.«

Er musste es ihr trotzdem erzählen. »Ich hab zu Hause eine Dohle. Sie heißt Jack und ist fast zahm.«

»Wie alle englischen Dohlen.«

»Zahm?«

»Nein, sie heißen alle Jackdaw, die englischen Dohlen.«

»Ihr kennt Euch wohl auch aus.«

»Wie sind Sie zu Jack gekommen? Oder er zu Ihnen?«

»Er saß irgendwann auf der Fensterbank. Ich hab ihm eine Erdnuss gegeben und seitdem kommt er immer wieder, um sich welche abzuholen.«

Sie griff mit dem Topflappen nach der Espressokanne und goss ihm ein. Der Kaffee sah wie Schweröl aus. Er schaute in seine Tasse und begann leise zu summen. Camille konnte auch keinen Kaffee kochen. Das Schweigen wuchs, während das Licht in der Küche schwand. Er sollte gehen, fand aber kein Ende.

»Jetzt ist eine gute Zeit«, sagte er und nickte zum Fenster. »Die Kraniche werden bald zurückkommen.

Wenn die Kraniche kommen, ist das Schlimmste überstanden.«

»Das Schlimmste? Der Winter?«

»Genau, der Winter, der nimmt ja manchmal kein Ende. Im Winter krieg ich regelmäßig das arm Dier.« Er lachte leise und besann sich auf sein Hochdeutsch. »Das arme Tier. So fühlt man sich halt. Hier bei uns wenigstens.«

»Das arm Dier«, wiederholte sie, als lerne sie noch ein neues Wort. »Dem bin ich auch schon begegnet. Nichtsnutziges Biest. Kein Mensch braucht das arme Tier.«

Sie schwiegen einvernehmlich. Dann knipste sie endlich das Licht über dem Tisch an und betrachtete ihn mit zwinkernden Augen: Groß, hell, schmal um Hüften und Schultern, als müsse er durch einen Kamin steigen. Aber das war ja eher etwas aus einem Dickens-Roman. Heute waren Schornsteinfeger die Hüter der Feinstaubverordnung für Einzelraumfeuerungsanlagen. An der schwarzen Uniform würde sie ihn wiedererkennen. Und an seinen berückenden Augenlidern, die sich beim Lachen längs falteten.

Er also auch. Den Winter überstehen, die Dunkelheit und anderes, das arme Tier namens Ohnmacht und Wut, woran der junge Mann offenbar nicht litt. Er sah so heiter aus, und er wartete auf die Kraniche, die Boten des Wandels. Schade, dass er sich nun zum Gehen anschickte. Sie hatte die Zielstrebigkeit bemerkt, mit der er in den ersten Stock hinaufgestiegen war, und ohne zu fragen, die richtige Tür zur Schlafkammer geöffnet hatte. Natürlich wusste er, dass es durch den Kamin regnete. Er wusste aber auch den Namen der Katze. Dieser junge Mann kannte sich nicht nur an, sondern auch in der kleinen Hasenmühle aus.

Agathe sah ihm durchs Fenster nach, als er jenseits der Kastanienbäume in der Dämmerung verschwand. Auf dem Küchentisch stand die Tasse mit dem kalten Kaffee, daneben lag das Feuerstätten-Formblatt mit seiner Telefonnummer und dem ausgedruckten Namen: Finkenwirth, Andreas. Dem Vogelfreund an der Wiege gesungen.

Und sie? Was war sie für eine? Nachdem er an diesem Abend seine schwarze Kluft ausgezogen und geduscht hatte, setzte er sich mit einem Bier an den Computer, googelte »Agathe Weh« und fand sie nicht. Es gab nicht einmal einen Eintrag im Telefonbuch. Dann tippte er »Camille Regnier« ein und sah, dass eine Galerie in Metz ihren Schmuck zusammen mit den Bildern eines Künstlers ausstellte, der sich auf blasphemische Kreuzigungsszenen spezialisiert hatte. Camille, dachte er, diesmal hast du den Nagel auf den Kopf getroffen.

*

Nach einem kalten, regnerischen März wurde es im April plötzlich warm und die Fenster der Hasenmühle standen offen. Agathe entriegelte die Tür, die zu der

Wildnis hinter dem Haus führte, die Redakteur Pauli ihren verreckten Garten genannt hatte, weil sie einen Vogel gehört hatte, der dort verborgen in einem Brombeerbusch saß und in ein unerhörtes, harsches Geschmetter ausgebrochen war, ein Tirilieren und klagendes Seufzen, dem er unvermittelt und als sei ein Freudenstrahl in seine Schwermut gefahren ein munteres Schnarren und schmalziges Flöten folgen ließ, um dann das Ganze wieder von vorn anzustimmen. Eindeutig kein armes Tier. Sie würde den Schornsteinfeger fragen, was es mit diesem Vogel auf sich hatte.

Er war nicht allein. Ringsum, an beiden Ufern der Rausch, wo die Weiden ergrünten, bebte die Luft von korrespondierendem Gesang, worauf der Buschbewohner schwieg und zu lauschen schien, nur um mit frischem Atem und erneuertem Furor die Nachbarschaft zusammenzuschreien.

Sie richtete sich auf und fühlte, wie Lachen und eine unerwartete Begeisterung über den manischen kleinen Vogel in ihr aufstiegen. Der Frühling kam. Das Schlimmste war überstanden. Sie war in Sicherheit. Der Mann, der sich ihr Guardian nannte und ihre Schlaflosigkeit bewacht hatte, würde sie hier nicht finden. Hier nicht. Er drohte mit neuen Beweisen ihrer Schuld, aber die konnte es nicht geben. Ein aufgeblasener Wichtigtuer, einer aus der Verlierermannschaft, hatte sie gedacht, als die ersten anonymen Briefe mit der Post kamen, Computerausdrucke, zwölf Punkt *Arial kursiv*, und sie hatte sie ignoriert. Aber der Schreiber kannte sich aus und hatte ein Ratespiel aus Andeutungen gesponnen:

Wer bin ich, Katie? Du kennst mich. Ich bin der mit dem Jojo. Ich bin der Mann, der dich untergehen und auftauchen gesehen hat. Was schenkst Du mir, wenn ich schweige?

Im Briefumschlag lag die Fotokopie eines Zeitungsfotos, das sie als junges Mädchen in Badeanzug und Schwimmkappe auf einem Podest zeigte. Die Bildunterschrift war abgeschnitten, aber sie erinnerte sich genau. Es war ihre erste Bezirksmeisterschaft und sie hatte die einhundert Meter Freistil gewonnen. Wie kam er zu diesem Foto? Sie konnte sich an allerlei Anzüglichkeiten in ihrem Leben erinnern, aber nicht an einen Mann mit Jojo. Er wollte mit ihr spielen, er wollte sie erwischen. Nach drei Briefen drohte er Ernst zu machen.

Du weißt, dass Du schuldig bist, Katie, und dass Du nicht auf Vergebung hoffen darfst. Du willst Dich nicht erinnern? Der Fall ist keineswegs abgeschlossen. Wenn Du glaubst, Du könntest unbescholten mit Deinen großen und kleinen Lügen leben, täuschst Du Dich. Ich werde Beweise auf den Tisch legen. Dein Guardian hat nichts vergessen.

Sie hatte alles hinter sich gelassen, ihren halben Namen, ihre Adresse, ihre E-Mail, ihre Telefonnummer. Nur

Jonas wusste, dass sie auf die kleine Hasenmühle gezogen war. Wenn ihr Sohn endlich Vernunft annähme und zu ihr käme – hier würde er sie finden. Sie nannte sich Weh. Es war der Mädchenname ihrer Mutter. Natürlich kannte er ihn.

»Das ist wahrscheinlich eine Nachtigall«, sagte der Schornsteinfeger am Telefon, als sie ihn aus der Zelle am Marktplatz anrief. »Frisch zurück aus Afrika. Und die habt Ihr im Garten? Das wäre ja super. Vielleicht wird sie da brüten. O Mann! Frau Weh! Super, super! Sind Sie ganz sicher, dass es eine Nachtigall ist? Kein Waldlaubsänger? Jetzt bloß nicht da rumstöbern!«

»Herr Finkenwirth, das fragen Sie mich? Mir ist weder die Nachtigall noch der Waldlaubsänger geläufig. Außerdem habe ich nicht herumgestöbert. Sie hat mich gar nicht zur Kenntnis genommen, obwohl ich ganz in der Nähe stand. Kommen Sie doch vorbei und hören Sie selbst und« – fuhr sie, von der eigenen Leutseligkeit mitgerissen, fort – »bringen Sie Ihre Ornithologen-Freunde mit. Der, äh, Garten ist groß genug. Glauben Sie, dass sie in diesem Gestrüpp ein Nest bauen wird?«

»Er«, sagte der Schornsteinfeger. »Wenn, dann ist es ein Hähnchen. Der singt sich schon mal warm, steckt akustisch sein Revier ab und dann balzt er um ein Weibchen.«

»Faszinierend!«, sagte Agathe. »Er hört sich jedenfalls sehr engagiert an, geradezu enragiert. Also, wie sieht es aus? Ich fände es überaus hilfreich, wenn Sie und Ihre Ornithologen mich besuchen kämen, um ein Auge auf diesen Brombeerbusch zu werfen und die Identität des Sängers festzustellen. Passt es Ihnen am nächsten Sonntag? Ein Picknick am Nachmittag? Drei Uhr?«

»Okay«, sagte er, »drei Uhr ist okay. Wenn's ein Waldlaubsänger ist, wäre der frühe Morgen natürlich besser, aber wenn's eine Nachtigall ist, singt sie zwanzig Stunden am Stück.« Picknicken sei auch okay, echt, vielen Dank. Er werde Marvin und Fips mitbringen, Benno und Cissy. Einen Kasten Bier. Und seinen Opa Adam, wenn's recht wäre. Sie sagte, sie freue sich. Sie werde Kartoffelsalat und Würstchen zubereiten. Oder gehöre einer von ihnen zu diesen Veganern? Nein, sie aßen alle gern Würstchen.

Im Haus fand sie eine rostige Sichel und bahnte sich damit einen Pfad in Richtung des einzigen noch stattlichen Baums, der gerade zu blühen begann und dessen Krone wie eine blendende Erscheinung aus dem Gestrüpp ragte. Woher kam dieser unappetitliche Geruch? Der Baum? Der trockene Kothaufen, in den sie gerade getreten war? Das perückenartige Gehörn eines Büffels unter den Dornen, von dem sie sich fragte, wie es auf die Insel geraten war? Seine spitzen Enden waren verwittert und ausgefranst. Ebenfalls alt. Der Gestank aber kam frisch mit dem Wind und rührte von Tieren, die noch nicht so lange tot waren.

Sie erinnerte sich, dass der Redakteur sie vor dem Abdeckergestank der großen Hasenmühle gewarnt hatte, der Gelatinefabrik flussabwärts. Also Westwind. Wie unerfreulich, aber da sie dem Übel nicht abhelfen konnte, würde sie eben warten, bis der Wind sich drehte. Man musste wissen, wann Widerstand angebracht war und wann man den Dingen ihren Lauf lassen sollte.

Kurzatmig und zerkratzt, ließ sie sich auf einem großen Stein nieder, zog die Arbeitshandschuhe aus und fühlte, die Sonne im Gesicht, die Lider schwer werden. Als sie die Augen wieder öffnete, bemerkte sie eine graue Eidechse, die zwischen den Steinen davonschlüpfte, und ein kleines Pelztier, das im Gebüsch verschwand. Ein Wiesel? Was mache ich hier?, dachte sie. Der Schornsteinfeger hat recht. Die Natur holt sich das Ufer zurück. Sollen doch die Vögel auf der Insel ihre Nester bauen und die Wiesel herumwieseln. Ich brauche keinen Garten. Ich mache nur ein bisschen Ordnung für ein Picknick. Für Finkenwirth, Andreas, Marvin und Fips, Benno, Cissy und Opa Adam. Ein Haufen Leute für eine Frau mit Prosopagnosie.

Sie stand auf und teilte mit der stumpfen Sichel weiter nach rechts und links aus, bis sie vor dem alten Baum stand, dessen Zweige von Schlingpflanzen wie von Zeltschnüren zu Boden gezogen waren und rund um den Stamm eine Laube bildeten. Zwischen dürrem, von Flechten überzogenem Geäst trug er Knospen und weiße Blüten mit einem Kranz Sommersprossen in der

Mitte. Vor dem Baum lag ein Betonfundament unter vermodertem Laub. Mit dem Fuß schob sie den Mulm beiseite. Vielleicht sollte ich hier einen Korbstuhl hinstellen und einen kleinen Tisch. Wenn ich sie im Sommer dann noch finde. Vom Gärtnern wusste sie so viel, dass der April einem entzückenden Knaben glich, der morgens mit einem Lied auf den Lippen erwachte und der sich im Juli zu einem unbeherrschten Flegel ausgewachsen haben würde. Selbst für ein bisschen Ordnung fehlte es ihr bereits an Enthusiasmus und der richtigen Technik, die Sichel zu führen, und am Ende sah der Schauplatz eher nach einem vergangenen Gelage, als nach einem geplanten déjeuner sur l'herbe aus.

Sie stapfte weiter kreuz und quer über die Insel, stieß überall auf das gleiche Gestrüpp, das von der Sichel so stark beeindruckt war wie ein Schiffstau von einer Nagelschere. Es gab niedergetretenes Gras zum Zeichen, dass Leute vor nicht allzu langer Zeit auf der Insel herumgelaufen waren. Auf einem der Trampelpfade gelangte sie zu der am Fluss gelegenen Seite, und als sie die Nesseln niedergerungen hatte, stand sie vor einem niedrigen Gebäude, dessen Rückseite eins mit der Ufermauer war.

Das Tor klaffte einen Spalt auf, die Sonne schien durchs Dach und drinnen auf ein Ruderboot, das mit einer Fracht aus leeren Bierdosen und Pizzaschachteln beladen war. Ein Feuer hatte darin gebrannt, die Planken angesengt und eine gestreifte Herrenunterhose halb verzehrt. Sein Bug zeigte auf eine Rampe, die fast in ganzer Breite durch die offene Rückwand zum Fluss hin abfiel und an einer Seite von Stufen und einem Rohr als Geländer zum Wasser hinunter begleitet wurde.

Agathe stieg aus den Gummistiefeln, legte Strickjacke, Rock und Unterhemd ab, löste mehrere Haken hinter ihrem Rücken, zog ihren großen rosa Schlüpfer aus, tastete sich die Betonstufen hinab und trat auf der untersten bis über die Knöchel ins Wasser. Die Rausch war kalt, klar und schnell. Das Geländer reichte fast bis auf den Grund. Sie packte es, watete ins Tiefe, warf sich in den Fluss und stöhnte auf, als die Kälte sie umschloss. Dann schwamm sie, nach Luft schnappend zur Mitte, wo die Sonne auf den Wellen funkelte.

Mit schnellen, kräftigen Zügen stieß sie gegen die Strömung, bis sie mit den Füßen eine Stelle fand, wo sie auf ihren stabilen Beinen stehen, sich umdrehen und mit ausgebreiteten Armen in den Fluss lehnen konnte. Ein Kamm fiel ins Wasser, als sie den Kopf zurücklegte und den Himmel anlächelte. Am gegenüberliegenden Ufer entfaltete ein beleidigter Graureiher sein dürres Gestänge und flappte über die Baumwipfel davon. Als ihre Arme kalt und ihre Zehen taub wurden, schwamm sie zurück. Am Bootshaus ergriff sie das Geländer, wurde von der Strömung herumgeschleudert, schürfte sich die Knie an den Stufen auf und wälzte sich glücklich hinaus. Ich bin am Leben, dachte sie, gerettet, ich bin gerettet.

*

Der Briefkasten der Hasenmühle stand dort, wo der Feldweg in die Landstraße mündete, damit sich der Postbote den langen Weg durch die Wiesen bis hinunter zur Rausch sparen konnte. Agathe warf oft nur beiläufig und im Vorbeiradeln einen Blick hinein, denn sie erwartete keine Post, schon gar keinen Brief wie diesen. Ihr Herz schlug schneller, als sie den Umschlag aufriss. Er hatte sie gefunden.

Du hast geglaubt, Du könntest Dich einfach aus dem Staub machen? Wie kannst Du so naiv sein! Ich kenne Dich, Katie, und als ob ich den Namen Deiner Mutter nicht wüsste! Und dann: Sagenhausen! O weh! Was hast Du da verloren? Soll ich Dich auf der Hasenmühle besuchen kommen? Aber nein, es reicht ja, wenn ich Dein Geheimnis aus der Ferne hüte. Du würdest mich nicht erkennen, nicht nur weil ich älter und ein bisschen grauer geworden bin, ha ha. Du würdest ja nicht einmal Deinen eigenen Mann erkennen. Hast Du Toni ganz vergessen? Ich nicht. Ich weiß sogar genau, was damals passiert ist. Da staunst Du? Vielleicht lade ich mich doch mal bei Dir ein und zeige Dir, dass ich nichts verlernt habe. Überraschung! Auf und ab, hin und her. So hast Du's doch gern. Ich hoffe, Du tanzt mit Deinem Guardian.

Im Umschlag steckte der Abzug eines Schwarz-weiß-Fotos vom Tanzstundenabschlussball des Jahrgangs 1950, das Defilee der Paare. Agathe vorn rechts mit hochgesteckten Haaren in einem Kleid, von dem sie wusste, dass es aus hellblauem Chiffon war, und mit einer Rose im schwarzen Samtgürtel. Die anderen Mädchen vor und hinter ihr trugen richtige Bouquets in der Armbeuge. Die Tanzpartner brachten diese Gebinde mit, wenn sie ihre Partnerinnen zum Ball abholten. Über ihrem Arm lagen nur drei rosa Nelken mit etwas Spargelkraut.

Wer war das schmale Hemd, an dessen erhobener Hand sie ging; ein mürrisch geradeaus blickender Junge mit blühender Akne im Gesicht und einer Nelke im Knopfloch, die er vielleicht von ihrem armseligen Blumenstrauß abgezweigt hatte? Sie erinnerte sich nicht, dass sie zusammen getanzt hätten, Foxtrott und langsamer Walzer, wie sie es gelernt hatten. An Schwung hatte es ihr nie gefehlt. Sie konnte gut tanzen. Der Junge sah nicht danach aus. Sie erinnerte sich auch nicht, ob sie etwas miteinander hatten. Sie war sechzehn. Sie erinnerte sich nicht einmal an seinen Namen.

Agathe faltete den Brief zusammen und steckte ihn in ihren Fahrradkorb. War der Junge auf dem Foto der Guardian? So leicht würde er es ihr nicht machen. Aber wer tat ihr diese Schmach an? Ein Mensch, den sie aus ihrer Ehe mit Toni kannte? Einer seiner Saufkumpane? Ein Zeuge ihres Autounfalls, den doch niemand gesehen haben konnte? Ein ehemaliger Liebhaber? Da gab es ein paar schwierige Fälle. Sie dachte an den Mann, der Jonas' Vater war und der sie verlassen hatte, bevor er ahnte, dass er Jonas' Vater war. Sie hatten einander nie wiedergesehen. Das war vor dreißig Jahren gewesen. Er hätte sie längst vergessen.

Sie selbst konnte sich an keinen Mann erinnern, den sie so beleidigt hätte, dass er sich nun auf diese Weise rächen würde. Oder doch? Vielleicht musste sie sich fragen, womit sie diese Niedertracht auf sich gezogen hatte? Wie lange diese Wut schon gärte? War das Foto der Schlüssel? Damals hatte der Fotograf die Bilder vom Abschlussball in seinem Schaufenster aufgehängt, jedes mit einer Nummer für die Nachbestellung. Sicher wollten alle Paare aus dem Defilee einen Abzug haben. Dutzende Fotos, in Dutzende Alben geklebt, eins war herausgelöst, in einen Umschlag gesteckt und an sie adressiert worden.

Zu Hause strich sie den Brief und das Foto auf dem Tisch glatt und holte ihre Lupe, um Gesichter zu betrachten, mit denen sie kaum eine Erinnerung verband. Es waren Mädchen aus ihrer Klasse und ein, zwei Jahre ältere Jungen vom Gymnasium. Ein paar Namen fielen ihr ein. Sie waren eine Clique, in der sie mit drei, vier von ihnen herumgeknutscht hatte. Doch nichts Ernstes, oder? Und dann gab es diesen langhaarigen Schrat, der ihr nachlief, aber nicht dazugehörte. Einer der Jungs hatte einen Führerschein und sie brausten in seinem R4 über Land und fielen in Gartenlokale ein, in denen ein fürchterlicher, klebriger Obstwein ausgeschenkt wurde, der zuverlässig nach einem halben Glas seine Wirkung tat. Agathe erinnerte sich an schlimme Abstürze – samstagabends in einem Tanzclub namens Katakombe, der hieß, wie er hieß, weil nach zwölf die Überlebenden hinausbefördert wurden.

Sie legte die Lupe beiseite. Wer immer der Erpresser war – er konnte ihr nahe sein. Er konnte jeden Tag an ihr vorbeigehen und sie würde ihn weder kennen noch wiedererkennen. Als es Zeit wurde, das Licht in der Küche einzuschalten, stand sie auf und öffnete das Fenster. Es hatte zu regnen begonnen. Sie hörte das Wispern der Tropfen in den Kastanien und ein leises schwirrendes Geräusch, als zupfte ein Gitarrist die immer selbe Saite an. Angestrengt lauschte sie in die Dämmerung hinaus; nichts rührte sich. Sie war allein. Das Schwirren saß in ihrem Kopf. Schließlich beugte sie sich über das Fensterbrett, zog die Läden zu und hakte sie fest.

*

Die Ornithologen trafen nacheinander ein, was ihr das Sortieren erleichterte. Als Vorhut donnerten Finkenwirth, Andreas und Adam, in einem Unimog auf den Hof, einer Art zusammengestauchtem Lastwagen auf hohen Rädern, dem sie nicht nur den versprochenen Kasten Bier, sondern auch einen Eimer Gewürzgurken entluden und – mit freundlichen Grüßen von Frau Finkenwirth, die gerne gekommen wäre, aber nicht eingeladen war – eine zugedeckte Schüssel mit kaltem Braten. Vielen Dank.

»Wie geht es Jack?«

»Dem geht's gut. Der weiß jetzt, was es geschlagen hat. Gestern ist er durchs Fenster rein und hat mir meine Armbanduhr neben der Spüle geklaut, und ich habe keine Ahnung, wo er sie versteckt hat.« Der Schornsteinfeger lebt allein mit seinem Vogel, schloss Agathe. Er macht den Abwasch.

Seit sie ein junges Mädchen war, hatten Männer angefangen, von ihren Frauen zu erzählen, sobald sie in Erscheinung trat und ihnen aus ihren Schlehenaugen freche Blicke zuwarf, als könne das Gerede über die Gattin verhindern, dass Agathe sie begehrte. Sie, die sich kein Gesicht merken konnte, verliebte sich oft und furchtlos und pflegte bis in das Alter, als die Lust langsam erlosch und Ruhe einkehrte, eine Art sexuelles Freibeutertum.

Es gab Fotos, die ihr nichts mehr sagten, Namen, die kein Gefühl mehr weckten, und wie verwunderlich war es doch, dass sie gedacht hatte, nicht weiterleben zu können, als dieser eine Mann sie verließ. Wie sie sich, von Schmerz und Sehnsucht überwältigt, gekrümmt hatte. Nichts war geblieben von dieser Überwältigung, nur die Erinnerung, dass es sie gegeben hatte, und eine Schwangerschaft, die sie sich viel zu lange nicht eingestehen wollte.

Seitdem hatte sie sich vor starken Gefühlen sehr in Acht genommen. Sie stellte sich vor, sie sei wie ein

Pfirsich, außen rund, weich und verlockend, aber im Innern mit einem harten, spitzen Kern, ein Gedanke, der ihr sogar gefiel. Sie wollte nie wieder den Kürzeren ziehen. Nicht sie wurde im Stich gelassen, sondern die Männer blieben zurück, wenn die Begeisterung verflogen war. Auch der nicht ganz standesgemäße, aber sehr männliche und attraktive Toni K., den Agathe sich zum Heiraten ausgesucht hatte, weil sie meinte, Jonas brauche einen Vater und sie endlich einen Hafen, war auf der Strecke geblieben. Nicht weil sie ihn verlassen hätte, sondern weil er nicht schwimmen konnte. Tant pis, Toni, mein armer Freund. Ruhe in Frieden.

Aber das ist jetzt vorbei, sagte sie sich, das habe ich hinter mir. Keine aufbrausenden Gefühle mehr, kein Glück, aber auch kein Unglück. Nur aus alter Gewohnheit schaute sie den Männern noch immer auf den Hintern und stellte sich vor, wie es gewesen wäre, mit ihnen ins Bett zu gehen. Hier nun der Opa Adam, ein stattlicher Herr mit einer Wampe, wie Männer sie in diesem Alter für angebracht hielten, und Händen, groß wie Schaufeln. Kurzes eisengraues Haar, die Augen ebenso graugrün wie die des Enkels, aber ohne die weichen Lider, an denen sie ihn erkannte. Adam Finkenwirth hatte ein breites Gesicht mit einer dauerhaft gerunzelten Stirn; einer ordentlichen Nase, einem langen Mund und einer Lücke zwischen den Schneidezähnen. Er erinnerte sie an den amerikanischen Schauspieler Ernest Borgnine, der in den Filmen ihrer

Jugend meist als Schurke hervorgetreten war, ein Mann mit einem Gesicht wie die Cheshire-Katze aus *Alice im Wunderland*, deren Grinsen noch in der Luft hing, wenn sie selbst längst verschwunden war. Opa Adam war leicht zu merken, jedoch eindeutig keine Grinsekatze. Gut.

Dafür sahen die nachfolgenden jungen Männer einander verzweifelt ähnlich in ihrer unvorteilhaften Kluft aus Jeans und ausgeleierten T-Shirts. Als bemerkenswert stach einer hervor, der sich ausgebreitete Flügel um Schlüsselbeine und Kehle hatte tätowieren lassen, gewiss nichts Geringeres als Adlerschwingen. Der zweite trug das Bildnis eines Bussards auf dem Hemdrücken. Den dritten und kleinsten zeichnete nichts Erkennungsdienliches aus. Alle hatten ein Fernglas um den Hals gehängt, an dem sie sich mit beiden Händen festhielten. Auch die junge Frau war dem allgemeinen Dresscode gefolgt, nur in knapp. Ihr lockiges dunkles Haar hatte sie als Pferdeschwanz durch das Loch in ihrer Schirmkappe gezogen, und sie malmte heftig auf einem Kaugummi.

Als ihr geladener Gast stellte der Schornsteinfeger sich und die seinen vor.

»Ich bin der Andreas. Das sind der Marvin, der Fips und der Benno. Die Cissy. Mein Opa.« Agathe nickte rundum, lächelte ins Blaue und freute sich, die Ornis zu sehen, konnte sich aber zu keiner Anrede entschließen. War sie nun ihrerseits die Agathe für Andreas,

Marvin, Fips, Benno, Cissy und Opa Adam? Sie winkte sie ins Haus, ging trällernd voraus und sie folgten ihr ein wenig befangen durch den steinernen Flur, sahen sie nur von der Seite an und sprachen Hochdeutsch, als führten sie ein Stück mit dem Titel *Der Besuch bei der alten Dame* auf. Opa Adam bildete die Nachhut mit dem rappelnden Bierkasten. Die jungen Männer verstummten, als sie durch die Hintertür auf die Insel traten.

»Krass, Mann!«, sagte der Tätowierte. (Marvin?)

»Hammerhart!«, schloss sich das Bussardhemd an. Benno. Bei der Vorstellung hatte Agathe Hemd und Träger dank des Stabreims miteinander verknüpfen können.

Der Schornsteinfeger übersetzte: »Super, total naturbelassen!«

Der vierte (Fips?) fand keine Worte.

Cissy, die eine Schwarzwälder Kirschtorte in der Kühltasche mitgebracht hatte, sah sich suchend um, schob den Kaugummi in die linke Wange und fragte unbeeindruckt: »Wo kann ich das Zeug hinstellen?«

»Wir sitzen dort drüben unter dem Baum.« Unglückliche Mode, diese Mützen mit dem Pferdeschwanz, dachte Agathe, die ihr seidenes Geblümtes, eine Kette aus Türkisen und einen breitkrempigen Panama mit passendem Band trug. Da es kein Wetter für Gummistiefel war, ging sie barfuß.

»Cooles Teil«, sagte Cissy anerkennend und deutete auf den Hut. »Vintage?«

»Sie meinen, ob er alt ist? Ja, natürlich. Ein Panama hält ewig, wenn man ihn gut behandelt.«

»Du kannst ruhig du sagen. Ich bin die Cissy Stefani. Meine Mama hat den Eissalon am Marktplatz. Kennst du mich nicht? Ich hab dich doch schon selbst bedient.«

Davon wusste Agathe nichts. »Oh ja, natürlich.«

»Ich liiiiiebe Vintage-Sachen«, sang Cissy und lächelte Agathe arglos an. »Ich geh wahnsinnig gern auf Flohmärkte. Irgendwas Cooles find ich da immer. Und ich war auch schon hier in der Mühle – ich mein, drumherum und klaro –, bevor du da warst.«

»Und haben Sie – hast du was Cooles gefunden?«

»Nö. Als die Ex vom Andi ausgezogen ist, haben die Kids da drinnen alles kurz und klein geschlagen. Es waren nur noch kaputte Kacheln da. Und diese bescheuerten Hufnägel. Aber hier im Garten findet man manchmal noch krasse Teile.«

»Krasse was?«

»So kleine Porzellanschilder mit den Namen von den Pflanzen auf Lateinisch und anderes altes Zeug.«

»Anderes altes Zeug«, wiederholte Agathe, die gern Gesprächsfäden strickte, indem sie eine Masche ihres Gegenübers aufnahm. »Ich habe hier im Gestrüpp nur das riesige Gehörn von irgendeinem Tier gefunden.«

»Ha, das ist der Büffel von Kuhn Afrika, voll eklig, der liegt hier schon seit ewig«, lachte Cissy.

»Wer ist Kuhn Afrika?«

»Das war der Typ, der damals hier gewohnt hat und

überall im Haus seine ausgestopften Tiere rumhängen hatte; ich meine, diese ganzen Schädel und Hörner, mit denen er sich beinahe selbst umgebracht hat, und der Büffel hing über der Haustür, als der Andi …« Sie blieb stehen und wandte sich nach ihren Freunden um, die vorausgegangen waren. »Das war vor fünf Jahren oder so, als die tote Frau am Wehr angeschwemmt wurde«, sagte sie beiseite.

»Eine tote Frau?! Wie ist das passiert? Wer war sie?«

Cissy legte einen Finger auf die Lippen, aber ihre Augen freuten sich. Endlich jemand, der die Geschichte noch nicht kannte. »Wer das war, ist ein Geheimnis. Der Andi hat sie am Wehr gefunden. Sie lag schon seit zwei Tagen im Wasser, war da oben am Steg in die Rausch geschmissen worden.« Cissy winkte flussaufwärts. »Eine unbekannte Frau, oder nee; der Andi weiß, wer sie war.«

»Sie meinen, Andreas hat eine Leiche am Wehr gefunden, eine Frau die nicht ertrunken ist, sondern ins Wasser gestoßen wurde – ein Mordopfer?« Agathes Stimme glitt ins Falsett.

»Sag ich doch. Es war eine Prostituierte, nicht von hier, ich glaub aus Russland, oder aus einem von diesen kleinen Staaten im Balkan.«

»Und, wer hat sie …?«

»Weiß man nicht«, bedauerte Cissy. »In der Zeitung stand, dass sie von irgendwo mit einem Lastwagen hergebracht worden ist. Und wahrscheinlich war sie da schon tot. Der Andi wollte es damals ganz genau wissen, hat die Polizei so lang gelöchert, bis die gemeint haben, er wär's selbst gewesen. Wahnsinn! Er war doch erst fünfzehn. Aber da kann man nicht mit ihm drüber reden. Da wird er gleich sauer. Der Andi ist eigentlich ein total süßer Typ, aber bei dem Thema macht er einfach zu.«

Süß und sauer, dachte Agathe, so ist das mit den Kerlen, und ihr Herz wurde weich. »Du meine Güte! Fünfzehn – der arme Junge! Das … das muss furchtbar belastend für ihn gewesen sein. Wie könnte er so etwas jemals vergessen?«

Sie sahen zu den Ornis hinüber, die lachend unter dem Birnbaum standen, den Flaschenöffner herumreichten, die Kronkorken auf die Erde schnippten und die Bierflaschen gegeneinander stießen. Beide Frauen schwiegen; die alte, weil sie wusste, dass sich dem Vergessen nicht befehlen lässt; die junge, weil sie das alles auch ganz furchtbar fand, aber nicht so furchtbar belastend, dass man nach fünf Jahren noch immer an eine tote Frau denken musste, anstatt der lebendigen Cissy Beachtung zu schenken. Doch sie schwieg pietätvoll mit, bis Agathe den Kopf wandte und ihr forschend ins Gesicht sah.

»Wenn Sie hier im Garten nach altem Zeug suchen – wie kommen Sie eigentlich auf die Insel? Es gibt doch nur den Weg durchs Haus.«

»Stand ja lange genug leer«, antwortete Cissy prompt, »ohne Türen und Fenster. Aber es geht auch übers Wasser. Kein Problem. Die Ornis haben ein Schlauchboot oben am Steg liegen. Da paddeln wir um die Kurve und ein Stückchen die Rausch runter und machen im Bootshaus fest.«

»Sie verbrennen dort aber keine gestreiften Unterhosen?«

Cissy errötete: »Machst du Witze? Wir sind Birder. Wir haben's mit den Vögeln.«

»Schon gut, ich weiß, Vögeln – ein schönes Hobby.«

Was hatte sie da gesagt? Eine kleine alte Frau mit schwarzen Augen, Strohhut, Türkiskette und einem hübschen Lächeln. Jenseits von Gut und Böse. Die hat bestimmt mal cool ausgesehen, dachte Cissy. Aber so dick und runzelig wie die will ich nicht werden; werde ich auch nicht. Das hat man schließlich selbst in der Hand.

*

Adam Finkenwirth konnte sich noch an den Garten erinnern, als der Hasenmüller hier gelebt hatte. Er konnte sich auch noch sehr gut an den Hasenmüller selbst erinnern, denn er hatte ihn an einem Novembermorgen vor einundfünfzig Jahren totgefahren, als er sich in der Nacht ungefragt den Trecker ausgeliehen hatte, um Marion Balder, die eine Klasse über ihm war, auf dem Aussiedlerhof zu besuchen. Jeder in seiner Clique wollte einmal die Marion besuchen, aber sie hatte Adam eingeladen und ihn wissen lassen, dass die Eltern auf irgendeiner Goldenen Hochzeit sein würden und sie versprochen hatte, in der Frühe die Kühe zu versorgen, damit die Eltern unbeschwert recht lange fortbleiben konnten. Doch zuvor hatte sie es Adam besorgt, der in der Nacht nicht nur seine Unschuld, sondern am Morgen danach für immer seinen Seelenfrieden verlor, als er ohne Licht und im Leerlauf den Berg hinunter nach Sagenhausen rollte, in der Hoffnung, der Schwung werde ihn unbemerkt hinein und durch das elterliche Hoftor tragen. Der Hasenmüller und seine Milchkarre standen mitten auf der Straße und Adam überfuhr sie mit seinem rasenden McCormick.

Der Richter, der einen gebrochenen Siebzehnjährigen vor sich sah, verurteilte ihn wegen fahrlässiger Tötung zu drei Jahren Jugendstrafe auf Bewährung, die Adam zum größten Teil fern von Sagenhausen als Lehrling in einer Autowerkstatt für junge Straftäter mit günstiger Sozialprognose ableistete. Die Eltern verziehen ihm und nannten es einen Unfall, aber er selbst vergab sich niemals. Als sein Vater starb, übernahm er den Hof, heiratete eine ortsfremde Mechthild, die ebenso ernst und schweigsam war wie er und die er auf einem Fortbildungsseminar des Bauernverbands zum Thema EG-Subventionen kennengelernt hatte. Den tödlichen Unfall gestand er ihr, bevor der Tratsch sie erreichte, denn die Bürger von Sagenhausen ließen in wichtigen Angelegenheiten keinen Neuzugang lange im Dunkeln.

Ihren ersten Sohn nannten sie nach dem Großvater

Josef, die beiden Mädchen nach mütterlichen Verwandten. Als die Kinder heranwuchsen, war der Tod des Hasenmüllers bereits Legende, aber der Ort hieß nun einmal wie er hieß. Das Gerede kam auch ihnen zu Ohren und vergiftete das Familienleben der Finkenwirths. Im Alter von vierzehn Jahren stellte Josef, der nun ein Joe war, den Vater zur Rede, und da sie kurz zuvor einen Zwist um die Anschaffung eines Gettoblasters ausgetragen hatten – kein Gettoblaster, solange Joe seine Füße unter den väterlichen Tisch … –, nannte der Sohn in seiner Verbitterung den Alten einen Mörder, ein Hieb, der nie verheilte und nie wieder zur Sprache kam. Denn das Beschweigen alter Schuld und frischen Leids hatte im Hause Finkenwirth Tradition und wurde über Generationen mit Hingabe gepflegt.

Während Adam langsam verstummte, verlernte auch Mechthild das Fragen und wurde stattdessen immer munterer und geschwätziger. Sie trat dem Landfrauenverein bei, gab Tupperware-Partys, sang im Kirchenchor, vertrat ihre Freundin Cecilia Stefani im Eissalon Capri am Markt und wenn alles getan war, bemalte sie Kieselsteine mit Blumen und Sinnsprüchen: *Daheim ist, wo das Herz schlägt – Nutze den Tag – Der Weg ist das Ziel* – Werke, die auf den Fensterbänken zwischen nicht allzu lebhaften Dickblattgewächsen ihre letzte Ruhestätte fanden.

Weder Joe noch eins der Mädchen waren geneigt, den Hof weiterzuführen, als die Eltern sich zur Ruhe setzen wollten. Von den dreien war allein Josef in

Sagenhausen geblieben und hatte sich zu einer Stütze der Gesellschaft entwickelt. Er heiratete, zeugte seinen Sohn Andreas, saß einer Partei vor, die sein Vater als überflüssig empfand, hielt einen sehr großen, sportlichen Hund namens Jasper und leitete das Einwohnermeldeamt. Manchmal, an Sonntagnachmittagen besuchte er seine Eltern und unterbreitete beim Kaffee Vorschläge zur Nutzung und Rationalisierung des Hofs, gleich drei Themen, von denen er nichts verstand, aber Joe war ein Mann, der zu allem eine Meinung hatte, mit der er unmöglich hinterm Berg halten konnte – eine Eigenschaft, die zu Verstimmungen mit seinem Vater beitrug. Es half auch nicht, dass beide im Gemeinderat saßen und zwar auf verschiedenen Seiten des Tisches.

»Wenn er und ich untereinander reden, ist er gar kein krummer Kerl«, teilte Adam seiner Frau mit, nachdem Joe mit Dobermann und Familie gegangen war. »Aber sobald wir alle zusammen sind, muss er sich aufspielen und Geräusche machen, damit bloß sonst niemand zu Wort kommt. Manchmal frag ich mich, was wir damals falsch gemacht haben.«

»Wir haben gar nichts falsch gemacht«, erwiderte Mechthild mit Gewissheit und meinte vor allem sich selbst. »Der Joe kann's dir eben nie recht machen, und tu halt auch nicht ständig an ihm rumkritisieren. Es ändert ja doch nichts, also wozu?!«

»Weil er ein Spinner ist«, sagte Adam »Er sollte es endlich einsehen. Und den Köter könnte er auch zu

Hause lassen. Der tut so, als wär er hier daheim, und macht mir nur die Hinkel scheu.«

»Du kannst einen Dobermann nicht zu Hause lassen«, sagte Mechthild, »der zerlegt dir die Wohnung.«

Am Ende verkaufte Adam den Hof und zog sich mit Mechthild aufs Altenteil zurück. Fortan lebten sie im Neubaugebiet von Sagenhausen zwischen Doppelgaragen, Ligusterhecken, Fußmatten, auf denen ›Willkommen‹ stand, und mit Blick über die Felder und Wiesen bis zur Rausch. Adam pflanzte Obstbäume, mähte den Rasen und baute im Garten eine Schaukel für seinen Enkel. Er ging aus, um Vögel zu beobachten und nahm den Knirps mit, sobald er laufen konnte.

Wärst du gern ein Vogel, Andi? Was für einer?

Eine Schwalbe. Und du, Opa?

Ein Wanderalbatros. Die konnten am Südpol stundenlang über den Eisbergen schweben.

Nun stand er mit den Händen in den Hosentaschen auf der Mühleninsel und verbarg seinen Widerwillen hinter einer stoischen Miene. Was hatte er erwartet? Die Natur hatte sich den Garten genommen. Klettenkraut brandete an die Hausmauer; Brennnesseln schon kniehoch und überall die krokodilgrünen Rosetten der wilden Karden, die ihre Pfahlwurzeln in die Erde senkten und über deren Kaliber sie im Sommer nicht schlecht staunen würde. Die Büsche, gebeugt und eingesponnen von der großblättrigen Konkurrenz. Auch die Obstbäume waren am Ende und sie nur eine alte Frau, die es allein niemals schaffen würde. Aber ein bisschen mehr Mühe hätte sie sich schon geben können. Anstatt das Gras zu mähen, hatte sie es niedergetreten und nur hier und da büschelweise abgesäbelt. Der Birnbaum lebte noch, eine Köstliche von Charneux, wie er wusste, ein zähes Luder; gehörte ausgelichtet. Auf dem Grillplatz, den Kuhn Afrika über die Baumwurzeln betoniert hatte, waren ein Tisch mit einer bunten Decke und ein Sammelsurium von Stühlen aufgebaut. Was für eine Wirtschaft! Nichts passte zusammen.

Irgendwo dort drüben lagen früher die Gemüsebeete, Reihen von Bohnenstangen, Kohlrabi, Mangold und Karotten, ein paar Furchen für die Kartoffeln, dazwischen Astern und Ringelblumen, die hohen Stauden des Herzgespanns. Er erinnerte sich auch an Johannisbeersträucher, Flieder und Pfingstrosen. Nichts mehr davon. Das Geschlinge von Waldrebe und Zaunrübe würde den Birnbaum erdrosseln. Er war Bauer. Er hasste das Unkraut.

Auf ihren großen nackten Füßen trat sie plötzlich neben ihn. »Ich sehe es Ihnen an der Nasenspitze an, Herr Finkenwirth: Das hier gefällt Ihnen nicht, stimmt's?«

»Stimmt«, sagte er friedlich. »Schade um den guten Boden. Hier ist früher alles bestens gewachsen, denn ob Sie's glauben oder nicht, das war mal ein richtiger Nutzgarten. Es gab sogar Spalierobst, Aprikosen und Pfirsiche.«

Sie nahm es als Tadel. »Tja, das war wohl vor meiner Zeit.«

»Natürlich, aber es könnte ja wieder werden.«

»Wozu?«, erwiderte sie und neigte den Kopf, damit die Krempe des Strohhuts ihre ärgerlichen Augen verbarg. »Ich habe nicht die Absicht, hier irgendwelche Kohlrüben anzubauen.«

»Nichts gegen Kohlrüben. Das überlasse ich Ihnen. Aber Sie haben mich gefragt und ich sage Ihnen: Das hier tut weh.«

So hieß sie nun mal; er hatte es gar nicht gemerkt, wurde aber trotzdem bestraft. Plötzlich wirkte sie wie angestochen. »Oh, was bin ich nur für eine Gastgeberin!«, trillerte sie. Die Hand flatterte von der Hutkrempe in die Luft. »Haben Sie schon meinen Kartoffelsalat probiert, Herr Finkenwirth? Das sollten Sie tun. Ein Rezept meiner Mutter. Ich glaube, die jungen Leute haben da drüben bereits alles aufgebaut. – Andreas, haben wir Herrn Nachtigall gestört?«, rief sie ebenso töricht, als sie mit wogenden Hüften auf den Tisch zueilte. »Sind wir zu laut?«, und sah das Lächeln in seinem Gesicht starr werden. Ich bin ihm peinlich, dachte sie. Aber so viele Leute machen mich einfach nervös. Muss das Bussardhemd denn die Gurken mit den Fingern aus dem Eimer klauben? Ich habe doch Gabeln dazu gelegt. Das läuft hier alles aus dem Ruder.

Doch der Schornsteinfeger hatte sich schon gefasst. »Nein, nein, Lärm macht ihm nichts aus. Der singt auch neben der Autobahn, wenn's sein muss. Aber hier ist es natürlich ideal für die Vögel, nicht so aufgeräumt, das brauchen sie zum Nisten, also Hecken, Unterholz, nach Süden offen.« Und in einem galanten Versuch, die Stimmung zu retten, fügte er hinzu: »Und keine mörderische Katze auf der Insel, alles bestens.«

Danke, Andreas F., dachte Agathe. Nimm dies, Opa Adam! Der Nachtigall nutzt kein Nutzgarten. Kohlrüben, mein Gott!

»Seid mal ruhig, da ist er!«, gebot er den anderen zu schweigen.

Agathe hatte nichts gehört, aber die vier am Tisch klappten wie ein Mann den Schnabel zu, setzten die Bierflaschen ab und die Gastgeberin nahm überrascht zur Kenntnis, dass sie sich anschauten und alle zugleich zu lächeln anfingen. »Wo?«, flüsterte sie teilnehmend.

»Da!«, flüsterte Cissy zurück. »Hörst du das? – dü dü.« Zwei Töne nur, sehr zart, aber die Konkurrenz am linken Ufer erwachte sofort, und dann setzte auch der Sänger auf der Mühleninsel ein und sie sah, wie Finkenwirth, Adam und Andreas, einander zunickten und einen Blick wechselten, als hätten beide gerade die Seligkeit geschaut.

Sie fühlte sich ausgeschlossen. Dabei war sie doch die Urheberin dieser allgemeinen Beglückung. Sie hatte diesen Vogel zuerst vernommen und sein freier, herzensschöner Gesang hatte sie ebenfalls entzückt. Aber sie gehörte nicht dazu. Sie war nicht Agathe. Sie war die Katze auf der Insel.

»Eindeutig kein Waldlaubsänger«, sagte der Schornsteinfeger ernst.

»Ausgezeichnet«, erwiderte sie. »Dann können wir ja jetzt die Schwarzwälder Kirschtorte anschneiden. Cissy, sind … bist du so gut? Ich gehe und setze Kaffeewasser auf.« Den Blick des jungen Finkenwirths wusste sie diesmal nicht zu deuten.

*

Die jungen Ornithologen hatten die Stühle und den Tisch vom Garten zurück ins Haus getragen. Das Picknick war am Ende doch noch ein Erfolg, denn nicht nur hatten rundum die Nachtigallen geschlagen, man hatte auch einen Turmfalken erspäht, der rüttelnd im Himmel über den Uferwiesen stand, und von fern den Ruf einer Rohrdommel vernommen, ein Umph umph, wie der Klang einer großen Trommel, der alle außer Agathe in eine Begeisterung versetzte, in der sie lachend den rechten Arm in die Luft stießen und ihre Hände zusammenklatschen ließen, ein Ritual, dem sie mit bereitwilligem Lächeln folgte.

Die Torte war vollständig verputzt, und gerade, als man begann, sich ein wenig zu langweilen, trieb ein Regenguss die Picknickgesellschaft ins Haus, wobei Marvin, der Tätowierte, und Benno, das Bussardhemd, wie zwei Kälber mit dem Tisch vorausgaloppierten, offenbar erleichtert, nach zwei Stunden förmlichen Benehmens wieder johlen zu dürfen, wenn auch verhalten. Der vierte las derweil die nachlässig herumgeschnippten Kronkorken von der Erde auf.

Agathe, die noch einmal zurückgeeilt war, um das restliche Geschirr einzusammeln, fand ihre Gäste in der Küche stehend, bereit sich zu verabschieden, und Cissy mit schräg gelegtem Kopf vor dem Porträt im Goldrahmen, das neben dem Schrank an der Wand hing: älterer Herr mit weißem Bart in tabakbraunem Anzug und Weste. Als Agathe in ihre Pantoffeln schlüpfte und neben sie trat, drehte Cissy sich um. »Der Herr Weh?«, fragte sie. Eine Schrecksekunde lang verstand Agathe nicht, wer gemeint war.

»O nein, das ist mein Vater.«

»Sieht streng aus, oder?«

»Ganz und gar nicht. Konservativ, ja, aber er war überaus liebenswürdig und ein sehr großzügiger Mensch.« Großzügig, in der Tat, dachte sie, verschwenderisch träfe es besser, unberaten und entsetzlich verschwenderisch.

»Bist du die Einzige?«

»Ja, das bin ich. Ich habe keine Geschwister. Ich war seine Einzige.«

Was geht Cissy Stefani meine Familie an, dachte sie. Warum erzähle ich ihr das? Die Erfahrung hatte sie gelehrt, dass die meisten Menschen nur zuhörten, wenn es um ihre eigenen Angelegenheiten ging, und sie sich deshalb kurz und unverbindlich fassen konnte. Andererseits war es lange her, dass sie selbst etwas gefragt worden war; schon gar nicht von so einem naseweisen jungen Ding.

Aber Cissy ließ ihr keine Zeit, Anstoß zu nehmen. »Und deine Mama?«

»Sie ist schon lange tot, so wie er auch.«

»Wo kommt Ihr eigentlich her?«

Diesmal war Agathe vorbereitet und sie antwortete beiläufig. »Das werden Sie nicht kennen, Cissy, Wolmarshof, ein ganz kleiner Ort im Westfälischen.« Sie erwähnte nicht, dass es nur ein Haus war, das den Namen eines anderen, größeren trug, das lange verschwunden war und von dem nur noch die Torpfosten in einem Wald in Lettland standen: Valmiermuiža.

Cissy beugte sich vor. »Witzig – das Schüsselchen, das er da in der Hand hat –, so was Ähnliches hab ich mal draußen auf der Insel gefunden.«

»Das ist kein Schüsselchen. Das ist eine kleine Wodkatasse. Da, sehen Sie, den Henkel trägt er um den Zeigefinger.«

»Hej, Wodka aus Tassen, cool! Meine hat auch einen Henkel und unten so einen kleinen Reifen aus Metall, damit sie nicht umfällt. Aber sie ist ganz schwarz. – Jetzt guck nicht so, als hätt ich sie geklaut. Hab ich nicht. Sie lag im Garten unter einem Dreckhaufen, ich schwör's.«

»Dann ist sie vielleicht aus Silber und nur angelaufen. Silber muss man putzen, damit es glänzt. Aber das ist merkwürdig. Solche Tassen kommen eigentlich aus dem Baltikum.«

»Da gibt's total irre Vögel«, murmelte plötzlich der Kleinste von ihnen. Es musste Fips sein und dies war seine erste Wortmeldung, die Agathe an diesem Nachmittag zu hören bekam. »Habichtskauz und Birkhühner und Schelladler und alle möglichen Spechte.«

»Wie, aus dem Baltikum?«, fragte Andreas laut über die Köpfe und alle schwiegen.

»Ja, in der Tat. Schnaps war im Baltikum früher äußerst populär, meistens Selbstgebrannter mit Vogelbeeren und dergleichen. Der wurde zu allen möglichen Gelegenheiten getrunken, und nicht nur von den Bauern«, erklärte Agathe. »Und natürlich Wodka; der war wirtschaftlich sehr bedeutend und wurde sogar nach Russland exportiert.«

»Och, Andi«, sagte Cissy weniger begriffsstutzig, »reg dich ab; das muss doch nichts heißen.«

»Wann hast du die gefunden? Warum hast du mir nichts davon gesagt? Cissy, du bist eine richtige Elster. Alles musst du einstecken und in deinem Nest bunkern.«

»Typisch Rabenvogel«, bemerkte Marvin kenntnisreich.

»Sie könnte wertvoll sein«, sagte Agathe, die sich plötzlich auf Seiten der Gescholtenen befand. »Silberne Wodkatassen kamen im Baltikum im 18. Jahrhundert auf, unter russischer Herrschaft natürlich. Warten Sie – warte mal, ich habe die meines Vaters irgendwo im Schrank.«

»Aber wie soll die ausgerechnet auf die Insel gekommen sein?«, fragte Andreas alarmiert. »Eine silberne Tasse? Die schmeißt man doch nicht einfach weg. Wem hat die gehört, Cissy?«

»Woher soll ich das wissen?«, verteidigte sie sich. »Das ist vielleicht nur so ein Dippen, der dem Kuhn gehört hat, irgendein Teil aus Afrika, ein Souvenir. Hej, die lag da im Dreck mit dem ganzen anderen Mist. Ich hab sie praktisch gerettet, okay?«

»Hier«, sagte Agathe und schlug ein Moltontuch auseinander. »Das ist meine Tasse. Müsste auch mal wieder geputzt werden. Sie ist von einem Silberschmied aus Reval. Das ist heute Tallinn.« Sie rieb mit dem Daumen über den vergoldeten Rand mit der Gravur. »1721 im Andenken an den Nystäder Frieden, aber die Tasse selbst ist nicht ganz so alt. Vielleicht um 1770.«

»Was für ein Frieden?«, fragte Cissy.

»Von Nystad. Der Friedensschluss nach dem Großen Nordischen Krieg zwischen Schweden und Russland. Schweden musste damals auf Estland und Livland verzichten.«

»Estland!«, rief Andreas und sein Gesicht glühte. »Vielleicht, dass ... aber vielleicht hat ...«

»Du meinst, die Tasse hätte Inna Koidula gehört?«, fragte Opa Adam ruhig. Agathe sah zum zweiten Mal an diesem Nachmittag, wie Finkenwirth Adam und Andreas einen Blick wechselten, der zeigte, dass sich der eine in den Gedanken des anderen auskannte.

»Das wäre doch möglich«, sagte Andreas.

»Aber Andi, eine Frau wie sie, das passt doch nicht.«

»Aber warum denn nicht? Sie war keine Arme und sie kam aus Estland, das weißt du doch.« Und an Cissy: »Warst du auf der Insel, als ich … als ich die Frau am Wehr gefunden habe?«

»Nee, das war viel später. Die Polizei war weg und Kuhn Afrika hatte schon den Abgang gemacht. Ich bin vom Steg mit unserem Schlauchboot runtergefahren.«

»Um auf der Insel rumzuschnüffeln. Im Müllhaufen wühlen und das Unterste zuoberst kehren – typisch Cissy«, sagte Marvin mit Gewissheit. Agathe stellte fest, dass sie dem jungen Mann mit den Flügeln um den Hals immer weniger abgewinnen konnte.

»Na und? Kuhn Afrika hat sich nichts aus dem Garten gemacht. Der war damals schon Chaos total.«

»Ich würde vorschlagen, du reibst deine Tasse mal blank und zeigst sie der Frau Weh. Dann sieht man vielleicht, wo sie herkommt und wie alt sie ist«, sagte Opa Adam.

Agathe wickelte ihr Erbstück ins Moltontuch und legte es zurück in den Schrank. »Ich berate dich gern, Cissy«, sagte sie. Es klang ernst gemeint und das war es auch.

*

Fred Pauli hoffte, der Überbringer schlechter Nachrichten zu sein, als er an diesem hellen Morgen zur Hasenmühle hinausfuhr. Der Wind strich der grünen Gerste übers Haar. Die Lerchen wirbelten und schrillten im Steigflug aus den noch ungemähten Wiesen voller Butterblumen, Margeriten und blauem Storchenschnabel. Agathe Weh kam ihm mit klappernden Schutzblechen auf dem Feldweg entgegengeeiert, selbst ein bunter Vogel in einer Art indisch gemustertem Schlafanzug und mit einem gelben Turban um den Kopf.

Er nahm an, dass sie unterwegs zum Supermarkt war, oder zu ihrem Briefkasten an der Landstraße, denn im Ort sah man sie nur selten; eine Frau, die niemals Strümpfe trug und die weder zum Friseur noch zur Kirche ging, keinem Verein und keiner Partei beitrat, nur manchmal in der Eisdiele Capri am Marktplatz gesehen wurde, wo sie eine Portion Haselnusseis mit Sahne löffelte und die kleine Stefani von der Arbeit abhielt. Fred Pauli hatte helle Stimmen aus dieser Richtung läuten hören und erinnerte sich sehr wohl an ihre erste Begegnung im Hof der kleinen Hasenmühle, als dieses hochnäsige Weib ihm die Auskunft verweigert hatte. Das Vergnügen, Agathe Weh unangenehm zu überraschen, wollte er sich auf keinen Fall entgehen lassen.

Wer war dieser lachende Mensch auf dem Moped mit dem fusseligen Spatenbart und den dicken weißen Händen, der mit knatterndem Motor neben ihr bremste, den Helm abnahm, in die Satteltasche griff und eine Zeitung schwenkte? Zweifellos der leitende Redakteur. Nur ein Mensch wie er war imstande, eine schwarzrote Windjacke mit der Aufschrift *Top Dog* zu tragen. Wie hieß er gleich? Was machte ihm so viel Spaß? Sie stieg vom Rad.

»Frau Weh! Hallo, hallo. Es gibt Neuigkeiten. Sie haben vielleicht noch nicht davon gehört. Deshalb habe ich Ihnen mal das aktuelle amtliche Mitteilungsblatt mitgebracht, damit Sie's mir auch glauben.« Er schlug das Blatt auf, knickte eine Seite um und reichte es herüber. »Hier. Wird Sie bestimmt interessieren.«

»Ja, vielen Dank, Herr, ähm, Redakteur, aber die Mühe hätten Sie sich sparen können. Ich bekomme das Mitteilungsblatt der Gemeinde mit der Post zugestellt, wie alle Einwohner.«

»Aber dies hier betrifft die kleine Hasenmühle. Ihre kleine Hasenmühle.«

»Tatsächlich, inwiefern?« Ohne Brille konnte sie nicht einmal die Überschrift lesen.

»Insofern, als es um eine Änderung des Flächennutzungsplans geht.« Er kostete es noch ein wenig aus. »Ratssitzung vom Freitag letzter Woche, achtzehn zu zwei Stimmen.«

»Ah so.«

»Die Gemeinde Sagenhausen plant, einen Campingplatz am Wehr anzulegen, 2,5 Hektar, zweihundert Stellplätze, naturnah, versteht sich, grenzt ja an die Rausch und ans Landschaftsschutzgebiet – und an die kleine Hasenmühle. Man wird noch arrondieren, die Stichstraße zum Wehr verbreitern, auf der Grenze zu Ihrem Grundstück sind die sanitären Anlagen geplant …«

»Verdammt!«

»Wie meinen?«

»Verdammt will ich sein, wenn ich der Gemeinde auch nur einen Fußbreit von meinem Grundstück abgebe. Klohäuschen!«

»Das darf ich zitieren?«

»Das dürfen Sie nicht!«

Er stellte endlich den Motor ab, blieb breitbeinig im Sattel sitzen. »Ah, Frau Weh, come on! Reden Sie mit mir. Ich bin auf Ihrer Seite.«

»Welche sollte das sein?«

»Ist doch klar.« Er zog mit Daumen und Zeigefinger eine Schlagzeile in die Luft: »Retterin der kleinen Hasenmühle kämpft gegen Campingplatz. Sie wissen schon: Bäume gerodet, Boden versiegelt, Wasser verdreckt, Hamster vertrieben, das ganze Ökoprogramm. Das betrifft Sie doch ganz gezielt in ihrer schnuckeligen Hasenmühle, oder? Aber keine Sorge: Paulus und die *Sagenhauser Nachrichten* sind da ganz bei Ihnen.«

Agathe hielt sich am Fahrradlenker fest, die Knie wurden ihr weich und in ihrem Kopf begann plötzlich die Saite zu schwingen: Feindliche Landnahme, Krieg dem Geheischnis, Rechtsstreit mit der Gemeinde, Anwälte, Gericht, Enteignung. Und dann: Horden, Öffentlichkeit, Presse, der leitende Redakteur! »Wer war das? Ich meine, wer hat dagegen gestimmt?«

»Die Freie Liste, bloß zwei Leute. Die sind immer dagegen, wenn's ans Eingemachte geht, wegen Naturschutz und so weiter. Die Bürgermeisterin ist auf hundertachtzig.«

»Und wer sind diese beiden?«

Er sah sie verschmitzt an. Sollte sich die arrogante alte Schachtel mit dem Gemeinderat anlegen wollen? Oder gleich den ganzen Bettel wieder verkaufen? »Die beiden? Das sind die Cecilia Stefani vom Capri, kennen Sie vielleicht, und der Adam Finkenwirth, einer von den alten Landwirten hier im Ort. Der hatte übrigens auch mal was mit der Hasenmühle zu tun.« Er sah ihr Gesicht blank werden, blickte sich verschwörerisch um und mit einer Geste größter Geheimhaltung flüsterte er ihr über den Feldweg hinweg zu: »Alte Klatschgeschichten. Unter uns, Frau Weh. Der Adam Finkenwirth soll vor Jahren den Hasenmüller umgelegt haben, hinterrücks, sagt man so. Ging um eine Grundstücksgrenze. Den Finkenwirths gehört hier rum jede Menge Land, also jede Menge Grenze. Adam hat auch ein paar Jahre dafür im Kittchen gesessen. Trotzdem, klarer Typ. Sonst wär er ja nicht im Gemeinderat. Ich kenn ihn ganz gut. – Was ist nun mit einem Statement, Frau Weh? Hallo, Frau Weh, nicht wegrennen!«

Aber sie hatte schon das Fahrrad umgedreht, trat fest in die Pedale und kurvte den Weg zurück, den sie gekommen war.

*

Caroline Ott, die Bürgermeisterin von Sagenhausen, erschien jeden Mittwoch um 15 Uhr zu ihrer Sprechstunde im Gemeindehaus. »Pünktlichkeit ist die Höflichkeit der gewählten Repräsentanten«, war eine ihrer gern gebrauchten Redensarten, und natürlich wollte sie im September wieder gewählt werden. Sie versah ihr Amt seit sieben Jahren und, wie sie meinte, zur vollsten Zufriedenheit der Bürgerinnen und Bürger, eine große, hagere Frau mit praktischem Kurzhaarschnitt, die Dialekt sprach, wenn es die Situation erforderte, und die meisten Leute in der Gemeinde duzte. Die exzentrische Erscheinung in einem Gewand, das man früher vielleicht ein Cocktailkleid genannt hätte und die bereits vor dem Sprechzimmer auf sie wartete, war ihr noch nicht begegnet, und als sie nach einer Viertelstunde voneinander schieden, wusste Caroline Ott, dass sie von Agathe Weh nicht gewählt werden würde.

Im Lauf ihrer sieben Amtsjahre hatte die Bürgermeisterin den Anschein aufmerksamer Zuhörerschaft erworben, ohne jemals von ihrem Standpunkt abgewichen zu sein. Sie war auch schon mit anderen Widerspenstigen fertig geworden, Landwirten, die an ihren sauren Wiesen festhielten, wenn in Sagenhausen Bauland gefragt war, denn, so hatte ihnen Caroline erläutert, der Wohnbedarf sei dramatisch gestiegen, seit junge Familien sich die Mieten in der Stadt nicht mehr leisten konnten, und junge Familien, die gewillt seien, sich im schönen Sagenhausen niederzulassen, genössen selbstverständlich Priorität – ungesagt: vor alten Klotzköpfen. Man könne Interessentinnen und Interessenten ja schlecht die zwei, drei leerstehenden alten Höfe im Ort anbieten, die praktisch unbewohnbar waren. Und da sich die Gemeinde in froher Erwartung eines Glasfaserkabels befinde, sei ein Baugebiet, das Neubürgerinnen und Neubürgern eine Chance auf ein bezahlbares Eigenheim biete, eben alternativlos. Und der Preis für die Wiese? Da sollten sie sich mal keine Illusionen machen.

Auch ein Campingplatz, so erfuhr Agathe nun von offizieller Seite, gehöre zur dynamischen Entwicklung von Sagenhausen als Kommune, die sich dem Fremdenverkehr zu öffnen gedenke. Man strebe den Titel Luftkurort an. Im Zuge der Bemühungen werde das Schwimmbad um eine Saunalandschaft erweitert und der Flächennutzungsplan das Gelände an der Rausch betreffend geändert, um ein attraktives Outdoor-Angebot …

»Das lasse ich nicht zu«, fiel Agathe ihr ins Wort. »Niemals! Das können Sie gleich vergessen.« Sie trug ihr schwarzes Samtkleid mit dem rot gefütterten Bolero, dazu ihre schwarze Blutsteinkette, von der sie hoffte, sie werde der Amtsperson ihre Entschlossenheit signalisieren, bis zum Letzten zu gehen, und hatte für ihre großen Füße ein Paar Gummisandalen gefunden. Der Besuchersessel im Bürgermeisterbüro war für eine Frau ihres Formats zu eng; sie vermutete, mit Absicht.

Caroline Ott saß hinter ihrem Schreibtisch wie in einer Festung. »Sie haben sämtliche Termine für einen Einspruch verstreichen lassen, Frau Weh«, sagte sie. »Wenn Sie die amtlichen Schreiben nicht öffnen, ist das nicht mein Problem. Der Flächennutzungsplan lag vier Wochen im Gemeindehaus zur Einsicht durch die Bürgerinnen und Bürger aus. Stellungnahmen, die nicht fristgerecht abgegeben werden, bleiben bei der Beschlussfassung unberücksichtigt. Zudem ist das Gebiet von sämtlichen Fachkommissionen in Sachen landwirtschaftliche Nutzung, Artenschutz, biologische Vielfalt und Hochwasser begutachtet und für geeignet befunden worden.«

Der belehrende Ton gefiel Agathe gar nicht. »Artenschutz!«, krähte sie. »Da muss ich ja lachen. Sie wollen zweitausendfünfhundert Quadratmeter mit Campingbussen zupflastern und die Klohäuschen auf mein Grundstück stellen.«

»Nicht, was Sie meinen«, erwiderte Caroline Ott kühl. »Nichts Provisorisches. Wenn Sie freundlicherweise einen Blick auf die Planung werfen wollen, werden Sie sehen, dass wir selbstverständlich naturnah bauen in Holz und anderen recycelbaren Materialien. Neben den sanitären Anlagen sind auch ein Bistro und ein Empfangsgebäude in Lehmbauweise geplant. Zugleich werden zeitnah Ausgleichsflächen mit heimischen Gehölzen bepflanzt und Bienenkästen aufgestellt. Ich hoffe, Sie werden sich mit der Gemeinde wegen Ihres Grundstücks gütlich einigen, Frau Weh. Bitte beachten Sie mein Schreiben vom« – sie blätterte in einem Schnellhefter, der vor ihr auf dem Schreibtisch lag – »vom – oh, ich sehe, es liegt schon sechs Wochen zurück. Die Gemeinde hat Ihnen ein sehr akzeptables Angebot gemacht.«

Agathe stimmte ihre Königin-der-Nacht-Koloratur

an, mit der sie schon den leitenden Redakteur gegen sich aufgebracht hatte. »Ihr Angebot können Sie sich an den Hut stecken, Verehrteste. Ich verkaufe keinen Fußbreit von meinem Boden, und ich werde verhindern, dass Sie irgendeine Fläche in meinem Eigentum betreten oder ändern oder nutzen oder darauf herumfahren oder an sich reißen. Ich werde nämlich den Zufahrtsweg zu meinem Haus sperren.«

Unter Caroline Otts Verbindlichkeit schimmerte leichte Ungeduld durch. »Ich mache Sie darauf aufmerksam, dass der Weg zur kleinen Hasenmühle nicht Ihr Eigentum ist, sondern das der Gemeinde, Frau Weh. Sie haben lediglich das Nießbrauchrecht.«

»Was heißt das? Dass ich den Weg nur mit Ihrer gütigen Erlaubnis gebrauchen darf?«

»Nicht mit meiner persönlich, aber im Prinzip ja.«

»Und Sie werden mir dieses Recht nehmen, wenn ich mich weigere, zu verkaufen?«

Die Bürgermeisterin schwieg so lange, bis Agathe verstanden hatte, dass sie genau das im Schilde führte.

»Selbstverständlich nicht«, sagte Caroline Ott schließlich. »Es wird hier niemand übervorteilt oder enteignet. Recht bleibt Recht. Aber Sie haben den Kaufvertrag für die kleine Hasenmühle unterschrieben und der gilt nur für das Grundstück mit Haus, Hof, dem Kanal und der Mühleninsel. Der Weg ist und bleibt im Besitz der Gemeinde.«

Agathe erhob sich, wünschte der Bürgermeisterin einen guten Tag und wandte sich zum Gehen. Ihre Hüften hatten an Schwung verloren, aber an der Tür drehte sie sich um und sagte mit so viel Contenance, wie ihr geblieben war: »Ich werde auf jeden schießen, der sich meinem Haus auf mehr als zwanzig Schritte nähert.« Es klang wie ein Witz, aber es war ernst gemeint. Sie grüßte mit einem zackigen Handwurf, riss die Tür auf, marschierte hinaus und ließ sie hinter sich weit offen stehen. Wie ein Scheunentor hinter der Kuh, dachte Caroline Ott, ging hin und klinkte sie energisch zu.

Auf dem Heimweg schloss Agathe ihren Postkasten an der Landstraße auf und fand darin nicht nur das aktuelle amtliche Mitteilungsblatt mit den Plänen für den Campingplatz und das sechs Wochen alte Schreiben der Bürgermeisterin von Sagenhausen, sondern auch einen weiteren Brief des Guardians. Sie ging zu Fuß weiter und schob das Rad auf dem Feldweg neben sich her. Sie fühlte nichts, außer einer nie gekannten hallenden Leere, eine Zeit in der Schwebe, wie der Augenblick zwischen dem Zünden der Sprengladung und dem Einsturz der Brücke, nur dass diese Spanne zwischen dem Aufreißen des Umschlags an der Landstraße und dem Öffnen ihrer Haustür eine halbe Stunde dauerte.

Lass Dir eine Geschichte erzählen, Katie. Es war einmal eine schöne Königstochter, die den Schweinehirten geheiratet hat. Leider war der Kerl ein Tunichtgut und machte unserer armen Prinzessin das Leben schwer, sodass sie viel weinte und klagte und am Ende beschloss, ihm das Seine zu nehmen. Und was passierte? Eines Nachts hatten die beiden einen Autounfall und nur die Prinzessin überlebte. Wie war das möglich? – Weil sie die Tochter des wilden Wassermanns war. Und der Hirte nur ein armes Schwein. Aber da gab es ja noch eine dritte, eine Gänsemagd, die zusah, wie die Prinzessin davonkam, und die seither das Geheimnis der falschen Nixe hütet. Wird man ihr glauben? Hat sie Beweise? Du weißt ja, Katie, Mord verjährt nicht. Hast Du noch die schönen Opale Deiner Mutter, oder hat Dein Alter die auch verjuxt? Willst Du sie nicht Deinem treuen Guardian anvertrauen? Du wirst bald von ihm hören.

Dem Brief lag die Kopie einer Todesanzeige aus einer 26 Jahre alten Zeitung bei, kurz und zweispaltig:

Durch einen tragischen Unfall verstarb am Sonntag, 23. April, mein einziges Kind, mein geliebter Mann und treusorgender Vater unseres Sohnes Jonas,

Toni Keupenich

(1946 – 1988)

R. i. P

Katharina Keupenich, Ottilie Keupenich u. Familie. Die Urnenbeisetzung findet usw. usw. Von Beileidsbesuchen bitten wir Abstand zu nehmen.

Wer hatte damals das Zitat des Heiligen Franz von

Assisi ausgesucht und über den Anzeigentext setzen lassen? *Der Tod ist das Tor zum Licht am Ende eines mühsam gewordenen Weges*? Sie war es nicht. Ottilie, die ihren Einzigen verloren hatte? Toni hatte am Ende bestimmt kein Licht gesehen und sie selbst war diesen mühsamen Weg allein gegangen.

In der Nacht stand sie auf, trat ans Fenster und sah hinunter auf den Mühlbach, der nur noch leise unter dem Haus hindurchschlurfte und in den Kanal sickerte. Und wenn der anonyme Briefschreiber gar kein Mann war? Wenn Ottilie sie gefunden hätte und als Rächerin über sie kam? Ottilie, die sie von Herzen gehasst hatte, was Agathe ihr nicht verdenken konnte. War sie die Gänsemagd? Aber Tonis Mutter hätte ihren kostbaren Sohn niemals einen Schweinehirten oder Tunichtgut genannt. Außerdem lebte sie bestimmt nicht mehr.

Nun, da sie selbst alt war und ihr Einziger sie verlassen hatte, verstand Agathe, was Ottilie gefühlt hatte. Nicht, dass ihre Lage mit der Ottilies vergleichbar wäre. Die unwürdigsten Kerle hatten die närrischsten Mütter. Sie nicht; sie war niemals blind gegenüber Jonas' Eigenheiten gewesen; nicht hart, nein, sie liebte ihn selbstverständlich, aber konsequent, nur konsequent. Wie konnte er es wagen, sie, seine geliebte Maman, so zu enttäuschen! Nach all den Jahren, in denen sie nur für ihn gelebt hatte ... diese Treulosigkeit!

In der nächtlichen Stille war vom Fluss jenseits der

Insel plötzlich ein lautes Platschen zu hören. Vielleicht sprang ein großer Fisch, vielleicht fiel etwas noch Größeres ins Wasser und Agathe wich vom Fenster zurück, als habe man ihr einen Stoß versetzt.

D. 1988

Sie hatten gestritten, wie so oft, und wie so oft war er betrunken. Schon als sie einstiegen und Toni mit dem Schlüssel nach dem Zündschloss stocherte, wusste sie, dass es eine verzweifelte Fahrt werden würde. Wenn Jonas nicht am Telefon geweint hätte, wäre sie nicht mitgefahren, aber sie wusste, dass der Kleine bei der Großmutter niemals einschlafen würde. Also hatte sie zu Hause gewartet, bis der Mann endlich mit dem Wagen aufgetaucht war. Es regnete in Strömen. Er kam triefend und barhäuptig herein. Es schien ihn nicht zu kümmern.

»Wo warst du denn, Toni? Wir hätten vor zwei Stunden das Kind bei deiner Mutter abholen sollen.«

»Hab mich halt mit den Jungs verquatscht. Jetzt bin ich da. Alles geregelt. Mach bloß keinen Aufstand.«

»Was heißt denn verquatscht? Der Kleine ist völlig aufgelöst und will nach Hause. Er schreit die ganze Zeit. Wie kannst du nur! Du bist so was von verantwortungslos! Und deine Mutter kommt mit der Situation überhaupt nicht zurecht.«

Er wedelte mit der Hand, als verscheuchte er eine Fliege. »Hab's halt vergessen, okay. Tut mir leid.«

»Dann gib mir den Schlüssel und lass mich fahren, du bist ja völlig blau.«

»Quatsch, ich bin völlig okay.«

»Bist du nicht. Du hast eine Fahne drei Meilen gegen den Wind. Du kannst nicht mehr fahren.«

»Kann ich wohl. Halt die Klappe, Katie!«

Der kleine Wagen schlitterte am Bordstein entlang. Sie wurde in ihrem Gurt hin und her geschleudert, als er zurück auf die Straße ruckte. »Fahr nicht so schnell. Ich bitte dich, Toni, wir müssen mit dem Kind zurück. Lass mich doch fahren. Du bringst uns alle in Gefahr.«

»Ich dachte, du hast's eilig. Also halt endlich die Klappe. Du machst mich krank mit deinem ewigen Gemecker.«

»Und du machst dich selbst krank mit deiner maßlosen Sauferei. Jeden Tag dasselbe! Jeden Tag hängst du nur rum. Und nichts als deine Musik im Kopf. Wo sollen wir das Geld hernehmen, wenn du keinen Job hast? Du ziehst uns alle runter.«

»Aha, oho, hier spricht mal wieder das Fräulein von und zu. Andere runterziehen, wenn man selbst auf dem hohen Ross hockt.«

Sie blieb stumm, als der Fiat über die Kreuzung raste – die Ampel war nicht mehr grün –, und spürte, wie die Wut aufflammte: Er war haltlos, jämmerlich, großspurig. So schnell war es mit ihnen gegangen, die Liebe, oder was sie dafür gehalten hatte, aufgebraucht, das Ende längst erreicht. Er saß vornübergebeugt hinter dem Steuer und starrte durch die Windschutzscheibe, über die der Regen in Bächen floss. Die Scheibenwischer wutschten schwer, doch die Sicht blieb verschwommen und in der Höhe schaukelten die Straßenlaternen im Sturm wie ferne gelbe Lampions. Ein Wagen kam ihnen mit abgeblendeten Scheinwerfern entgegen, dann waren sie wieder allein auf der Straße, fuhren schweigend; Agathe mit geballten Fäusten im Schoß.

Er wusste, dass er zu viel hatte, aber er glaubte, wenn er sich zusammenriss, könne er die Situation unter Kontrolle behalten. Wenn sie ihn nur endlich in Ruhe ließe! Blablabla, du trinkst zu viel, du fährst zu schnell, du kümmerst dich nicht um das Kind, such dir endlich einen richtigen Job. Wer hatte denn die ganze Kohle versenkt – ihr Alter, der geniale Börsenversteher, aber immer die Nase hoch. Baltischer Landadel. Blablabla. Arrogantes Gesocks!

Er hatte gehofft, die Ehe würde ihn sanieren, aber sie saß mit ihrem dicken Hintern auf dem Geldsack und er war total pleite und dazu ihr kleiner Bankert, der ewig wütete und schrie, und diese alte Rostschüssel, in der er herumgurken musste. Wo war er hier gelandet? Die Gegend sah aus wie ein Industriegebiet. Der Hafen? Links parkten dunkle Trucks in einer langen Reihe. Am Ende blinkte die Leuchtreklame einer Imbissbude. Rechts erschien eine Brücke. Schwarzes Wasser schimmerte ölig im Licht der Bogenlampen.

»Wo fährst du denn hin? Das ist doch nicht der Weg zu deiner Mutter! Mach doch langsam!«

Er hieb mit der flachen Hand aufs Steuer. »Ich hab

gesagt, du sollst das Maul halten. Hör endlich auf, ständig auf mir rumzuhacken. Ich weiß, wo's langgeht.« Der Wagen beschleunigte.

»Mein Gott, Toni, ich hasse dich!«

»Danke gleichfalls. Du stehst mir bis hier, du kaltes Miststück!« Er nahm die Linke vom Steuer und klatschte sich unters Kinn. »Bis hier. Du stehst mir bis hier! Verstanden? Kannst du nicht endlich das Maul halten und verschwinden? Hau einfach ab und lass mich in Ruhe!«

»Dann lass mich aussteigen. Halt sofort an und lass mich aussteigen. Es reicht. Ich nehme ein Taxi. Und untersteh dich, Jonas abzuholen!«

»Ach ja, ein Taxi? Wo willst du denn ein Taxi herkriegen? Du weißt ja nicht mal, wo wir sind, du blöde Nuss.«

»Aber du? Du weißt ja nicht mal mehr, was für ein versoffener Idiot du bist!«

Er hob die Rechte vom Steuer und schlug ihr scharf und ohne hinzuschauen mit dem Handrücken ins Gesicht. »Nutte!« Es war das Letzte, was sie von ihm hörte.

Etwas drängte plötzlich von links gegen den Wagen – ein Schatten, ein Auto, ein Tier, ein wehender Mantel. Er fluchte. Der Fiat brach nach rechts aus, sprang über den Bordstein, krachte durch das Geländer und flog in den Kanal.

Agathe trat vom Fenster zurück, rutschte in ihre Pantoffeln und schaltete das Licht an. Dann ging sie hinunter in die Küche. Der Herd war nur noch lauwarm, deshalb zündete sie den Gasring an, und während die Butter in der Pfanne schmolz, holte sie die Whiskyflasche aus der Speisekammer und goss ein Wasserglas halb voll. Sie fingerte eine Gabel aus der Schublade, warf sie mit Hüftschwung wieder zu und klepperte ein Ei in die Pfanne. Ich bin ganz allein, dachte sie, toute seule, und sie tat sich ein bisschen leid. Ich habe keine Freunde, keine Verbündeten, aber ich muss etwas unternehmen – gegen den Campingplatz und gegen den Scheißkerl mit den anonymen Briefen –, ich weiß nur nicht, was.

Sie lehnte sich gegen den Herd, aß das Rührei aus der Pfanne, wischte mit Brot nach, trank zügig den Whisky aus und stellte die Pfanne in den Spülstein. Danach fühlte sie sich gestärkt und ging zurück ins Bett. Bisher hatte sie immer selbst einen Weg aus ihren Schwierigkeiten gefunden. Sie war eine Überlebende und sie würde auch diesem Angriff standhalten.

Noch ehe der Wagen das Wasser berührte und zu sinken begann, stieß sie die Beifahrertür auf. Der Kühler tauchte unter, richtete sich noch einmal auf, dann strömte das Wasser sehr schnell, kalt und schwarz herein, umschloss ihre Beine, ihre Hüften und stieg zur Brust. Sie klickte den Sicherheitsgurt auf, griff weiter nach links, löste Tonis Gurt. Sie war so klar und zielbewusst, als habe sie die Handgriffe gelernt.

»Raus, raus, raus, hier bei mir!«, schrie sie, weil er sich gegen die Fahrertür warf. Sie holte tief Luft, tauchte unter, stemmte sich dem Sog entgegen und schwamm hinaus. Einmal im Wasser fühlte sie sich sicherer. Im Training hatte sie Luft genug, um durch ein Fünfzig-Meter-Becken zu tauchen, aber in diesem kalten, dunklen Wasser gab es keine Richtung, kein Licht und die Kleider hingen schwer an ihr. Sie wand sich aus der Jacke, streifte mit den Füßen die Schuhe ab, stieß ein wenig Luft durch die Nase und schwamm mit starken Stößen den Bläschen hinterher.

Nach Atem ringend, kam sie an die Oberfläche, sah sich wassertretend um. Der Wagen war verschwunden. Toni war mit dem Wagen verschwunden. Kleine Strudel zeigten, wo gerade noch ein rotes Autodach getrieben war. Die Erleichterung war so wundervoll, dass sie den Kopf zurücklegte und lachend aufschrie. Er war weg, einfach weg. Toni war untergegangen und weg. Er war weg. Sie war da. Dann traf sie der Schock. Sie schöpfte Luft, tauchte zurück in die nach Kohle schmeckende Schwärze, tiefer, tastete mit beiden Händen, fand das glatte Blech, das Dach, das Seitenfenster, die offenstehende Beifahrertür.

Er saß noch immer hinter dem Steuer, den Oberkörper auf den Beifahrersitz geworfen, die rechte Schulter und den Kopf verdreht, und als sie ihn an den Armen packte und herauszuzerren begann, wie einen Krebs aus dem Schneckenhaus, wehrte er sich nicht. Seine Beine steckten fest und sie wusste, dass sie ihn verlieren würde. Sie hatte keine Kraft für zwei. Sie musste nach oben, schnell nach oben. Das Wasser umschloss sie wie eisiger Gallert und drückte ihr die Luft ab. Sie ließ ihn los.

Pavel Taussig hatte sich in seinem Fahrerhaus schon für die Nacht eingerichtet. Bevor der Sturzregen einsetzte, hatte er in BERND'S STRANDBAR ein halbes Brathähnchen mit Pommes und Krautsalat gegessen, das gar nicht mal so schlecht war, und die Kollegen getroffen, die vor und hinter ihm parkten. Zeit für eine Zigarette. Auf die Mauer seiner himmelblauen Imbissbude hatte Bernd einen Flamingo gemalt und zur Straße hin zwei Plastikpalmen in Beton getopft. Der Platz am Kanal war in Ordnung, nicht gerade die Südsee, dafür standen sie in der Frühe praktisch bei den Kunden vor der Rampe. Außerdem fuhren die Bullen öfter mal auf Streife durch und er musste nicht wie ein Schießhund auf seine Ladung aufpassen, wie es auf den Rastplätzen an der Autobahn angezeigt war, wo sich Diebe und Planenschlitzer herumtrieben. Und es war nachts ruhig – meistens jedenfalls. Nun saß Taussig im Jogginganzug in seiner Koje, hatte die Leselampe eingeschaltet, ließ noch ein wenig Radio Prag dudeln und scrollte durch die Nachrichten auf seinem Handy, während der Regen aufs Dach der Führerkabine prasselte.

Er hörte das Klatschen, kletterte hastig aus dem Truck, rannte und sah die Heckwelle des sinkenden Wagens. Das Telefon noch in der Hand, drückte er den Notruf, brüllte nach den Kollegen. Bernd von der Imbissbude und sein letzter Gast kamen angehastet. Zusammen beugten sie sich über das Geländer und schrien sich vor Hilflosigkeit gegenseitig an, als die Frau aus dem kalten dreckigen Wasser auftauchte und lachte. Ja, sie lachte laut, die Herren von der Polizei hatten ihn ganz richtig verstanden, und dann planschte sie herum, hob sich halb aus dem Wasser und tauchte kopfüber wieder ab. Sie hatte nur eine Bluse und eine Hose an, keine Schuhe, das war ihm aufgefallen. Da hörten und sahen sie schon die Sirene und das Blitzgewitter der Ambulanz in der Kanalstraße.

Und plötzlich war diese Frau wieder da, im Wasser, aber er sah nur den Kopf und die Arme, wie sie um sich schlug, und einer von den Sanitätern warf seine gelbe Jacke weg und seine Hose und sprang in den Kanal und zog sie heraus und schob sie wie einen nassen Sack über die Mauer den anderen Sanitätern entgegen. Ein Held, der junge Mann, wenn die Herren von der Polizei das bitte auch aufschreiben wollten. Als Rettungstaucher Toni Keupenich aus dem Kanal bargen und die Feuerwehr am Tag darauf einen roten Fiat Panda mit einer klaffenden Beifahrertür, war Pavel Taussig schon wieder mit einer Ladung Kühlschränke unterwegs auf der D8 nach Prag.

Die Autopsie ergab, dass der Fahrer des Fiat Panda ertrunken war. Er hatte 1,9 Promille Alkohol im Blut, was seine Hilflosigkeit und erheblich gestörte Reaktionszeit erklärten. Seine Ehefrau, Katharina Keupenich (42), die sich auf dem Beifahrersitz befunden hatte, gab an, dass kurz bevor der Fahrer die Kontrolle über den Wagen verloren hatte, sich von links ein Schatten genähert habe, ein großer Hund, ein Mensch in einem schwarzen Regencape oder ein anderes Auto. Am Unfallort und am Unfallfahrzeug konnte die Polizei jedoch keine Spuren feststellen, die auf einen Zusammenprall hindeuteten. Ein Fremdverschulden wurde zunächst ausgeschlossen.

Katharina K. gab ferner an, in ihrer Jugend Leistungsschwimmerin gewesen zu sein (dritter Platz über zweihundert Meter Lagen bei den Deutschen Schwimmmeisterschaften 1969), was ihr beim Entkommen aus dem sinkenden Wagen von Vorteil gewesen sei. Sie habe den eigenen und den Sicherheitsgurt des Fahrers gelöst und die Beifahrertür von innen geöffnet, ehe diese vom Außendruck blockiert wurde. Ein Versuch, Toni K. aus dem Auto zu ziehen, sei in Anbetracht ihrer Körpergröße von 1,65 Meter und dem Gewicht des Mannes von 88 Kilo nach ihren Worten »ein aussichtsloses Unterfangen« gewesen. Der Äußerung des Zeugen Pavel T., sie habe gelacht, als sie auftauchte, widersprach Katharina K. ausdrücklich. Sie gab an, laut um Hilfe gerufen zu haben.

Hasenmühle, 2014

Adam Finkenwirth war nicht der Mann, der sich lange über eine schnippische Antwort ärgerte. Er hatte sich Agathes Gefuchtel angesehen, während Cissy und die Jungs konzentriert ihre Ferngläser aufs Ufer gerichtet und nebenher die Schwarzwälder Kirschtorte niedergemacht hatten. Diese verdrehte Person mit ihrem Gegacker und dem abseitigen Blick war nicht ganz von dieser Welt und sie hatte offensichtlich etwas zu verbergen. Er hätte gerne gewusst, was. Tralitrala durchs Haus, aber die Disteln im Garten zwei Meter hoch. Mit einer silbernen Tasse in der Hand geboren, aber kein Geld für Schuhe. Dafür Zeit wie Heu. Was trieb sie dort den ganzen Tag allein? Adam war sein Leben lang rührig gewesen, und wenn ihn etwas verdross, dann ihre Untätigkeit und die Gleichgültigkeit gegenüber ihrem Stück Land. Es war nichts rückgängig zu machen, aber vielleicht konnte er wenigstens etwas für den Garten tun.

So erschien er ein paar Tage später, vorgeblich um seine Bratenschüssel abzuholen, die beim Picknick stehen geblieben war, in Wirklichkeit aber, um sich ein genaueres Bild von der Frau und ihrer Lage zu machen.

Agathe sah den Unimog in den Hof einbiegen. Der Redakteur Top Dog fiel ihr ein und sein konspiratives Bühnengeflüster quer über den Feldweg: Der alte Finkenwirth hat den Hasenmüller hinterrücks umgelegt – wegen einer Grundstücksgrenze. Dafür hat er ein paar Jahre im Knast gesessen. Sie wischte sich die Hände ab, steckte die Kämme fester ins Haar und öffnete, bevor er den Türklopfer einmal hatte fallen lassen. Da es ein glänzender blauer Tag war, trug sie die farblich passende Liftboyjacke mit den Goldknöpfen. Sie eilte ihm voraus durch den mit Steinplatten gepflasterten, immer kalten Flur, ließ die Hintertür weit offen stehen und schob den Tisch und die Korbstühle unter dem Laubgebirge des Birnbaums zurecht. »Gut, dass Sie vorbeischauen«, sagte sie. »Sonst wäre ich heute zu Ihnen gekommen. Ich muss mit Ihnen reden.«

Da Adam einleitendes Geplauder nicht gewohnt war, nahm er seinerseits den direkten Weg. »Das kann ich mir vorstellen. Ich habe auch noch mal über den Garten nachgedacht und ich finde, das ist kein Zustand, Agathe. Ich habe Zeit und ich würde dir anbieten, ein bisschen Ordnung reinzubringen.«

Seit wann war sie Agathe für ihn? Sie erinnerte sich nicht, dass sie einander beim Vornamen genannt hatten, und eine gewisse Distanz erschien ihr auf jeden Fall wünschenswert. Andererseits: man war hier auf dem Land und möglicherweise nicht so förmlich. Sie wollte ihn nicht verprellen, indem sie auf einer korrekten Anrede bestand, denn es gab da eine Sache, bei der sie seine Unterstützung brauchte. Dass der Mann nicht leicht zu verprellen war, sollte Agathe erst noch erfahren. Also, Adam.

»Moment, nein, ich wollte doch ... Aber was heißt hier Ordnung reinbringen? Wo hinein? Ich verstehe nicht.«

Was war daran nicht zu verstehen? »Hier in den Garten. Weil ich nicht mit ansehen kann, wie das Land verkommt. Man müsste natürlich erst mal das ganze Gestrüpp roden und gründlich umgraben. Brennnesseln und Disteln ist schwer beizukommen. Aber es würde sich lohnen. Zum Beispiel der hier« – er deutete hinauf in den Baum –, »das ist ein wertvoller alter Obstbaum, eine prima Sorte. Er hat gut angesetzt und wird im Herbst tragen, aber er macht es nicht mehr lang, wenn die Krone nicht ausgelichtet wird und man das ganze Unkraut drumherum wuchern lässt. Der Baum braucht Licht und Luft.«

»Ich hab's eigentlich ganz gern ein bisschen buschig.«

»Das ist nicht dein Ernst. Es ist eine … es ist einfach zu schade, aber wie du meinst. Ich will dir nicht vorschreiben, was du zu tun hast. Es ist ein Angebot.«

»Danke. Ich danke dir. Das ist sehr großherzig.« Sie rutschte auf ihrem Sitz hin und her. »Man ist natürlich nicht gern Teil eines Unkrautproblems. Aber es ist tatsächlich mein Ernst. Ich lebe hier ganz zurückgezogen, wenn du verstehst, und ich finde es durchaus zufriedenstellend. Ich habe gar kein Bedürfnis nach Ordnung und Gesellschaft.«

Bestimmt nicht nach deiner, Adam, dachte sie. Von dir weiß ich nichts. Was willst du von mir, was bist du für einer, und worum ging es damals? Um ein Grundstück, um eine Grenze? Um den letzten verbotenen Schritt darüber? Sie betrachtete seine großen Hände und wandte den Kopf ab. Nur mal entre nous meurtriers: Du sollst den Hasenmüller umgelegt haben – und ich meinen Gatten. Wir wären schon ein interessantes Gespann. »Warst du mal im Gefängnis, Adam?«

Er hatte vornübergebeugt im Korbstuhl gesessen, die Hände zwischen den Knien gefaltet. Nun richtete er sich so heftig auf, dass der Stuhl knirschte und nachgab. »Nein, war ich nicht. Wer redet so einen Mist?«

Sie schwieg.

»Dann hast du die elende alte Geschichte also gehört? Von wem?«

»Der Zeitungsmensch.«

»Schmierfink Pauli?«

»Pauli? Ja, derselbe.«

»Was sagt er?«

»Er sagt, du hast den Hasenmüller umgebracht.« Das »hinterrücks« ließ sie aus. Stille.

»Ich habe den Hasenmüller umgebracht«, sagte er langsam, als wäge er jedes Wort. »Ja, das stimmt; ich habe den Hasenmüller auf dem Gewissen. Es war ein Unfall, nicht geplant und nicht gewollt.«

»Das ist die alte Geschichte?«

»Ja, und wie du siehst, holt sie mich immer wieder ein. Ich sage dir jetzt, wie es war, und du sagst bitte nichts, und wenn ich fertig bin, kann ich gehen und wir brauchen uns nie wieder über den Weg zu laufen.«

»Ich sage nichts.«

»Gut.« Er legte die Stirn in Falten, sah hinunter auf seine Hände und sprach von der Fahrt zum Aussiedlerhof und der Rückkehr im Morgengrauen und dem Traktor, der fast lautlos den Berg hinuntergerast war, und dem Hasenmüller, der mitten auf der Straße stand, und der Milch, die übers Pflaster lief.

Es war nicht das, was der leitende Redakteur ihr erzählt hatte, aber sie hütete sich, Adam mit dessen Version bekannt zu machen. Keine Absicht, keine Heimtücke, kein Mord, nichts als das schiere Unglück. Sie wandte die Augen von ihm ab, als er aufblickte. »Geh nicht, Adam«, sagte sie schließlich. »Es tut mir leid, wenn ich indiskret war. Ich wollte dich nicht bedrängen, aber ich bin froh, die Geschichte von dir zu hören.«

»Du hast geglaubt, dass ich mit Bedacht jemanden umgebracht habe?«

»Nein, du nicht«, sagte sie schnell.

»Dass ich im Knast war?«

»So etwas kommt schließlich vor.«

»Ich war siebzehn; ich hab drei Jahre auf Bewährung gekriegt.«

»Das war ein gerechter Spruch.«

»Mag sein, aber es war kein Freispruch und man büßt sein Lebtag dafür.«

»Ich weiß. Die Toten lassen nicht los. Niemand hätte dich freisprechen können, höchstens der Hasenmüller.«

»Das kannst du nicht wissen«, sagte er nachsichtig. »Trotzdem vielen Dank. Du bist eine gute Frau.«

»Doch, ich weiß es«, sagte sie beharrlich, »und außerdem bin ich keine gute Frau. Können wir jetzt wieder über das hier reden?« Sie zeigte auf die Wildnis rundum.

Er hatte nicht gefragt und ärgerte sich. Seine alte bäuerische Langsamkeit. Die Frau weiß nun alles über mich und ich weiß immer noch nichts über sie, dachte er. Wobei hatte er sie unterbrochen, als er an die Tür klopfen wollte? Beim Silberputzen? Beim Schnapsbrennen? Beim Die-Hände-in-den-Schoß-Legen? Er hatte im Internet keinen Weh und kein Wolmarshof in Westfalen gefunden, nur ein paar Herrenhäuser in Lettland mit diesem Namen, die nach dem Ersten Weltkrieg von ihren baltendeutschen Familien verlassen worden waren und nun etwas ganz anderes darstellten: ein Hotel, ein Landschulheim, eine Brauerei, Ruinen. War das ihre alte Geschichte? Eine Verlustgeschichte? Eine Verlierergeschichte?

Er hatte nicht gefragt, weil er fürchtete, sie würde ihn abblitzen lassen und er könnte den Garten vergessen. »Ja, gut. Reden wir über das hier. Wie gesagt, ich hätte nichts dagegen, dir ein bisschen Gesellschaft zu leisten, aber ich will dir nicht auf die Pelle rücken. Mir liegt an dem Garten. Es gibt nichts wieder gutzumachen, und du bist mir natürlich nichts dafür schuldig.«

»Ich …« Sie stimmte ihr trillerndes Lachen an. »Du bringst mich in Verlegenheit, Adam.«

»Tatsache? Bin ich jetzt zur Abwechslung dran, nachdem du mich so in den Senkel gestellt hast?«

»Nein, weil ich eigentlich keinen Gärtner haben will. Und keinen Garten. Ich mag gar keine Blumen. Ich hasse diese peinlichen Dahlien, diese aufdringlichen Begonien, womöglich noch Salvien und Hortensien, dieses ganze geschmacklose bunte Gestreusel, was alle paar Wochen wieder verblüht ist und rausgerissen wird. Und das man auch noch gießen muss. Ich kann das nicht ertragen. Und sieh dich doch um. Es ist einfach hoffnungslos.«

»Ach, was!«, sagte er entschieden. »Das ist es nicht. Wenn erst mal das ganze Kroppzeug weg ist und die kaputten Bäume, sehen wir weiter. Vielleicht magst du ja nur eine Wiese, einfach eine gemähte Wiese und ein paar Butterblumen. Die brauchst du nicht zu gießen. Und später vielleicht doch ein Ländchen mit Kartoffeln und Bohnen?«, fügte er an. »Ich könnte …«

»Nein, nein, nein, kein Kraut und Rüben! Nur Wiese – und vielleicht Kletterrosen in den alten Bäumen.«

»Dann sind wir uns einig?«

Sie schüttelte den Kopf. »Ich weiß wirklich nicht, Adam …«

»Sieh's mal von meiner Seite aus, Agathe«, warb er. »Ich mach's gern und es käme mir gerade recht. Früher hatten wir den Hof und ziemlich viel Land hier an der Rausch, Acker und Grünland und Vieh. Es war schwere Arbeit und ich vermisse sie nicht, aber …« Er runzelte die Stirn.

Sie fehlt ihm, dachte Agathe. Wie kann das sein? Ich habe die Arbeit nie vermisst. Sie legte den Kopf zurück und sah hinauf in den Baum, der nun dicht belaubt war, die verwelkten Blüten aufgegangen im Grün. »Und die Birnen sind wirklich gut?«

»Eine Köstliche von Charneux; wirklich gut.«

Er stand auf und begann sich zu verabschieden, aber sie war noch nicht fertig.

»Bitte setz dich wieder hin, Adam! Ich wollte eigentlich etwas ganz anderes mit dir besprechen, etwas sehr

Wichtiges. Es geht um diesen Campingplatz an der Rausch.«

»Ah ja, der Campingplatz, verstehe.«

Da hatte sie bereits Anlauf genommen. »Was soll das? Die können mir doch nicht so einfach mein Land wegnehmen!«

»Nein, das können sie nicht, und das werden sie auch nicht. Du hast allerdings nicht viel Land und deshalb könnte es knapp werden.«

»Also zweieinhalb Hektar Parkplatz für Wohnmobile plus Restaurant, plus Klohäuschen. Was noch? Wildfremde Menschen in Unterwäsche, die vor meiner Haustür grillen und das Radio aufdrehen. Überall der Dreck von diesen Leuten und der Feldweg eine asphaltierte Straße. Warum hast du mir nichts von dieser Abstimmung im Gemeinderat erzählt, nichts von diesen grauenhaften Plänen?«

»Agathe, wir kennen uns seit einer Woche. Wann hätte ich dir etwas über den Campingplatz erzählen sollen?«

»Gleich!«, rief sie schrill und warf die Hand in die Luft. »Sofort! Glaubst du, ich hätte dieses Haus gekauft, wenn ich gewusst hätte, was hier los ist? Du hättest mich warnen müssen!«

»Ich habe dir die kleine Hasenmühle nicht verkauft.«

»Aber du hast es gewusst.«

»Ja, natürlich habe ich es gewusst. Ich habe nämlich im Gemeinderat dagegen gestimmt. Cecilia Stefani und ich, zwei gegen achtzehn.« Einer Frau wie Agathe Weh zu empfehlen, sie solle Ruhe bewahren und vernünftig sein, konnte er sich sparen. Aber vielleicht war sie der Zeitrechnung zugänglich. »Du hast im Februar die Mühle gekauft und im März kam das Thema im Gemeinderat auf den Tisch. Also wann hätte ich dich warnen sollen?«

»Egal. Ich bin dagegen und ich werde das nicht hinnehmen, niemals, niemals, verstehst du? Ich werde jede Baumaschine in die Luft sprengen, die hier angerollt kommt.«

»Davon rate ich ab.« Er hätte sie darauf aufmerksam machen können, dass die Grundstücke vor ihrer Tür, die sie als ihr Privateigentum betrachtete, der Gemeinde gehörten, aber das würde sie vermutlich als spitzfindig zurückweisen, also ließ er es. »Sieh mal, Agathe, wir wollen doch dasselbe wie du. Die Freie Liste ist gegen diesen Campingplatz. Er stellt einen schweren Eingriff in die Natur dar, so nahe am Landschaftsschutzgebiet. Der Boden wird versiegelt, es gibt weit und breit keine Ausgleichsflächen vom selben Wert. Ich habe mit dem Andi und der Cecilia darüber gesprochen und wir haben alle Möglichkeiten des Widerspruchs erwogen. Es gibt eine Chance, den Campingplatz zu verhindern.« Er wartete, bis sie bereit war zuzuhören. »Die Rohrdommel.« Und auf ihren erstaunten Blick: »Ein Vogel auf der Roten Liste, gefährdet und hier bei uns sehr selten, aber sie ist da. Erinnerst du dich, dass wir sie am Sonntag gehört haben? Nein? Die Ornis waren alle aus dem Häuschen. Flussaufwärts im Schilf dieser typische Ruf wie ein Nebelhorn. Das war ein balzendes Männchen. Man kann es von Weitem hören. Wir wollen ein zweites Artenschutzgutachten einholen. Es muss eine Möglichkeit geben, das Ufer als geschütztes Habitat einzutragen.« Plötzlich hatte er ein Cheshire-Katzengrinsen im Gesicht. »Die Rohrdommel ist kein Feldhamster. Sie lässt sich nicht umsiedeln.«

Agathe jubilierte: »Und damit wäre der Campingplatz vom Tisch?«

»Sachte. Es ist erst mal ein Versuch.«

Ein Versuch? Dessen mögliches Scheitern konnte sie getrost beiseitefächeln. »Die liebe Rohrdommel!«, sagte sie zärtlich. »Was kann ich für sie tun?«

Das Grinsen schwebte weiter über ihren Köpfen. »Dich ruhig verhalten, vom Schilf wegbleiben, die Butterblumen wachsen lassen oder doch ein paar Runkelrüben pflanzen? Reg dich nicht auf. Ich hab nur Spaß gemacht.«

*

Er kam mit dem Rad, trug Jeans und das Hemd über der Hose. Deshalb blieb sie in der dunklen Küche stehen und beobachtete, was der junge Mann zu unternehmen gedachte. Der Guardian hatte gedroht, dass sie von ihm hören werde. Dass er eine Zeugin habe. Dass er gedenke, den Schmuck ihrer Mutter einzukassieren. So könnte jeder kommen, auch dieser blonde Schlacks am helllichten Tag, der sein Rad an die Kastanie lehnte und eine Tüte vom Lenker streifte, mit der er über den Hof geschlendert kam. Jeder konnte es sein, obwohl Agathe eher auf eine zwielichtige Erscheinung gefasst war, einen Mann, der abends mit den Händen in den Hosentaschen leise pfeifend ums Haus ging. Sie wartete ab.

Er hatte den Schatten hinter dem Fenster bemerkt, klopfte mit dem eisernen Ring und als sie nicht öffnete, rief er. »Agathe, ich bin's, Andreas.«

Andreas also und sie Agathe, wie unter Ornis, unter Gärtnern, unter Freunden üblich. Sie lächelte erleichtert und ging zur Tür.

Allein würde ich hier auch nicht wohnen wollen, dachte er. Diese Fenster – ein Kinderspiel für Einbrecher. Nicht einmal Telefon im Haus. Und sie war eine alte Frau. Von innen hörte er sie hantieren. Seit wann hatte sie eine Kette vorgelegt?

»Andreas, du bist's, komm herein«, sagte sie freundlich, aber ihr Blick ging über seine Schulter.

»Was ist passiert? Du siehst so erschrocken aus.«

»Es ist nichts; manchmal sehe ich nicht gleich, wer gekommen ist, und ich mag's nicht, wenn plötzlich fremde Leute vor der Tür stehen. Was hast du da in der Tüte?«

»Die Tasse, die Cissy auf der Insel gefunden hat. Du weißt doch, die Wodkatasse aus Estland. Cissy wollte eigentlich mitkommen, aber sie muss heute im Capri servieren.«

»So, so, na ja, macht nichts. Sollen wir in den Garten

gehen? Dein Opa Adam hat schon angefangen, herrlich aufzuräumen. Die Köstliche von Charneux steht jetzt wirtlich und frei da. Du lachst? Ich werde sie nie wieder eine Birne nennen. Setz dich doch. Lass mal sehen.«

Er wickelte etwas aus vielen Lagen Küchenpapier und reichte es Agathe. »Ich hab sie ein bisschen poliert. Man kann leider kein Datum oder so etwas erkennen wie bei deiner Tasse. Kein Frieden von Nystad.«

Sie drehte das Stück in der Hand. Er sah sie schüchtern und gespannt an.

»Nein«, sagte sie, »keine Gravur, schade. Aber das ist auch keine antike silberne Wodkatasse. Das ist eine Suppentasse aus Hotelsilber. Darin haben die Kellner früher die Suppe serviert. Die Teller standen schon auf dem Tisch und dann kam der Kellner mit dem Tablett und schwupps« – sie kippte die Tasse um – »hat er den Gästen die Suppe eingegossen. Danach war sie garantiert nicht mehr heiß.« Sie gab ihm die Tasse zurück, sah zu, wie er sie wieder einwickelte, seine hübschen Hände, der gesenkte Kopf, die matte Haut, die der Sommersonne widerstand, die weichen Lider.

»Also leider kein echtes Silber«, sagte sie, »sondern nur eine Kupfer-Nickel-Zink-Legierung, trotzdem ein schönes altes Stück und immer noch ein Geheimnis: Wie ist sie wohl auf die Insel gekommen? Ich frage mich, ob Kuhn Afrika sie irgendwo hat mitgehen lassen. Aus einem dieser großartigen alten Kolonialhotels? Kapstadt? Nairobi?«

Er war nicht interessiert, zuckte die Achseln.

»Ich sehe, dass du enttäuscht bist. Du hattest gehofft, etwas über die ermordete Frau zu erfahren, nicht wahr? Wie hieß sie?«

Er räusperte sich. »Inna Koidula. Es war nicht ihr wirklicher Name, aber er ist der einzige, den ich kenne.«

»Und sie kam aus Estland, nicht wahr? Woher weißt du das?«

Er sah sie an und dachte an ihre erste Begegnung hier in der Küche, als er im Dienst war und sie über die Kraniche gesprochen hatten und über den Winter und die Traurigkeit, das arme Tier, mit dem sie sich auskannte, so gut wie er, und dass sie einander verstanden hatten.

»Von dem Kriminalkommissar«, sagte er. »Das Kleid, das sie anhatte, kam aus einem Geschäft in Haapsalu. Das ist in Estland. Das Schildchen war reingenäht.«

»Ich kenne Haapsalu«, sagte sie. »Das liegt am Meer; ein alter Kurort. Der Zar war mehrmals da. Und Tschaikowski. Hat dort eine Sinfonie zu Ende geschrieben. Welche war es noch? Na, egal.« Sie besann sich. »Hat man dort ihre Familie gefunden?«

Er nickte. »Einen Bruder.«

So wie er im Korbstuhl saß, die Hände zwischen den Knien gefaltet, den Blick gesenkt, fiel ihr auf, dass er seinem Großvater glich. Nicht die Gestalt, nicht die Nase, nicht die Lücke zwischen den Schneidezähnen, es war etwas in der Haltung.

»Weiß man, wie sie hergekommen ist?«

»Sie war nirgendwo gemeldet, also illegal. Sie hat in einem Wohnwagen an der A 66 gearbeitet. Sie war

Prostituierte. Nicht, was du denkst«, sagte er schnell, »kein armes Mädchen aus dem Osten, das man hergelockt hatte, keine Zwangsprostituierte, kein Zuhälter. Sie war eine selbstständige Frau.«

»Wirklich?«

»Das hat mir der Kommissar gesagt.«

Sie sah ihn skeptisch an. »Bei allem Respekt vor der Polizei, das ist doch Blödsinn, Andreas. Eine junge Frau aus dem Osten, allein, die an der Autobahn auf den Strich geht. Die werden doch alle von irgendwelchen Bordellwirten ausgenommen.«

»Inna aber nicht!«

Agathe hatte Erbarmen. »Vielleicht hast du recht. Hat sich sonst niemand um sie gekümmert?«

»Doch, die anderen Frauen, die mit ihren Caravans auf demselben Parkplatz standen. Denen ist nach drei Tagen aufgefallen, dass Inna nicht mehr da war; also der Wohnwagen schon, sie aber nicht. Die hatten einen ganz guten Draht zur Polizei – du lachst, aber echt, die haben sie als vermisst gemeldet und so sind sie auf die Tote hier gekommen. In dem Wohnwagen hat die Polizei dann ihren Pass und ziemlich viel Geld gefunden, über neuntausend Euro – aber keine Spuren.«

»Dann war ihr Mörder vielleicht der letzte Kunde. Wie ist sie gestorben?«

Sie fragte und er antwortete. Es schien ihr gar nicht in den Sinn zu kommen, dass sie sich auf heiklem Terrain bewegte und ihre großen Füße sachte setzen sollte, und plötzlich fand er, dass er ebenso frei wie sie sprechen konnte. »Sie ist von hinten erschlagen worden; auf den Kopf. Aber es passierte nicht in ihrem Wohnwagen. In ihrem Haar waren Ruß und Holzasche, also irgendwo in der Nähe eines Feuers. Und dann hat er sie hierhergebracht und ins Wasser geschmissen.«

»Und was ist mit dem Auto?

»Ein Geländewagen, wahrscheinlich ein Range Rover.«

»Kuhn Afrika?«

»Nein, das wäre zu schön gewesen. Die Polizei hat ihn eine Weile verdächtigt, auch weil er so ein brutaler Typ war, aber der Kuhn fuhr einen Jeep und sein Auto war pieksauber, also schon ziemlich dreckig, aber es gab keine Spuren von dem Mord. Außerdem hatte er ein Alibi. Er war irgendwo in Südafrika rumballern.«

»Aber es muss jemand von hier gewesen sein«, sagte sie nachdenklich. »Jemand, der sich auskannte. Als Fremder kurvst du doch nicht mit einer Leiche im Auto herum und suchst einen Platz, wo du sie loswerden kannst. Das weißt du vorher.«

»Du kennst dich ja aus, Agathe.«

Sie lächelte und zwinkerte mit beiden Augen. Süß, nicht sauer, aber sie war ja auch eine weise alte Frau und nicht die eifersüchtige Cissy. »Ich hab vielleicht zu viele Krimis gelesen.« Dann wurde sie wieder ernst. »Es beschäftigt dich immer noch, nicht wahr?«

»Ja, ich kann nicht verstehen, dass einer mit einem Mord einfach so davonkommt. Als ich ... also damals dachte ich, ich müsste was für sie tun. Ich hab mich irgendwie zuständig gefühlt, weil ich es ja war, der sie da am Wehr gefunden hat. Ich meine, was sollte ich denn für sie tun? Sie war ja schon seit zwei Tagen tot, aber sie war irgendwie … so verloren. Das kommt dir vielleicht total irre vor, aber so ging's mir nun mal – damals.«

»Mir kommt nichts total irre vor«, erwiderte Agathe und betrachtete ihn mit schräg gelegtem Kopf. Die Haltung, dachte sie, das ist es, Adam und Andreas, beide mit diesen hochgezogenen Schultern und den gefalteten Händen zwischen den Knien, beide schuldbewusst, selbst wenn es gar keine Schuld zu tragen gab. Diese Last, dachte sie, so kann man doch nicht leben.

»Mord verjährt nicht«, sagte sie und stellte grimmig fest, dass sie den Guardian zitierte. »Es gibt heute so viel mehr Möglichkeiten, einen alten Fall aufzuklären mit DNA-Spuren und digitaler Fahndung. Wenn die Polizei jetzt den Mörder fände, ginge es dir dann besser? Wärst du erleichtert?«

Er richtete sich auf und streckte den Rücken durch, sah sie nicht an. »Ach, weißt du, mir geht's ja nicht schlecht. Im Juli ist es sechs Jahre her. Manchmal denke ich gar nicht mehr dran, ehrlich. Das wär doch auch ziemlich krank, oder?« Er tippte sich an die Stirn. »Nein, ich bin okay.«

Zumindest auf dem Weg der Besserung, dachte Agathe. »Ich mache uns mal einen Kaffee, ja?«

Er sprang auf. »Ich muss gehen. Ich hab der Cissy versprochen, ihr die Tasse gleich wieder zurückzubringen. Arme Cissy, sie hat sich schon ein Vermögen ausgedacht, das sie wert sein könnte.«

»Sie könnte ja trotzdem Wodka daraus trinken.«

Er lachte. »Cissy trinkt nur Selters. Sie sagt, Alkohol deformiert den Körper.«

»Da hat sie selbstverständlich recht.« Agathe strich über etwas schottisch grün Kariertes (Tartan Hunting Stewart), das sie wallend umgab. »Aber Selters deformiert die Seele.« Sie begleitete ihn hinaus, entriegelte die Tür und spähte über den Hof.

Er blieb auf den Stufen stehen. »Sag mal, was ist eigentlich mit dir los? Du sperrst die Tür zu. Du guckst so komisch. Du rennst herum wie aufgescheucht. Ist was passiert, oder wartest du auf jemand?«

»Das ist das Problem, Andreas. Ich warte auf jemanden, aber ich weiß nicht, auf wen.«

»Agathe? Komm, mach's nicht so spannend.«

»Nein, es ist ganz langweilig. Ich habe Prosopagnosie. Das ist Gesichtsblindheit, eine Erbkrankheit. Mein Vater hatte es auch. Ich vergesse jedes Gesicht. Ich kann nicht mal meine Freunde wieder erkennen. Ich muss mir jeden an der Stimme, an der Frisur, am Bart oder an sonst was merken. Cissy zum Beispiel an ihrem Pferdeschwanz, Marvin – es ist doch Marvin? – an seiner Tätowierung. Von deinem Opa Adam weiß ich, dass er hier mit dem Unimog angerattert kommt. Es ist ein ziemliches Handicap und manchmal recht ermüdend. Aber vielleicht behältst du das besser für dich, Andreas, ja?«

»Klar«, sagte er ernst, »das bleibt unter uns.« Dann lachte er verlegen. »Und woran erkennst du mich?«

Sie hob eine Hand und strich ihm über die Wange. »An deinen Augenlidern. Mein Sohn hat solche Augenlider wie du.«

*

»Hast du eine Schubkarre, Agathe?«

»Nein, wozu?«

»Um das ganze Zeug abzufahren. Die dürren Bäume mach ich dir klein. Die kannst du verheizen, aber wohin mit dem Gestrüpp und dem Haufen Unkraut? Und was machen wir mit dem Gehörn von diesem Büffel?«

»Ich weiß es nicht. Verbrennen? Ertränken? Bitte Adam, tu, was du für richtig hältst.«

»Agathe, an dir ist wirklich eine Top-Gärtnerin verloren gegangen.«

»Dafür habe ich ja dich, Monsieur Le Nôtre«, erwiderte sie spitz. »Ich bin hier nur die Herrin des Unkrauts.« Dann kam sie mit ihrem Kaffee, vor dem ihn Andi schon gewarnt hatte, und er beugte sich summend über seine Tasse und bat um ein Glas Wasser.

Die Rohrdommel war ihr natürlich vollkommen egal, dachte er. Sie wollte die Hasenmühle und die Rausch für sich allein, und sie trug die Verachtung für die anderen, die auch ein Stückchen davon haben wollten, so selbstverständlich zur Schau wie ihre verrückten Klamotten. Vermutlich baltische Gutsherrenart, obwohl sie nicht alt genug war, um davon noch einen Schimmer erhascht zu haben; der Mann mit der silbernen Wodkatasse schon eher. Aber gerade wegen ihrer mangelnden Kompromissbereitschaft wäre Agathe eine nützliche Verbündete im Kampf gegen den Campingplatz.

Und er? Was sagte sein kommunalpolitisches Gewissen? Gönnte er den Leuten den Platz an der Rausch etwa nicht? Hatte nicht jeder Mensch ein Recht, sich hier zu erholen? Nicht jeder, dachte er. Es gibt kein Recht darauf, diesen Ort zu zerstören. Er sah die Wiesen verschwinden und mit ihnen die Feldlerchen, die Schlammpfützen und mit ihnen die Schwalben, die Weidenbüsche und mit ihnen die Eisvögel. Und nun im Schilf dieser seltene und kostbare Gast, eine Rohrdommel. Er musste alles tun, um ihn zu halten.

»Übermorgen ist das Treffen mit den Leuten, die für uns eine artenschutzrechtliche Prüfung vorbereiten«, sagte er, bevor er ächzend, aber mit routiniertem Schwung den Unimog enterte. Er war müde und steif, weil er den halben Tag auf der Insel Bäume gefällt und zersägt hatte. »Sie kommen zu uns nach Hause. Es ist erst eine Vorbesprechung. Bist du dabei? Wenn du willst, hole ich dich ab.«

Sie stemmte die Fäuste in die Hüften. »Ich bin dabei, wenn du mir verrätst, wie ich in dieses Auto einsteigen soll.«

»Wie auf der Leiter. Ich helf dir.«

Ich helf dir, dachte sie. Du wirst mich nicht an meinem dicken Hintern in dein Auto stopfen, Adam Finkenwirth.

Als er zwei Tage später vorfuhr und im Hof hielt, stellte sie eine Fußbank aufs Pflaster neben den Wagen, nahm sie als Stufe und erklomm den Beifahrersitz.

»Was du alles kannst!«, sagte Adam und überfuhr beim Zurücksetzen die Fußbank.

Sie hatte sich stadtfein gemacht, das gute Geblümte und ein Hütchen mit einer Rosette aus melonenfarbenem Batist, dazu die Opale ihrer Mutter in den Ohrläppchen. »Wer sind diese Leute?«, fragte sie unternehmungslustig, als sie über den Feldweg wankten.

»Ein Planungsbüro, nennt sich Agent Green. Sie sind auf die Prüfung artenschutzrechtlicher Belange spezialisiert. So heißt das von Amts wegen.«

»Agent Green klingt furchtbar, wie Agent Orange. Das wäre ja eher im Sinne der Bürgermeisterin. Runter mit dem ganzen Laub! Meine Güte, haben die Leute denn gar keinen Takt und kein Geschichtsbewusstsein?«

»Bleib bitte friedlich, Agathe. Wir bezahlen diese Leute. Sie sollen für uns die Rohrdommel ganz groß rausbringen.«

»Und wenn sie die Rohrdommel nicht finden? Ich meine, wenn das Biest nur einmal gehupt hat und ist dann weitergeflogen?«

»Das, liebe Agathe, ist meine größte Sorge.«

»Aber könnten sich die Ornis nicht ins Schilf setzen?

Sie haben doch alle diese Vogelstimmen auf dem Telefon, die man laut abspielen kann.«

Er sah sie von der Seite an. »Du hast ja eine kriminelle Ader.«

»Ich denke nur praktisch«, erwiderte sie.

»Ein interessanter Plan, aber damit schießen wir uns selbst ins Knie. Die Experten machen ein richtiges Monitoring, auch mit Drohnen. Stell dir vor, sie fliegen übers Schilf und statt der Rohrdommel sitzt da der Marvin mit dem Smartphone.«

»Er könnte sich entsprechend tätowieren lassen.«

»Das kannst du ihm ja vorschlagen. Vielleicht hat der Andi ihn mitgebracht. Die beiden sind alte Freunde.«

»Wer kommt noch?«

»Cecilia Stefani natürlich. Sie und ich stellen die oppositionelle Freie Liste im Gemeinderat, wie du weißt, und damit sind wir praktisch die Auftraggeber der Prüfung.«

Sie fuhren durch das Neubaugebiet von Sagenhausen. Agathe sah eine Frau, die gebückt mit dem Handfeger ein Häufchen Staub aus dem Rinnstein aufs Blech kehrte, eine Venus von Milo in einem geschotterten Vorgarten, Strohkränze an Haustüren, Koniferen hinter Zäunen und ein Schild mit einem durchgestrichenen Hund beim Kacken.

»Wohnst du hier?«

Er brummte und lenkte den Unimog in die Garageneinfahrt eines Bungalows, wo schon eine silbergraue

Limousine parkte. »Elektromobil«, sagte Adam bewundernd. »Sie sind also schon da.«

»Und du fährst in diesem krachenden alten Stinker herum; Freie Liste Rohrdommel.«

»Wir haben alle unsere kleinen Ungereimtheiten.«

»Wie wahr!«

Er stieg aus, ging um den Lastwagen herum, klinkte die Metalltür auf, und sie kletterte rückwärts über die Fußraste hinunter, sprang aufs Pflaster, schwang herum und rückte das Hütchen zurecht. »Wie seh ich aus?«

»Du siehst phantastisch aus.« Es klang ernst und so war es auch gemeint.

Sie wedelte mit der Hand und stimmte einen kurzen Triller an. »Dann auf in den Kampf!«

Agent Green waren ein junger Mann in gebügelter Funktionskleidung mit Taschen an den Hosenbeinen und eine ebenso junge Frau, die ihre Haare als üppige schwarz und grau gestreifte Mähne trug. Doppelter Hosenboden des Herrn, notierte Agathe, selbstbewusste Frisur der Dame, klug genug, sich nicht die Haare zu färben. Beide hatten Papierstapel auf dem Glastisch vor sich liegen. Cecilia Stefani musste die lächelnde Person mit den tadellosen Zähnen sein, die mit dem Rücken zur Terrassentür auf dem großen winkelförmigen Ledersofa saß, und Mechthild Finkenwirth die andere, die hinter dem Tresen der offenen Küche Aufstellung genommen hatte und mit verlegenen Händen ein Geschirrtuch auf- und zusammenfaltete. Andreas und Marvin, die jeweils mit halbem Hintern auf der Sofalehne hockten und sie mit erhobener Hand grüßten wie friedfertige Indianer in einem alten Western.

Agathe schaute durch die großen Fenster in den Garten der Finkenwirths – geschorener Rasen, kein Kraut, keine Rüben, doch eine Zeile kompakter Obstbäume, zwei Liegestühle und ein zugedeckter Grill, Sonnenblumen, Cosmeen und Klatschmohn, die als bunter Streifen am Rand blühten – und weiter über die Äcker, auf denen das Korn stand, bis zum grünen Saum der Rausch.

Man nannte Namen, die an ihr vorbeizogen, und nahm rundum auf dem Sofa Platz. Nur Frau Finkenwirth blieb in der Küche stehen. Als die junge Frau mit den gestreiften Haaren zu sprechen begann, wussten alle, dass sie hier und überall das Wort führen würde. Ihr Team von Agent Green sei durch Frau Stefani und Herrn Finkenwirth in Sachen Campingplatz an der Rausch bereits umfassend informiert worden. Zwar habe die Untere Naturschutzbehörde dem geänderten Flächennutzungsplan der Gemeinde Sagenhausen zugestimmt, durch das Auftauchen der Rohrdommel – Botaurus stellaris –, einer streng geschützten Art, sei jedoch eine völlig neue Situation entstanden, die unter biologischen und ökologischen Aspekten zu betrachten sei, wie vom Umweltverträglichkeitsprüfungsgesetz und dem Bundesnaturschutzgesetz vorgesehen. Die Rohrdommel stehe auf der Roten Liste der bedrohten Arten, aber gleichwie, die Störung vorkommender Spezies, ihre Tötung, Verletzung oder Vertreibung sei gesetzlich verboten. Ein überwiegend erforderliches öffentliches Interesse, das eine naturschutzrechtliche Ausnahmeregelung erzwingen könnte, liege im Fall eines geplanten Freizeitgeländes nicht vor.

Der junge Mann, der offenbar nicht ganz so zungenfertig war wie seine Kollegin, erhob sich und verteilte lächelnd Faltblätter an die noch nicht Eingeweihten. Auch Frau Finkenwirth bekam eins, worauf sie sich auf ihre Rolle als Gastgeberin besann und ein Blech mit Apfelkuchen auf den Küchentresen stellte.

»Agent Green ist ein interdisziplinäres Team aus Expertinnen und Experten auf botanischem, zoologischem und baubiologischem Gebiet«, fuhr die junge Frau fort. »Wir sind besonders auf Biotopkartierungen und Bestandserhebungen der lokalen Avifauna spezialisiert.«

»Benutzen Sie dabei Drohnen?«, fragte Agathe.

»Das kommt darauf an«, erwiderte die apart Gestreifte. »Drohnen sind natürlich eine Zusatzleistung. Wir erfassen den Bestand zunächst auf konventionelle Weise, also durch das Führen von Listen, das heißt Beobachten und Zählen.«

Zählen? Agathe und die Ornis sahen sich an. Bis eins zählen?

»Auch bei wenigen Exemplaren?«, fragte Adam.

»Oh, selbstverständlich. Wir sind uns durchaus bewusst, dass die Rohrdommel ein seltener Vogel ist.«

»Es kommen natürlich auch andere Arten infrage«, meldete sich der junge Mann hilfreich, »Reptilien und

Amphibien. Sie sind ebenfalls geschützt. Gibt es Beobachtungen in dieser Richtung?«

»Eidechsen«, rief Agathe. »Ich habe unglaublich viele graue und grüne Eidechsen im Garten. Und Wiesel, falls die auch zählen.«

»Eine Ringelnatter«, sagte Marvin stolz, »die sind total selten. Vor paar Jahren hab ich mal eine gesehen, wie sie im Wasser geschwommen ist.«

»Der Eisvogel«, sagte Andreas, »Alcedo atthis.« Die junge Frau sollte nicht glauben, dass sie hier allein mit ihrem Latein glänzen könnte.

Cecilia Stefani lächelte: »Und Blindschleichen. Das sind Eidechsen ohne Beine.« Die waren Agathe neu.

»Ausgezeichnet«, lobte der Agent Green. »Das werden wir berücksichtigen.«

Die Agentin schob auf dem Tisch ihre Papiere auseinander. »Könnten wir dann zu den Einzelheiten unseres Vorgehens kommen?« Sie sah die beiden Vertreter der oppositionellen Freien Liste an, die bereitwillig heranrückten.

Marvin, der das seine zur Wahrheitsfindung beigetragen hatte, erhob sich und steuerte den Apfelkuchen an. Dieser junge Mann ist zu wenig nutze, dachte Agathe nicht zum ersten Mal. Vor Jahren eine einzige Ringelnatter. Das reicht hinten und vorne nicht für ein Schutzgebiet. Und ich bin mal wieder die Katze auf der Insel. Schließlich stand sie ebenfalls auf und betrachtete Mechthild Finkenwirth; mittelgroß, mittel hübsch, mittelgescheitelt. Hoffnungslos.

»Ich freue mich, Sie kennenzulernen, Frau Weh«, flüsterte Mechthild laut. Sie wollte die Konferierenden auf dem Sofa nicht stören. »Adam hat so viel von Ihnen erzählt und unser Andi auch.«

»Hoffentlich nur Gutes«, zischelte Agathe zurück. »Ich bin nämlich eine zänkische alte Hexe.«

Mechthild legte kichernd die Hand auf den Mund. »Oje, oje, oje, sagen Sie das nicht, Frau Weh!«, und Agathe hielt den Atem an, denn hier schien sich schon wieder etwas zusammenzureimen.

»Dein Apfelkuchen ist klasse, Oma«, sagte Andreas und Agathe atmete erleichtert aus.

*

Hasenmühle, Sommer 2014

Es wurde Sommer an der Rausch. Der Wind blies in die Weiden, bog die Zweige und sträubte die Blätter, die ihm raschelnd ihre silbergrüne Unterseite zukehrten. Schwalben nippten übers Wasser und auf den Wiesen duftete das Heu. Agathe musste sich das Wehr mit Menschen teilen, die allein durch ihre Anwesenheit störten, aber auch mit Zechern und Zündlern sowie dem Besitzer eines alles beherrschenden schwarzbraunen Dobermanns, der vollkommen taub gegen die Rufe (Jasper!! Hierher!!) und Pfiffe seines Herrn am Ufer auf und ab stürmte und große Äste apportierte, um die ihn niemand gebeten hatte.

Da sie es nicht wagte, sich mit dem Hund anzulegen, beschimpfte sie dessen Besitzer, sobald er sich zeigte, was dieser, ebenso souverän wie sein Dobermann, an sich abperlen ließ. Immerhin schränkte Agathes Gezeter die Besuche von Herrn und Hund am Wehr ein. Stattdessen sah sie das Tier jeden Morgen von weitem über die Wiesen galoppieren. Vermutlich fand Jasper Hasen auch interessanter als Äste.

Agent Green ermittelte, und solange das Einspruchsverfahren gegen den Campingplatz lief, war über die Zukunft der Rausch nichts entschieden. Am Abend, wenn die Lärmenden gegangen waren, ließ sie sich am Sockel des alten Sprungbretts zu Wasser und schwamm in ihrer selbsterzeugten Bugwelle in langen Zügen flussauf bis zur Hasenmühle. Das Wasser rollte mit leisem Schlürfen davon. Ein Fisch sprang. Das Motorengeräusch eines Traktors entfernte sich. Sie tauchte ein und atmete aus. Es war wie ein Schweben, eine kurze Weile, in der Agathe mit der Welt übereinstimmte, einer Welt ohne Guardian, ohne Caroline Ott, ohne Campingplatz und ohne Hunde.

Im Bootshaus war eine Leine für ihr Handtuch und ihre Kleider gespannt. Auf einem Wandbord lag Adams Motorsäge. Daneben lehnte die Sense, mit der er das Gras kurzhielt, damit sie leichten Fußes über die Insel gehen konnte. Sie hatte bemerkt, dass er hinter ihrem Rücken angefangenen hatte zu gärtnern und Zug um Zug allerlei Geräte herbeischaffte: Astschere, Pickel,

Grabgabel, Rechen, Hacke, Spaten, alles geputzt und geschärft. Zwei Gießkannen. Eine Schubkarre. Eines Tages stand auch dieses Metallregal an der Wand mit dem kleinen Instrumentarium. Und ein Kanister mit einer unbekannten Substanz.

Auch der Garten nahm interessante neue Formen an. Dort, wo die Butterblumen vermutlich nicht freiwillig gewichen waren, sprossen plötzlich Fingerhut und Mohn, blauer Natternkopf, Kornblumen, Akeleien, Nachtkerzen, Herzgespann und weinrote Stockrosen – ein Wunder der Selbstaussaat, versicherte er ihr ernst, während seine Miene ihn Lügen strafte.

»Du bist der scheinheiligste Bauer, den ich kenne«, sagte Agathe.

»Wie viele kennst du denn?«

»Keinen wie dich.«

»Und, was meinst du? Wie sieht es aus?«

»Solange es nicht nach Kohlrüben aussieht, kannst du machen, was du willst.«

Warum wollten die Kerle immer gelobt werden? Sie hatte ihn gekränkt; das merkte sie im Weggehen. Einfach, wie er da stand. Dabei hatte sie ihm, schon bevor er begonnen hatte, seine Art von Ordnung reinzubringen, gesagt, dass sie keinen Garten und keinen Gärtner haben wollte. Nun wirtschaftete er auf der Insel herum, als sei sie sein eigen. Und es sollte ihr gefallen. Das Problem war, dass es ihr gefiel, obwohl ihre Anordnungen so fraglos übergangen worden waren. Ein paar Blumen hielten sich im Rahmen. Aber sie musste aufpassen:

sobald Hortensien auftauchten, wären Adam und sie geschiedene Leute.

Zwei Tage zuvor hatte er sie herumgeführt und ihr gezeigt, wie weit der Garten gediehen war. Unter dem verfilzten Gras hatte er im Lauf der Ausgrabungen die betonierten Einfassungen alter Beete freigelegt. Auch das Bodenprofil des Kartoffeläckerchens war zum Vorschein gekommen. Doch nichts, was hier einmal kultiviert worden war, hatte überlebt. Selbst die zähen Astern und Päonien waren untergegangen, die Johannisbeersträucher vertrocknet und überwuchert. Nur zwei große Fliederbüsche hatten sich dem wilden botanischen Einkrautungswillen widersetzt.

»Die bleiben!«, sagte sie.

In der Inselmitte, wo Fels durch die Erde buckelte und die Eidechsen sich sonnten, strebten Königskerzen und Nachtviolen ans Licht. »Und die auch!«

Er nickte. »Du bist der Boss.«

Ich bin einfach unerträglich, dachte Agathe.

An einem dieser langen Abende sah sie beim Schwimmen einen großen Vogel gegen den Himmel ihre Bahn kreuzen, und als sie trocken und angezogen war, suchte sie Adam im Garten, folgte dem kurzen stetigen Hackgeräusch um ihm von dem Vogel zu berichten. »Eine Art fliegender Pfannekuchen, fast so groß wie ein Reiher, aber in der Mitte dick und vorn und hinten dünn auslaufend.«

Adam legte die Hände über den Stiel der Hacke. »Farbe?«

»Schwer zu sagen im Gegenlicht. Dunkelbraun gemustert.«

»Flügelschlag?«

»Ja, nun, er flog, nicht wahr, von links nach rechts über die Rausch.«

»Ich meine schnell oder langsam, etwa im Vergleich zum Reiher.«

»Schneller, nicht so gemächlich und majestätisch wie ein Reiher, und er hatte auch keinen langen Hals, eigentlich gar keinen. Und kurze Beine, glaube ich.«

»Stimme? Hat er gerufen?«

»Mich nicht. Aber ja, es war so eine Art Krächzen – oder eher Bellen, ich weiß nicht recht.«

Adam, der schon beim beschleunigten Flügelschlag zu grinsen begonnen hatte, lachte. »Du hast sie gesehen, Agathe, du hast die Rohrdommel gesehen. Gratuliere! Das ist phantastisch!« Er legte ihr eine schwere Hand auf die Schulter. »Sie ist da. Schreib gleich die Uhrzeit auf und wo genau du sie gesehen hast! Das ist wichtig für das Monitoring.«

Agathe, die weder Hände auf Schultern noch Anweisungen gewohnt war, wurde ein wenig steif, aber auf dem Weg ins Haus fing sie an zu trällern. Ohne eigenes Zutun war ihr etwas Wichtiges gelungen. Sie hatte die Rohrdommel gesehen. Und Adam hatte ihr gratuliert.

Die Sichtung der Rohrdommel sprach sich schnell zu den Ornis durch. Zuerst kamen Adlerschwingen-Marvin und Benno, das Bussardhemd; am Sonntag darauf Andreas, Cissy und der andere, Fips, saßen schweigend und reglos mit ihren Wasserflaschen und Ferngläsern auf der Mauer am Fluss, ganz Auge und Ohr, Cissy sehr nahe bei Andreas, wie Agathe bemerkte, als sie aus dem Fenster im ersten Stock über die Insel schaute. In den vergangenen Tagen war es lichter geworden. Eines Morgens hatte sie die vorbeiströmende Rausch erblickt.

Ihres seltenen Status gewahr, blieb die Rohrdommel im Schilf-Versteck, ließ auch ihr drolliges Hupen nicht hören – die Balzzeit war ja vorbei, wie man Agathe erklärte – und Adam nutzte die Gelegenheit, Andreas, Cissy und Fips am Heimgehen zu hindern und zur Gartenarbeit zu verpflichten. Zu dritt schlugen sie sich ins Gebüsch; Cissy, unpassend leicht bekleidet, folgte mit dem zierlichsten Blumenscherchen, das sie auf dem Bord im Bootshaus finden konnte, und gab die Richtung an, in der sie einmal die Porzellanschilder mit den lateinischen Namen gefunden hatte.

Von oben verfolgte Agathe ein stilles, aber entschiedenes Balzverhalten dieses Weibchens, ein kokettes Aufflattern, Schütteln der Flügel, Recken des Halses und Öffnen des Schnabels, und sie sah Andreas, das Hähnchen, dem das Vorhaben allmählich zu dämmern begann, der die Säge an einen Ast hängte, mit Cissy zurückblieb und sie hinter einem Schwarzdornbusch an sich zog und küsste. Bon travail, sagte Agathe und schloss das Fenster.

Da ihr Garten näher an dem großen Schilfgürtel lag als das Wehr, waren sie ein paar Tage später alle wieder da – Marvin, Benno, Fips, Cissy und Andreas –, sammelten sich im Hof, stießen dann unter Andreas' Führung ins Haus vor, grüßten die Bewohnerin wohlwollend, ließen sich aber nicht aufhalten. Auf der Inselspitze, wo sich der Mühlenkanal von der Rausch trennte, legten sie ab, zogen Dreibeine auseinander, schraubten Fernrohre darauf, lauschten ins abendliche Weben und Wallen, Rascheln und Zirpen, sprachen nur gedämpft und sparsam miteinander.

Sie hatten Faltstühle und Thermoskannen mitgebracht und baten um nichts, weder um Kaffee, noch um Wasser, und Agathe blickte leise zürnend auf die ihr zugekehrten Rücken. Durch Adam hatten sie ihr ausrichten lassen, sie fänden es super, wenn sie heute Abend nicht schwimmen ginge, und während die Ornis gespannt, geduldig und unter sich auf das Dommeln im Rohr spitzten, saß Agathe mit einem kleinen Scotch toute seule unter dem Birnbaum und fühlte sich vernachlässigt. Dazu ging ihr die Drossel, die hoch oben in der Krone saß, mit ihrem lauten, rechthaberischen Gesang und selbstgefälligen Pfiffen auf die Nerven. Vögel! In einiger Entfernung sah sie Adam seine Schubkarre durchs Bild schieben, hoch beladen mit dürren Ästen von links nach rechts, leicht und leer von rechts nach links und schließlich steuerte er ohne die Karre geradewegs auf sie zu. »Komm mal mit, Agathe, ich muss dir was zeigen.«

Sie folgte ihm ans andere Ende der Insel zu der Stelle, wo die Rausch den Mühlbach wieder aufnahm, und zu dem umfänglichen Verhau aus Schwarzdorn und Brombeeren, den Adam der nistenden Vögel wegen verschont hatte und in dem sich ein kniehohes Mäuerchen verbarg. Um die Schubkarre darüber ausleeren zu können, hatte er einen Pfad durchs Dickicht geschlagen und eine Planke angelegt. Agathe nahm sie mit ausgebreiteten Armen wie eine Seiltänzerin. Hinter dem Mäuerchen deuteten sich die Umrisse einer runden Senke an.

»Hier hab ich den ganzen Grünschnitt und die Äste reingekippt«, sagte er. »Es scheint die alte Abfallgrube zu sein, Laub und morsches Holz und jede Menge Müll. Und nun schau mal hier innen an der Mauer: eine Feuerstelle. Die Steine sind verrußt. Und wofür hältst du das?«

»Einen Schuh«, sagte Agathe, »einen Damenschuh, jedenfalls das, was von ihm übrig ist, ein schwarzer Pumps, sieht aus wie Lackleder.« Sie beugte sich tiefer. »Was ist damit? Meinst du, den hätte ich verloren? Adam, sieh dir meine Füße an. Das ist höchstens Größe 38.«

Er schwieg. »Ich glaube, ich muss mal dem Andi Bescheid sagen«, murmelte er dann. Es war der rechte Schuh, den Inna Koidula getragen, als sie ermordet wurde; das Gegenstück des linken, den sie später am Wehr verloren hatte. Andreas, von Adam aus der Gesellschaft der Ornis gelöst, hatte sich über die Mauer gebeugt und war einen Schritt zurückgetreten. Er musste ihn nicht lange betrachten. Obwohl er einmal im Feuer und fast sechs Jahre lang im Regen gelegen hatte, gab es keinen Zweifel. Er würde den schwarzen Schuh am Wehr immer wiedererkennen.

Danach standen sie zu dritt am Rand der alten Abfallgrube, sahen sich reihum an und sagten sich zögernd vor, was ihnen ins Bewusstsein gedrungen und wie wohl das eine auf das andere gefolgt war: »Dann ist sie hier gestorben.«

»Dann lag das Mordwerkzeug in der Asche.«

»Dann ist sie nicht von weither mit dem Wagen gebracht worden, sondern die Reifenspuren waren ein Bluff.«

»Und der Kleiderfetzen im Schilf auch.«

»Dann hat ihr Mörder nicht bemerkt, dass sie einen Schuh verloren hatte, als er sie wegbrachte.«

»Oder er hat es bemerkt, aber nicht einmal versucht, die Spuren seiner Tat zu tilgen.«

»Dann war es ihm egal, dass der Schuh liegen geblieben ist, weil er sicher sein konnte, dass man auf der Insel nicht danach suchen würde.«

»Warum? Weil niemand außer ihm Zugang zum Garten hatte?«

»Weil er planlos war?«

»In Panik?«

»Weil man ihn dabei gesehen hätte?«

Wer sollte das sein außer Kuhn Afrika, der gar nicht in Afrika war und dessen Alibi nichts taugte?

»Lass ihn liegen«, sagte Adam, als Andreas sich bückte, um den Schuh aufzuheben. »Den muss sich die Polizei ansehen.«

»Okay«, sagte er »dann hau ich mal ab.« Er sah von Adam zu Agathe. Das arme Tier, dachte sie gerührt, die nutzlose Bestie, da schaut sie ihm wieder aus den Augen.

»Renn doch nicht weg«, sagte Adam. »Wo willst du denn hin? Geh rüber zu den anderen und red mit ihnen. Ich räum nur noch mein Zeug in den Schuppen, dann komm ich zu euch und wir fahren zusammen heim. Die Oma hat heut für euch gekocht. Es gibt Reibekuchen. – Na, komm schon, Andi.« Er rüttelte sachte an dessen Schulter. »Das mit der Rohrdommel wird heute sowieso nichts mehr.«

Frau Finkenwirth hatte für alle gekocht. Nicht für alle. Die Ornis würden ihre Stühle zusammenfalten, ihre Fernrohre schultern, zu Mechthilds Reibekuchen abziehen und Agathe bliebe zurück. Doch sie könnte den Korbstuhl an die Inselspitze tragen und warten. Ein schöner Abend, ein Glas Rotwein, ein Käsebrot. Vielleicht, dass die Rohrdommel sich ihr noch einmal zeigte. Dann würde es diesen verführten jungen Menschen leidtun, desertiert zu sein. Ornis – ts!

»Er nimmt's immer noch sehr schwer«, sagte sie

schließlich. Adam legte seine Gerätschaften in die Schubkarre.

»Ja, das tut er. Der steckt so leicht nichts weg. Heute denk ich, dass er damals wirklich jemanden gebraucht hätte, der mit ihm richtig über die Frau und den ganzen Fall redet, ein Psychologe oder so jemand. Ich bin da nicht so gut drin. Er war ja noch ein Bub, und alle dachten, er hätte es irgendwann gepackt. Aber er hat immer dieses arme angefressene Gesicht vor sich gesehen und nachts im Schlaf geschrien. Ich hab ihn wie oft wecken und festhalten müssen.« Er deutete in die Abfallgrube. »Und jetzt das hier.«

»Doch, ich finde, du bist sehr gut da drin«, sagte Agathe. »Diese Psychologen machen es nicht besser; im Gegenteil. Ihr Herumrühren in anderer Leute Seele halte ich für äußerst unproduktiv, geradezu schädlich. Die sind doch alle selbst nicht ganz bei Trost. Wie lange ging denn das – mit dem Aufwecken?«

»Lange. Er war überhaupt nicht mehr bei sich, hat die Schule geschmissen und wir sind ganz woanders zum Vögelgucken hingegangen, bloß nicht mehr ans Wehr.«

Noch eine Tote, die nicht losließ, dachte Agathe. Miststück!

»Ihr beide seid euch sehr nahe, nicht wahr?«, fragte sie laut.

»Ja, wir wissen, wovon wir reden.« Er nickte langsam. »Der Andi hat früher meistens bei uns gewohnt, weil wir beide besser miteinander auskommen, als er mit seinem Vater – und ich mit meinem Sohn. Der Andi ist ein ganz anderer Kerl als der Joe. Mein Sohn kann sich einfach nicht vorstellen, was in anderen Leuten vorgeht. Er wollte, dass der Junge zackzack wieder funktioniert, aber so geht das nicht. Die Zeit heilt nicht alle Wunden.«

»Aber die meisten«, sagte Agathe, die mit der Zeit gute Erfahrungen gemacht hatte.

Die Einzige, die stehen blieb, als die Ornis an Agathe vorbei zur Tür hinaus defilierten, war Cissy. Verliebt, geküsst, sternenäugig und mit aller Welt im Reinen, wollte sie, dass auch die kleine dicke alte Frau glücklich war. »Ich hab dich ja ewig nicht mehr im Capri gesehen. Genau. Du musst mal wieder kommen. Meine Mama macht jetzt ein total leckeres Tiramisù. Ich lad dich ein dafür, dass du meine Tasse angeguckt hast.«

»Ah ja, die Tasse aus Hotelsilber. Ich hoffe, du warst nicht enttäuscht. Was hast du damit gemacht?«

»Ich hab sie dem Andi geschenkt; so als Glücksbringer für uns beide.«

»Verstehe«, sagte Agathe. »Sieh zu, dass du nichts verschüttest.«

Cissy lachte und wedelte mit dem Pferdeschwanz. »Ach, ich kenn den Andi, seit ich zwölf bin« – als sei damit alles erklärt und die Liebe eine sichere Bank.

Agathe hätte ihr gern noch etwas aus ihrem Erfahrungsschatz mitgegeben, aber sie wusste, dass Bedenken in diesem Fall so gern gehört wurden wie eine Empfehlung an die Hummel, der Pfingstrose fernzubleiben. Außerdem hatte Cissy – »Tschüssi!« – es eilig, die anderen einzuholen, Andreas von hinten zu umarmen und lachend im Gleichschritt vor sich her zu schieben.

Einen kleinen Sprung in der Tasse hat sie schon, dachte Agathe.

*

Sie kamen zu zweit und in Zivil. Agathe war vorbereitet, denn sie hatte sie selbst anrufen müssen; wer sonst? Solche Umstände! Sie musste eigens zur Telefonzelle im Ort radeln, doch schließlich war es ihr Garten, in dem nach sechs Jahren eine Mordermittlung wieder aufgenommen werden sollte. Sie wusste, dass die Polizei wusste, dass sie nicht die Witwe Weh war, und wenn es erst der leitende Redakteur Pauli ebenfalls wusste, war es zu spät, Finkenwirth Adam und Andreas die Wahrheit zu erzählen. Sie bat die beiden in die Küche.

»Ich muss euch was sagen. Es dauert nur einen Moment. Setzt euch trotzdem.« Sie verschwand im Hintergrund, man hörte, wie Schubladen aufgezogen und zugeschoben wurden, dann war sie wieder da und legte ein gerahmtes Farbfoto auf den Tisch. Es war in einem Atelier aufgenommen und zeigte die lächelnde Agathe mit ihren Schlehenaugen und einer Fülle aufgesteckter dunkler Haare neben einem gutaussehenden Mann, der sie um einen Kopf überragte, einen eindrucksvollen Kopf mit einer Hakennase, einem Schnurrbart und buschigen Brauen. Er trug einen Nadelstreifenanzug, Agathe unter dem Kragen ihrer schimmernden bronzefarbenen Bluse ein Myrtensträußchen. Auf dem Schoß hielt sie ein blondes Kind, fast noch ein Baby, das dem Anlass entsprechend ein weißes Hemd und eine ganz kleine schwarze Fliege trug.

»Das Foto wurde am Tag unserer Hochzeit aufgenommen«, sagte sie. »1986. Das sind mein Mann Toni Keupenich und mein Sohn Jonas, also mein eigener Sohn. Toni ist nicht sein Vater. Damals hieß ich Katharina Keupenich, ein grässlicher Name. Agathe ist mein zweiter Taufname. Ich bitte, mich nicht auf diese Weise anzustarren und von Nachfragen abzusehen. Es war eine kurze Ehe. Sie endete damit, dass mein Mann betrunken unser Auto in einen Hafenkanal lenkte und darin ertrank. Ich saß neben ihm und konnte mich aus dem Wagen befreien. Es gab einen Zeugen, der behauptete, ich hätte Mitschuld an dem Unfall, und einen anderen, der gehört haben wollte, dass ich über den Tod meines Mannes gelacht hätte. Beide Beschuldigungen erwiesen sich als absurd. Nach seinem Tod war es für mich allerdings schwierig, wieder Tritt im Leben zu fassen. Es gab eine offizielle Untersuchung und Anfeindungen von Seiten meiner Schwiegermutter und« – sie warf die Hand in die Luft und fügte vage hinzu – »ihr könnt euch ja das Gerede der Leute vorstellen von Rauch, wo auch Feuer ist; ausgesprochen scheußlich. Ich musste regelrecht fliehen und bin mit meinem Kind zu meinen Eltern nach Wolmarshof gezogen. Ich wollte nur, dass ihr Bescheid wisst, wenn die Polizei hier demnächst alles auf den Kopf stellt.« Sie nahm das Foto wieder an sich.

»Du verbittest dir also Fragen«, sagte Adam und stand auf. Sein Gesicht war rot vor Ärger. »Das ist ja großartig. Zuerst hast du mich ausgefragt, dann hast du den Andi ausgefragt, als sei es dein gutes Recht, die ganzen elenden alten Geschichten – nämlich unsere alten Geschichten – wieder vorzukramen. Und ich erzähle dir das auch alles noch. Nennst du das Vertrauen gegen Vertrauen? Erst jetzt, wo die Polizei anrückt, kommst du mit deiner Vergangenheit rüber. Das finde ich ehrlich gesagt – ein bisschen spät, Agathe. Aber wie du willst. Für mich war's das. Ich geh jetzt. Kommst du mit, Andi?«

»Wart doch mal, Opa«, sagte Andreas. »Wenn das in Sagenhausen jeder gewusst hätte; stell dir das Gequatsche vor. Agathe hätte keine Chance mehr ...«

»Du und ich hätten aber nicht gequatscht«, fuhr Adam ihn an. Und zu Agathe: »Ich dachte, wir wären Freunde.« Er hätte gern hinzugefügt, dass er aus Freundschaft seit Wochen in der verdammten Wildnis hinter dem Haus herumackerte, aber das war schließlich seine eigene Idee gewesen.

Agathe seufzte. »Mein lieber Andreas, dein Opa hat natürlich recht. Vertrauen gegen Vertrauen. Ich habe einfach nicht gewollt, dass man mich in Sagenhausen kennt, weil … ja, ich bin hierhergezogen, weil ich jemand anderes sein wollte.«

»Ach ja? Wer denn, die Witwe Weh?«

»Also bitte, Adam, ich bin Witwe!«

»Und wer bist du sonst noch? Was soll dieses Versteckspielen?«

»Aber ich habe doch meine Gründe! Ich bin hierhergezogen und ich habe den Mädchennamen meiner Mutter angenommen, weil ich erpresst werde. Ja, allerdings. Irgendjemand versucht mich zu erpressen. Nach all den Jahren bekomme ich anonyme Briefe. Der Kerl nennt sich mein Guardian, also mein Wächter, oder eher mein Überwacher, und er prahlt damit, neue Beweise für meine Schuld am Tod meines Mannes zu haben, und damit will er an die Öffentlichkeit gehen. Ich habe dieses Haus gekauft, weil ich dachte, hier sei ich vor ihm in Sicherheit. Aber das stimmt nicht. Er hat mich gefunden. Er schickt weiter Briefe und er droht mir.«

»Und was will er von dir?«, fragte Adam.

»Das ist es ja. Er hat angekündigt herzukommen und dann will er, wie er sagt, mit mir spielen, oder tanzen, oder was weiß ich. Vorläufig scheint er sich mit dem Schmuck meiner Mutter zufriedengeben zu wollen.«

»Und du hast keine Ahnung, wer er sein könnte? Jemand, der dir Böses will?«

»Ich habe mir den Kopf zerbrochen. Es muss jemand sein, der mich von früher kennt. Er schickt mir Fotos, auf denen ich ein junges Mädchen bin, und ich habe keinen Schimmer, wer er sein könnte.«

»Klingt nach einem abgeblitzten Kerl.«

»Nach so vielen Jahren?«

»Aber welche Beweise?«, fragte Andreas, der mit seinen Gedanken woanders war. »Was hat er denn in der Hand, wenn die Anschuldigungen so absurd waren, wie du sagst? Das ist doch strafbar, oder? So jemanden kannst du anzeigen.«

Sie lehnte sich mit dem Rücken an den Herd, drehte das Foto in den Händen und sah an ihnen vorbei, als betrachtete sie sich hinter ihren Köpfen in einem Spiegel. »Das sind sie nicht. Ich meine die Anschuldigungen. Sie sind nicht so ganz absurd. Ja, es war ein Unfall, ein schreckliches, schicksalhaftes Versehen, aber meine Hände waren mit am Lenkrad und deswegen ist der Wagen in den Kanal gestürzt.«

*

Nach Agathes Eröffnung hatten sich Adam und Andreas schnell verabschiedet und sie hatte getan, als bemerke sie ihr betretenes Schweigen nicht, sondern redete rasch und munter über den Garten und die Veränderungen, die unter Adams Händen sichtbar wurden, wie schnell das Gras schon wieder spross und wie lange man abends draußen sitzen konnte, obwohl sie ebenso gut wie die beiden wusste, dass einmal Gesagtes von nun an in der Welt war und das, was sie getan hatte, in den Gedanken jener, vor denen sie es hatte verbergen wollen. Aber das war, wie es war, und jetzt nicht mehr zu ändern.

Als sie die Tür hinter ihnen zugeklinkt hatte und bevor sie in den Unimog kletterten, sagte Adam: »Lass uns mal ein paar Schritte gehen, Andi. Mit dem, was sie uns da erzählt hat, werd ich nicht so schnell fertig.« So schlugen sie den Weg hinunter zur Rausch ein und liefen über den Betonstreifen bis zum Wehr. Vom letzten Hochwasser war ein Weidenstamm angeschwemmt worden, aus dessen Rinde frisches Grün spross. Dort blieben sie nebeneinander stehen, die Hände in den Hosentaschen, und so Seite an Seite schauten sie auch auf den Fluss.

»Guck mal, Opa, die Mehlschwalben. Die sind immer noch da.« Ein ganzer Schwarm flitzte und wirbelte übers Wasser.

»Die bleiben auch noch ein bisschen. Die müssen sich vor dem Zug noch ordentlich was anfressen.«

Nach dem aufreibenden Gespräch mit Agathe waren sie in ihre verwandtschaftliche Gewohnheit verfallen, Dialekt zu reden.

»Wie die so aufs Wasser stippen; die sind so irre schnell, dass sie gar nicht nass werden.«

»Das perlt an denen ab.«

Schweigen.

»Weißt du noch, wie du mich mal gefragt hast, was ich gern für ein Vogel wäre?«

»Ja, klar, du wolltest eine Schwalbe sein.«

»Mhm.«

»Und warum?«

»Vielleicht, weil die fast alles können; spitzenmäßige

Flieger, eigentlich von den Besten, und super Jäger.« Andreas lachte leise. »Und sie brauchen nicht viel, um sich zu verständigen, nur ein bisschen Gezwitscher.«

Adam wiederum: »Stimmt, keine großen Sänger, aber meistens gut drauf.« Damit war die Einleitung abgeschlossen.

Andreas wandte den Blick nicht von den Schwalben. »Und was sagst du?«

»Ich finde, sie hat uns ganz schön reingelegt. Weißt du was, Andi, ich plag mich mein ganzes Leben lang mit diesem Unfall ab, und sie, einfach so, zack, Hände mit am Steuer und fertig. Es hat ihr wohl gar nichts ausgemacht, den Mann ins Wasser fahren zu lassen. Ich frag mich manchmal, ob sie noch ganz richtig im Kopf ist.«

»Du meinst, sie hat irgendeine Macke von früher? Ich fand das ja auch ziemlich krass, aber ich glaub nicht, dass die das so ganz kaltblütig gemacht hat, also den Wagen ins Wasser lenken. Man weiß ja nicht, was vorher war. Ob er sie vielleicht geschlagen hat oder ob sie gerangelt haben oder sonst was.«

»Ja, was denn? Und das nennt sie Schicksal? Ein Versehen? Mich haut das um. Ich meine, wir wussten ja, dass sie eine ziemliche Marke ist, immer nur ihr Ding macht. Die Frau hat null Unrechtsbewusstsein, und was die anderen wollen, ist ihr eigentlich scheißegal.«

»Na ja, sie ist halt allein«, sagte der Jüngere nach einer Weile.

»Und das erklärt alles, wie? Das erklärt, dass sie vielleicht aus Versehen jemanden umgebracht hat oder dass sie vielleicht mit Absicht einen Unfall gebaut hat?«

»Nicht alles. Aber du weißt doch, wie das ist, wenn man immer nur allein über was nachdenkt. Wenn man mit niemandem drüber redet. Das setzt sich ja irgendwie fest und man wird ein bisschen crazy davon. Als ich das letzte Mal wegen Cissys Tasse bei ihr war, hat sie mir schon erzählt, dass sie einen Sohn hat.

»Das Kind auf dem Foto?«

»Genau. Jonas. Ihr eigenes. Fragt sich nur, wo der ist und ob's den überhaupt noch gibt.«

»War das Erste, was ich von dem gehört habe«, brummte Adam. »Scheint sich nicht viel aus seiner Mutter zu machen.«

»Und dann dieser Erpresser. Wenn der wirklich kommt und ihr was antut? Die muss schon ganz schön was aushalten, Opa.«

»Vielleicht ist der Erpresser nur ein Hirngespinst. Vielleicht leidet sie unter einer Art Verfolgungswahn.«

Darüber dachten sie eine Weile nach.

»Turmfalke auf zwei Uhr«, sagte Adam.

Andreas folgte seinem Fingerzeig mit den Augen. »Wo?«

»Da, auf dem Telefondraht.«

»Mhm, ein Männchen.« Schweigende Betrachtung. »Jetzt zieht er ab.«

»Der braucht nicht zu hungern. Ist ein gutes Feldmausjahr.«

»Glaub ich nicht«, sagte Andreas schließlich.

»Was glaubst du nicht? Gutes Feldmausjahr?«

»Nein, den Verfolgungswahn.«

»Und wenn doch?«, fragte Adam roh. Er glaubte an keinen Wahn, aber er war so verärgert und gekränkt, dass er gegen Agathe austeilen musste. »Vielleicht führt sie uns damit auch an der Nase rum. Außer ihr hat ja noch keiner diese anonymen Briefe gesehen, du etwa?«

»Nee, aber die wird sie uns auch garantiert nicht zeigen wollen. Du weißt doch, wie sie ist. Lässt nichts raus.«

»Ja, ja. Sie hat sich von Anfang an versteckt, geht nirgendwo hin. Wenn sie dich nicht wegen der Nachtigall gefragt hätte, wär sie nie aus ihrem Loch rausgekommen. Macht den Mund nicht auf, erst wenn der Kittel brennt. Ich glaub, ihr geht's immer nur um die eigenen, ämh, Angelegenheiten. Ob die überhaupt jemanden außer sich selbst leiden kann?«

»Glaub schon. Ich glaub, die kann uns leiden«, sagte Andreas. Er dachte an ihre Hand auf seiner Wange und dass seine Augen sie an ihren Sohn erinnerten. Er dachte an ihr Gespräch über Inna Koidula. Agathe hatte einfach nur gefragt und er hatte geantwortet. Wie unter Freunden. Sie hatte ihn nicht ausgehorcht. Da war er etwas anderer Ansicht als Opa Adam. Was diesen Unfall anging, hätte er sie gern verstanden, aber er wusste nicht, wie er sie danach fragen sollte. Ein Versehen? Etwas Unbegreifliches hatte sich aufgetan, etwas, das ganz und gar nicht stimmte und das ihn bedrückte. Sie tat ihm leid, aber das war nicht dasselbe wie Freundschaft. Von nun an würde er dieses Bild vor sich sehen: Agathe auf dem Beifahrersitz, die ins Lenkrad griff und das Auto in voller Fahrt in einen Kanal stürzen ließ.

»Du bist ein guter Kerl, Andi. Du findest immer was Positives an allen Leuten, sogar an dieser verrückten alten Schachtel.«

»Wär doch auch langweilig ohne sie. «

»Stimmt.«

»Du kannst sie gut leiden, Opa, oder?«

»Stimmt.« Zum ersten Mal wandte Adam ihm das Gesicht zu und Andreas sah darin etwas, das er eigentlich nicht sehen wollte. Deshalb schaute er schnell wieder zu den Schwalben über der Rausch.

»Und was machen wir jetzt?«

»Wir müssen wohl ein bisschen auf die Frau aufpassen, Andi.«

»Glaub ich auch.«

*

Es waren zwei, die unter den Kastanien parkten, und natürlich sahen sie nicht wie Polizisten aus, aber auch nicht wie ein Paar. Beide trugen Jeans und Turnschuhe, die Frau eine karierte Bluse, und die Zielstrebigkeit ihres Auftretens deutete schon von Weitem darauf hin, dass sie nicht zum Spazierengehen gekommen waren.

»Katharina Keupenich?«, fragte der ältere Mann und zeigte ihr seinen Dienstausweis.

»Ja?«

»Kriminaloberkommissar Voss. Das ist Kommissaranwärterin Hellwig. Dürfen wir reinkommen?«

»Worum geht es?«

»Sie haben im Revier angerufen. Sie wissen, worum es geht.«

Agathe schloss die Tür, löste die Kette und öffnete wieder. Ihr Herz klopfte und ihre Stimme war heiser vor Aufregung, deshalb sparte sie an Worten. »Bitte – ich gehe voraus.«

»Kleinen Moment, Frau Keupenich. Wir haben erst ein paar Fragen an Sie.«

Sie öffnete die Küchentür und fühlte, wie sich sogleich eine gespannte Präsenz ausbreitete. Sie sollte höflich sein, Platz anbieten, aber das erschien ihr schon als eine Art vorauseilende Verbindlichkeit gegenüber der Staatsmacht, das Eingeständnis eines Versäumnisses, und so ließ sie es.

»Schildern Sie uns bitte, unter welchen Umständen Sie das genannte Beweisstück gefunden haben.«

Agathe hatte es bereits am Telefon geschildert, aber sie tat es noch einmal. Die Kommissaranwärterin schrieb mit. Der Oberkommissar sah sich um und dachte sich sein Teil: kleine Hasenmühle, wie besehen, Schiffbruch; ein paar gerettete Teile. Hochmut kommt vor dem Fall.

»Seit wann wohnen Sie hier, Frau Keupenich?«

Das macht dieser Sadist absichtlich, dachte sie, mich dauernd mit diesem verhassten Namen ansprechen. »Seit Februar.«

»Waren Sie zuvor schon einmal hier?«

»Nicht, dass ich wüsste.«

»Bitte – ja oder nein?«

»Nein.«

»Und Sie haben bis gestern diesen Teil Ihres Gartens nicht betreten?«

»Das sagte ich bereits. Der Garten war vollkommen verwildert, als ich hier einzog. Herr Finkenwirth, also Adam Finkenwirth, ist seit Wochen dabei, auf der Insel zu roden und den Garten wieder herzustellen. Wenn Sie ihn fragen wollen, er wohnt Akazienweg 12.«

»Wir haben ihn bereits befragt. Können wir dann?«

Im Flur blieben sie hinter ihr und auch als sie über die Insel gingen, glaubte Agathe scharfe Blicke im Rücken zu spüren. Obwohl ihr vor Nervosität ein wenig übel war, wehte sie unerwartet Besitzerstolz an. Die Wildnis war gebannt, es herrschte Übersicht im Garten. Zwar wirkte er immer noch ein wenig zerzaust aber keineswegs verreckt, wie sich der leitende Redakteur ausgedrückt hatte, sondern im Ganzen sehr persönlich und dabei recht großzügig und elegant. Ihr Garten. Sie gingen auf einem kurz gemähten Weg durch die hoch stehende Wiese, in der die Grillen zirpten. Auf einer Lichtung leuchteten die wilden Königskerzen, als habe ein Gärtner sie mit Bedacht an dieser Stelle gepflanzt, und auf das Betonpodest unter dem Birnbaum hatte Adam eigenmächtig einen großen Blumentopf mit einer blühenden Geranie gestellt. Hatte sie ihm überhaupt gedankt? Er und Andreas waren tatsächlich ein wenig überstürzt verschwunden, nachdem sie ihnen von dem Unfall im Kanal erzählt hatte.

Im Schwarzdorngestrüpp um die Abfallgrube trat sie an die niedrige Mauer, deutete auf die Feuerstelle und den halb verkohlten schwarzen Pumps.

Die Kommissaranwärterin zog eine Kamera aus ihrer Schultertasche und begann, den Schuh als Nahaufnahme und in seiner Umgebung zu fotografieren. Es war nur das Schnalzen des Auslösers zu hören.

»Andreas Finkenwirth war Zeuge. Er hat ihn wiedererkannt«, sagte Agathe, als das Schweigen andauerte.

»Das ist korrekt. Wir haben schon mit ihm gesprochen. Das Gegenstück befindet sich außerdem in der Asservatenkammer der Kriminalpolizei.« Als Nächstes flappte die Frau durchsichtige Handschuhe an, zog drei Plastiktüten aus der Tasche und steckte den Schuh, die Erde, in der er gelegen, und etwas Ruß, den sie von den Steinen gekratzt hatte, getrennt hinein.

Der Oberkommissar nahm die Tüten in Empfang. Plötzlich wandte er den Kopf nach rechts und links. »Wonach riecht es hier?«

»Nach Leichen«, sagte Agathe, die schon wieder Oberwasser hatte. »Nach toten Tieren. Weiter unten am Fluss liegt eine Fabrik, wo man Gelatine aus toten Tieren herstellt.«

Voss sah sie ärgerlich an. Die Zeugin machte sich offenbar über seine Ermittlungen lustig. Das würde ihr noch vergehen. Falls erforderlich, könnte er das ganze Grundstück umgraben lassen. Die wenigsten Gärtnerinnen schätzten es, wenn die Polizei diese Arbeit übernahm. »Wir müssen Sie bitten, den Ort vorläufig nicht zu betreten, Frau Keupenich. Die Spurensicherung wird ihn später am Tag absperren.«

»Suchen Sie nach der Tatwaffe?«

»Korrekt.«

»Die hat der Mörder doch bestimmt in hohem Bogen in den Fluss geworfen.«

»Die Ermittlungen überlassen Sie bitte der Polizei, Frau Keupenich.«

Agathe schloss resigniert die Augen vor so viel mangelnder Phantasie und ungehobelten Manieren. Dann marschierten die beiden zurück durch den Garten, ohne sie weiter zu beachten, stiegen ins Auto und fuhren nach knappem Gruß davon.

Was für ein Stoffel, dachte Agathe. Er hat mir nicht einmal seine Karte gegeben und gesagt ›Rufen Sie mich an, wenn Ihnen noch etwas einfällt‹, aber vielleicht habe ich wirklich zu viele Krimis gelesen.

Sie kehrte zur Abfallgrube zurück. Der Gedanke, dass dort ein Mord geschehen war, schreckte sie nicht. Von dem Verbot, ihren Garten an dieser Stelle zu betreten, fühlte sie sich nicht angesprochen. Was hatte die Natur im Lauf der Jahre zurückgenommen? Was war geblieben? Wie viele Bewohner hatten hier ihren Müll hingeworfen und wer hatte darin geschürft? Cissy, auf der

Suche nach coolen Teilen, hatte eine Suppentasse aus Hotelsilber gefunden. Adam einen schwarzen Damenschuh. Und sie?

Agathe stieg auf die niedrige Mauer und folgte deren rundem Verlauf, zwängte sich durch die überhängenden Büsche und die Matten aus Efeu. Dann sah sie es. Es war also noch da. Sie lachte, als sie die weiße Keramikschüssel eines Wasserklosetts entdeckte, dessen zerschmetterter Rand aus einem Haufen verrosteter Drahtrollen und dem Humus alten Herbstlaubs zackte. Die jungen Übeltäter hatten die Scherben damals zur Abfallgrube bringen müssen: Jonas und seine Freunde.

*

Hasenmühle, 2000

Sie hatte keinen Anlass gesehen, Oberkommissar Voss auf die Nase zu binden, dass sie schon einmal hier gewesen war und dass ihr der Ort bereits damals gut gefallen hatte. Die kleine Hasenmühle besaß eine Ausstrahlung, die unkonventionelles Handeln zu ermuntern schien, und sie lag an einem Fluss, in dem man schwimmen konnte. Wie sonst hätte sie vierzehn Jahre später auf die Idee verfallen können, sie zu ihrem Wohnsitz zu machen? Als Fremde kurvt man nicht in der Gegend herum und sucht einen Platz, wo man sich verstecken kann. Man kennt ihn längst. Für das Haus hatte sie den kleinen Whistler (*Themse bei Mondauf-*

gang) und den silbernen Tee-Samowar verkaufen müssen. Sie hatte geglaubt, hier sicher zu sein – eine Illusion. Aber noch einmal würde sie nicht davonlaufen.

Damals, als sie Jonas in ihrem alten VW abholte, war die Mühle Austragungsort für allerlei Projekte. Von gestählten Pädagogen begleitet, sollten Jugendliche aus schwierigen Verhältnissen solidarisches und verantwortungsvolles Handeln lernen, um, wie es hieß, ihre Lebensperspektive zu verbessern. Jonas kam natürlich aus schwierigen Verhältnissen. Der Trunkenbold von Ersatzvater war tot; den richtigen hatte er nie kennengelernt. Auch der Großvater, der ihm zum Vorbild hätte dienen können, lebte nicht mehr. Der alleinerziehenden Mutter gelang es leider nicht immer, das Kind zu bändigen, und sie musste zugeben, dass Jonas ein wenig verwildert war. Aber er hatte hervorragende Anlagen, sehr viel Talent. Er zeichnete und fotografierte sehr ansprechend und er war so hübsch mit seinem arroganten Mund, den dicken blonden Haaren und seinen entzückenden Augen.

Leider gehörte er zu einer Gruppe Erziehungsbefohlener, die eines Nachts im ersten Stock der Hasenmühle ein Wasserklosett herausgerissen und durchs Fenster in den Hof geworfen hatte. Ein Sozialarbeiter, der dem Treiben im Waschraum ein Ende bereiten wollte, war geschlagen und, zu Boden gegangen, von Tritten an Kopf und Schultern verletzt worden. Da Jonas bei dessen Erscheinen das Licht ausgeknipst hatte, konnte er die Angreifer nicht benennen, hatte aber genug gesehen und gelitten, um eine Anzeige wegen gefährlicher Körperverletzung zu formulieren.

Ihr Sohn war keiner von den dummen Rabauken, die sich das mit dem Klosett ausgedacht hatten, und niemals hätte er einen Menschen geschlagen, aber der Gruppendruck! Wie sollte sich ein sensibler und leicht beeinflussbarer Junge wie Jonas diesem Druck entziehen?! Das hatte sie auch dem Chef der Sozialarbeiter erklärt, als sie auf die Hasenmühle zitiert worden war, um den Sohn einzusammeln. Er war vierzehn, nein, fünfzehn, ein schwieriges Alter. Ihm fehlte der Vater, die ordnende Hand. Sie war nicht die Einzige. Auch andere Eltern waren vorgefahren, um ihre Blagen abzuholen. Das Projekt verantwortungsvolles Handeln wurde eingestellt.

Sie hatte gehofft, dass es Jonas' letzte Eskapade war, obwohl nichts auf künftiges Wohlverhalten hindeutete – außer seinem Wort, und das hatte er so oft gebrochen, wie er es gegeben hatte. Agathe war mit einem unverstandenen Fünfzehnjährigen nach Hause gefahren, der sich auf dem Beifahrersitz fläzte und sie mit seinen Rechtfertigungen zur Weißglut trieb.

Er hatte doch gar nichts gemacht! Die Sozialarbeiter waren allesamt Wichser.

»Jonas! Ich verbiete dir …!«

»Ist doch wahr!«

Er glaubte, dass sie ihm weniger wegen der blöden Kloschüssel grollte, als dass sie ihm seine erneute Anwesenheit zu Hause übelnahm. Sie war ihm so furchtbar peinlich gewesen mit ihrem idiotischen Jägerhut, in dem sie in der Hasenmühle aufgekreuzt war. Wer brauchte eine Mutter, die sich in diesem Aufzug und mit lautem Gegacker auf den Oberwichser von den Pädagogen stürzte? Sie kapierte eben überhaupt nichts.

Nun war er wieder da, wo er herkam; zum zweiten Mal sitzengeblieben, und seine Freunde dazu verdonnert, im Altersheim irgendwelche Greise im Rollstuhl herumzuschieben. Als er aufs Internat wechselte, hatte Agathe sein Zimmer in Beschlag genommen. Sie gab es nur widerwillig wieder her. Vorstadt, Wohnblock, fünfter Stock, mehrfach überklebte Klingelschilder, ein versiffter Aufzug, Graffiti im Flur und dann hinter der Resopaltür mit dem Fischauge drei Zimmer wie auf einem anderen Planeten: der Biedermeiertisch, der kleine Whistler, Grand-Papas Porträt und der silberne Tee-Samowar. Jonas, ohne seine Freunde so kühn wie ein Reh, das sich am verkaufsoffenen Sonntag in die Fußgängerzone verirrt hat, war den Schrecken der Pubertät beistandslos ausgeliefert.

Selbstverständlich verabscheute er seine Mutter. Ein junger Dirigent lud sie ein, ihn auf einer Tournee durch Belgien zu begleiten – Antwerpen, Brüssel, Mons. Die Reise war gratis. Wieder musste er sich für sie schämen. Für Sex war sie viel zu alt. Zu dick. Sie fuhr weg, weil sie nicht mit ihm reden wollte. Sie ließ ihn allein, weil sie ihn nicht in ihrer Nähe ertrug, den missratenen Sohn. Dabei war Maman selbst die größte Versagerin. Agathe, die nie etwas Richtiges gelernt hatte, pflegte verschiedene Beschäftigungsverhältnisse; mal an der Rezeption eines Yogastudios, mal im Opern- und Theaterfundus, mal als Vorleserin in einem Altersheim. Kein Job brachte viel ein, das Vorlesen gar nichts. Ihrer beider Lebensperspektive hatte sich nicht verbessert.

Die Sache mit der Kloschüssel hatte auch der kleinen Hasenmühle nicht gutgetan, und als Kuhn Afrika sie im Jahr darauf übernahm, ging es noch ein bisschen schneller mit ihr bergab.

Hasenmühle, August 2014

Fred Pauli war geschmeichelt. Selbstverständlich könne er dem Kollegen, der durch die Titelgeschichte in den *Sagenhauser Nachrichten* auf *Paulus* aufmerksam geworden war, Details über den Mordfall mitteilen. Vielleicht ergab sich ja daraus eine Gelegenheit, in Zukunft als freier Mitarbeiter bei dem großen Nachrichtenmagazin einzusteigen; nicht gleich mit Namensbeiträgen, er war ja nicht wahnsinnig, aber doch als zuverlässige Informationsquelle und mit Spitzen-Storys aus der gar nicht mal so unspannenden Provinz.

Nun also dieser Mordfall, ein cold case, wie gesagt, aktuell wieder aufgerollt. Den Namen des Opfers hatte er am Telefon parat und auch die letzten Erkenntnisse der Polizei, die jüngsten Erkenntnisse, nicht die letzten, ha ha, selbstverständlich die jüngsten. Da wuchs ja hoffentlich noch etwas mehr rüber von Seiten der Kriminalen. Nach dem jüngsten Stand also sei die Sexarbeiterin Inna Koidula auf der Insel hinter der kleinen Hasenmühle erschlagen worden und über die Rampe im Bootshaus in die Rausch, also in den hiesigen Fluss, befördert worden. Bisher noch keine Mordwaffe, nein, leider. Der Fetzen aus ihrem Kleid und die Reifenspuren am Steg – alles fake, Herr Kollege. Da sei die Polizei noch nicht weiter. Inzwischen fahnde sie nach dem Jäger K., der zur Zeit des Mordes in der Hasenmühle gewohnt hatte, ein Großwildjäger übrigens, Connections nach Südafrika, ein Waffennarr und ein sehr dubioser Charakter, möglicherweise Reichsbürgerszene.

Nein, die Hasenmühle stehe nicht leer, sie sei inzwischen wieder bewohnt, aber die Besitzerin wolle nicht mit der Presse sprechen. Agathe W. – sie heiße tatsächlich so: Weh, ja, o weh, und sie verweigere sich komplett, ließe auch niemanden ins Haus, exzentrische alte Person beziehungsweise total durchgeknallt. Man könnte natürlich vom Steg an einer Flussbiegung weiter oben mit dem Boot die Rausch runter paddeln. Es gab da eine Insel hinter dem Haus und einen Anleger. Von dort könne man in den Garten einsteigen und in die Mühle gelangen; bekanntlich strafbar, leider. Bisher habe er noch keinen Hausfriedensbruch riskiert, aber so als Tipp … Natürlich werde er den Kollegen mit Informationen auf dem Laufenden halten. Na gut, der Kollege solle ihn anrufen. Er halte sich bereit.

Und dann bekam Fred Pauli selbst einen Tipp. Er möge doch mal im Fall Katharina Keupenich in D.

recherchieren, ein verdächtiger Todesfall im Binnenhafen, der über fünfundzwanzig Jahre zurückliege, aber vielleicht ein interessanter Zusammenhang. Die Besitzerin der Hasenmühle empfinde das möglicherweise ähnlich und könne sich zu einer Besichtigung des Tatorts durch den Kollegen Paulus überreden lassen. Exklusive Homestory. Viel Erfolg, Herr Kollege.

Fred Pauli rief den Ressortchef der traditionsreichen Lokalzeitung in D. an. Der war erst seit zwei Jahren im Amt und konnte sich aus dem Stand an keinen verdächtigen Todesfall im Binnenhafen erinnern. Fünfundzwanzig Jahre? Da müsse sich der Kollege schon herbemühen. Die Ausgaben seien erst seit zwanzig Jahren digitalisiert. Selbstverständlich könne er im Archiv die Bände einsehen. Bei welchem Blatt war er der leitende Redakteur? Die *Sagenhauser Nachrichten*, aha.

Pauli, dessen Handeln, wie Agathe richtig vermutet hatte, von Fehleinschätzungen geleitet war, fuhr nach D. Er nahm sich ein billiges Hotelzimmer und sprach am nächsten Morgen an der Pforte des Verlagshauses vor. Im Archiv zeigte ihm ein junger Mann mit Glatze und Nerd-Brille die Regalmeter, auf denen die gebundenen Ausgaben seit 1950 standen, und bot ihm einen Stuhl, einen Tisch und eine Leselampe an. Der Getränkeautomat befinde sich neben dem Aufzug. Dann ließ er den Recherchierenden mit den gesammelten Schriften allein. Pauli begann im Jahr 1986 und las sich durch die Prosa des Polizeisprechers von D., die sich nur im Format der mitgeteilten Verbrechen von den Fahrraddiebstählen in Sagenhausen unterschied, und ab Mitte 1989 begannen ihm die Augen zu tränen.

In D., so stellte er fest, ging es kriminalbetrefflich hoch her, auch im Binnenhafen, was sich in klotzigen 36-Punkt-Überschriften niederschlug, sodass er den Einspalter vom 25. April 1988 glatt überlas, in dem der tödliche Unfall eines Toni K. gemeldet wurde, der offenbar ohne Fremdverschulden in seinem Fiat Panda im Hafenkanal ertrunken war und dessen Beifahrerin sich retten konnte. Ende 1991 und nach zahllosen ungeklärten Todesfällen, an denen eine Katharina Keupenich nicht im Geringsten beteiligt war, klappte Fred Pauli den Zeitungsband zu, stellte ihn zurück, wünschte dem Mann mit der Glatze und der Nerd-Brille so freundlich, wie es sein Grimm zuließ, noch einen schönen Tag und fuhr zurück nach Sagenhausen.

Er warf sich vor, dass er den Kollegen vom Nachrichtenmagazin weder nach dem Datum noch den genauen Umständen des verdächtigen Todesfalls noch nach der Person Katharina Keupenich gefragt hatte; dass ihm der Name des Kollegen entgangen war, dem er so bereitwillig Informationen über den Mordfall geliefert und der sich so schnell verabschiedet hatte, dass er sich nicht einmal nach dessen Telefonnummer erkundigen konnte. Blöd gelaufen, Paulus, dachte er, das hast du großflächig versiebt, und damit hatte er ausnahmsweise einmal recht. Deshalb beschloss er, am nächsten Tag der Witwe Weh selbst auf den Zahn zu fühlen.

Er knatterte auf dem Moped hinaus zur Hasenmühle, stellte die Dame im Hof, als sie gerade vom Fahrrad stieg, und ehe sie sich verbarrikadieren konnte, trat er ihr in den Weg. »Katharina Keupenich?«

»Kenne ich nicht«, sagte Agathe.

Was muss ich da von Dir hören, Katie? Du seiest eine alte Exzentrikerin, total durchgeknallt? Wie ungalant! Für mich bist Du immer noch die reizende Katie, die feine Nixe, die nicht mit mir spielen will. Und nun wird es langsam eng für Dich, nicht wahr? So ein Pech, dass Du Dir einen Tatort zum Wohnort ausgesucht hast. Wo Dein Tatort doch im Hafen von D. liegt. Wenn ich komme, bringe ich Dir Beweise mit. Dann kannst Du über den Preis sprechen mit Deinem Guardian.

An diesem Abend öffnete Agathe den Schrank mit ihren Erinnerungen: die Medaille von den Deutschen Schwimmmeisterschaften 1969, das von einem Kind gemalte Buntstiftbild eines Hofguts mit zwei Türmen, die in ein Moltontuch eingeschlagene silberne Wodkatasse, eine Postkarte aus Haapsalu, das Etui mit den in Brillanten gefassten Opal-Ohrringen ihrer Mutter und auf der Hutablage der Schuhkarton, in dem sie die FN Browning, Modell 1910, Kaliber 7,65 mm, ihres Vaters in einen seidenen Schal gewickelt aufbewahrte.

*

Agathe schloss sich ein. Sie öffnete die Haustür nur noch, wenn sie den Unimog auf den Hof fahren sah. Von ihrer Gesichtsblindheit hatte Adam durch Andreas erfahren und beide waren so umsichtig, ihre Besuche mit lauten Rufen und dem Codewort Rohrdommel anzukündigen. Eines Tages stieg auch Mechthild Finkenwirth aus und stellte in der Küche einen Korb auf den Tisch, der einen Nusskuchen, eine Tüte Aprikosen aus eigener Ernte, ein Glas schwarzes Johannisbeergelee, den Ableger einer Kalanchoe im Topf und einen beschrifteten Gedenkstein enthielt: »Man sieht nur mit dem Herzen gut.«

Agathe, die mit dem Herzen nicht gut sah, aber lange nicht mehr gesprochen hatte, konnte nicht umhin, Frau Finkenwirth in den gefleckten Schatten des Birnbaums zu bitten, und erwiderte deren harmloses Getratsche mit erhobenen Mundwinkeln und Augen, die sie freundlich anblickten, jedoch nicht ganz. Der Gast trank den Kaffee und wurde eingeladen, wieder einmal vorbeizuschauen – »Es war so nett!« –, was Mechthild richtig als Fingerzeig verstand, nicht noch einmal unangemeldet aufzukreuzen.

Denn ganz so einfältig, wie Agathe sie einschätzte, war ihre Besucherin nicht und der Präsentkorb auch nicht ganz uneigennützig. Frau Finkenwirth wusste gern, wo ihr Mann sich aufhielt und was es mit dieser Nachbarschaftshilfe im Garten der kleinen Hasenmühle auf sich hatte. Sie hätte es vorgezogen, wenn Adam zu Hause den eigenen Rasen gemäht hätte, aber sie verbarg ihre Abneigung gegen die niedergemetzelte Wildnis, die sie umgab, den Kaffee, die Gummistiefel und das unordentliche Haar der Witwe Weh und lobte stattdessen den schönen Sitzplatz unter dem Birnbaum. Da war nichts, entschied sie. Was sollte Adam an dieser alten Schlampe finden?

Es kamen auch andere. Fred Pauli stieg vom Moped und wurde ignoriert. Kinder erschienen, die zur Mutprobe an ihre Tür hämmerten und schreiend wegrannten; junge Männer, deren Ansinnen, im Hof zu grillen oder Wasserpfeife zu rauchen sie vereiteln musste, und eine unternehmungslustig dreinblickende alte Dame in Wandersandalen, die offenbar etwas abschrauben wollte. Adam fuhr vor, meistens zur rechten Zeit; dann, wenn sie glaubte, ersticken zu müssen. Es tat gut, ihn zu sehen. Sein Grinsen löste den Wutknoten in ihrer Brust. Er mähte die Wiese auf der Insel, schnitt Blumen ab und stellte sie in einer Vase auf den Küchentisch. Agathe bemerkte sie kaum. Sie bemerkte auch nicht, wie besorgt er war.

»Was ist mit dir los?«, fragte er. »Komm raus in den Garten, setz dich wenigstens unter den Baum, wenn du dich schon nicht vom Hof rührst. Ich hab ne Flasche Apfelwein mitgebracht. Ist noch kalt.« Er verstand nicht. Sobald er wieder fort war, ging sie zurück ins Haus.

In einer Kammer im ersten Stock, deren einziges Fenster die Landseite überblickte, richtete sie sich einen

Posten ein, zog auf den knarzenden Dielen einen Sessel ans Fenster, stellte ein Fernglas auf das Sims und legte die Browning daneben. Solange die Kastanien belaubt waren, konnte sie Ankömmlinge erst sehen, wenn sie auf den Hof traten. Dann erhob sie sich und behielt sie im Auge, bis sie wieder verschwunden waren.

Da saß sie nun, in einen rotsamtenen Schlafrock gehüllt, viele Nachmittage in der staubigen Sommerwärme, saß bis in die Dunkelheit, ohne Licht zu machen, lautlos, reglos, allein mit ihrer Ohnmacht, und lauschte dem Schwirren einer straff gespannten Saite in ihrem Kopf. Sie hatte jeden Brief des Guardians noch einmal gelesen, hatte über jede Anspielung nachgedacht. Kein Mensch war ihr eingefallen, den sie als den anonymen Schreiber hätte dingfest machen können, und je länger sie grübelte, umso dunkler wurden ihre Tage. Am Ende einer solchen Sitzung erblickte sie in der Schlafkammer eine Schrecksekunde lang im Spiegel eine fremde Frau in Rot.

Sie hatte ihn gehört, bevor sie ihn sah: einen Motocross-Fahrer auf einer jaulenden Maschine, behelmt und mit heruntergeklapptem Visier wie ein Raubritter, der mit seinem Zweirad über die Bodenwellen des Feldwegs hüpfte. Er tauchte hinter den Bäumen auf und verschwand wieder. Zwanzig Schritte vor der Hofeinfahrt bremste er, kehrte um, raste zurück, kam wieder, wendete, gab Gas, jagte hin und her, wohl ein Dutzend Mal. Wutentbrannt riss sie das Fenster auf und keifte Verwünschungen, wurde jedoch wegen des infernalischen Geknatters nicht gehört. War der Kerl von Sinnen? War er ein Knecht und Agent Provocateur dieser Höllenfürstin Caroline Ott, die ihr die Campingklos vor die Tür stellen wollte? Oder war es der Guardian selbst, der eine Attacke ritt?

Es war wie eine Erlösung, ihn endlich stellen zu können. Sie griff nach der Browning, raffte den Schlafrock zusammen, trappelte die Stiege hinunter und eilte aus dem Haus. Da kam er auch schon wieder. Diesmal schlug er eine Volte, bremste in einer vom Hinterrad aufgewirbelten Staubwolke, stieg ab, bockte die Maschine auf und ging auf Agathe zu. Von den Knöcheln bis zum Kinn trug er eine braun und gelb gescheckte Montur, in der er wie ein verunglückter Marmorkuchen aussah. Er nahm den Helm mit dem dunklen Visier ab, klemmte ihn unter den Arm und strich lachend seine Haare zurück; ein junger Mann, irgendein junger Mann. Hinter ihm erschien zu Fuß ein zweiter.

Zwei? Wieso waren es zwei?

Der erste schrie: »Hej, Frau Weh! Wie geil ist das …!« Der zweite schrie nur, als er die Pistole auf sich gerichtet sah, und streckte die Hände in die Höhe. In der rechten hielt er ein Mobiltelefon. Agathe hatte sich nicht überlegt, was sie sagen sollte. Sie wollte nur, dass die Pein ein Ende nahm, jetzt, sofort, für immer, und nun standen sie sich stumm gegenüber, und beide Seiten wussten, dass dies nicht wiedergutzumachen war.

»Frau Weh, nicht schießen, nicht! Wir sind's, der Fips

und der Marvin«, stammelte der mit den erhobenen Händen.

Sie ließ die Browning sinken. »Was macht ihr hier? Seid ihr verrückt geworden?«, stieß sie mit überschnappender Stimme hervor.

»Es ist doch nur dem Marvin seine neue Maschine. Er hat sie hier im Gelände ausprobiert, weil der Feldweg solche Schanzen hat ... für Sprünge und ... und ich hab ihn dabei gefilmt.« Er zeigte sein Mobiltelefon vor. »Alles gut. Wir haben doch nur Spaß...«

»Ich fasse es nicht! Wer hat euch auf die Welt losgelassen, ihr schrecklichen Kinder!«

»Das ist doch mega!«, krächzte der Junge in der gescheckten Montur.

»Was soll daran mega sein?«, schrie Agathe, die das neue Wort sofort korrekt zurückgab. »Das ist verboten. Es ist verboten, auf dem Feldweg zu fahren – noch! Noch ist es verboten. Es ist verboten, Leute mit diesem Krach zu terrorisieren!«

»Ach, Quatsch, verboten«, schrie der andere zurück. »Leute wie Sie sind verboten. Das ist doch Schwachsinn. Klar darf man auf dem Feldweg fahren.«

»Du«, sagte Agathe knapp beherrscht, »du Marvin, du bist wirklich zu gar nichts zu gebrauchen! Und dich, Fips, habe ich für einen vernünftigen jungen Mann gehalten.« Sie verbarg die Hand mit der Pistole hinter ihrem Rücken, straffte sich. »Und ihr wollt Ornithologen sein? Ich dachte, ihr habt's mit den Vögeln. Ich schäme mich für euch.«

Die beiden starrten zurück, stumm, den Zorn im Hals. Schließlich wandten sie sich um und Agathe ging rückwärts zur Tür.

»Sorry«, murmelte Fips, winkte schlapp mit der Hand, und Marvin, der sich den Helm übergestülpt und den Lenker ergriffen hatte, schob schweigend die Maschine auf den Feldweg.

Erst jenseits der Böschung hörte Agathe heftige Worte und ein verschämtes Knattern. Ich habe sie verscheucht, dachte sie, meine einzigen Freunde, diese netten jungen Menschen. Ich werde die Ornis nicht mehr wiedersehen, die zutrauliche Cissy, meinen kleinen Schornsteinfeger. Und damit hatte sie durchaus recht.

Adam kam; nicht verschämt, sondern rot vor Ärger. Im Hof standen sie sich gegenüber.

»Ich habe sie nicht erkannt«, klagte Agathe. »Wie soll ich diesen Marvin erkennen, wenn er bis zum Kinn in diesem gemusterten Anzug steckt.« Und auf seinen verständnislosen Blick fächelte sie sich mit der Hand um den Hals. »Es ist die Tätowierung mit den Flügeln. Das ist Marvin für mich. Und Fips – den kann ich schon gar nicht von den andern unterscheiden.«

»Du bist doch paranoid«, sagte Adam. »Mit einer Knarre rumzufuchteln! Ist das Ding etwa geladen?«

»Ja, natürlich ist sie geladen. Wofür sollte sie sonst gut sein?«

»Agathe, das ist krank. Stell dir vor, du hättest abgedrückt. Stell dir vor, du hättest einen von den Jungs getroffen!«

»Wenn du jetzt noch sagst, ›such dir professionelle Hilfe‹, brauchst du nicht mehr wiederzukommen.«

»Hör auf!«, fuhr er sie an. »Denkst du auch mal an die anderen? Sei froh, wenn dich keiner von den beiden anzeigt. Wie kommst du denn überhaupt zu dieser Pistole?«

»Das ist meine.«

»Schmeiß sie weg, Agathe, oder gib sie mir. Ich weiß, wohin damit. Du machst dich noch unglücklich mit dem Ding.«

»Ich bin schon unglücklich genug.«

Adam sah sie betroffen an. Er, der kaum Worte für die eigene Befindlichkeit hatte, fand keine, mit denen er sich ihr hätte zuwenden können. »Wir reden nicht mehr davon«, sagte er stattdessen. »Ich hoffe, du entschuldigst dich bei Marvin und Fips.«

»Nur wenn er diese Höllenmaschine verschrottet!«

»Es sind junge Kerle, die machen halt gern Krach. Du wirst es überleben.«

»Aber die Vögel!«

»Als hätten dich die Vögel jemals interessiert. Es geht wieder mal nur um dich. Du hast die beiden schreckliche Kinder genannt. Findest du dich manchmal nicht selber schrecklich?«

Sie hob das Kinn. »Und was machst du dann noch hier?«

Er schüttelte den Kopf, drehte sich grußlos um, stieg in den Unimog und fuhr davon.

Sie schloss die Haustür hinter sich zu, legte die Kette vor und ging hinauf in die Kammer zum Hof. Jetzt bin ich wirklich toute seule, dachte sie. Aber sie haben mich dazu getrieben mit diesem unmenschlichen Krach. Und was hatte Adam sich da überhaupt einzumischen?

*

Am nächsten Tag stand plötzlich ein großer älterer Mann unter dem Fenster. Sie war nach vorn getreten und betrachtete ihn mit der Stirn an der Scheibe. Gute Haltung, gut angezogen, offener Trenchcoat, Lederschuhe, keine Tasche. War er zu Fuß gekommen? Er sah sich gründlich um, dann klopfte er an die Haustür und wartete. Agathe blickte auf seinen grauen Scheitel und wartete ebenfalls. Er legte die Hände an die Schläfen und starrte in das dunkle Fenster neben der Tür, dann ließ er den Ring noch zweimal auf die eiserne Unterlage fallen.

Obwohl sie wusste, dass er sie hinter der Scheibe nicht erkennen konnte, trat sie einen Schritt zurück, als er den Blick nach oben richtete. Deshalb sah sie nicht, dass er etwas aus der Innentasche seines Mantels zog, in die Hand kritzelte und eine Visitenkarte unter der Tür durchschob. Erst als sie seine Schritte auf dem Pflaster hörte, trat sie wieder vor. Dieser Gang mit den sorglos bewegten Schultern kam ihr bekannt vor, und als sie am nächsten Tag im Flur auf die Visitenkarte trat, las sie, dass Jonas' Vater nun im Immobiliengeschäft tätig war, ja selbst eine Agentur unter seinem Namen leitete und Frau Weh um einen telefonischen Rückruf bat.

Ein Gefühl wie ein Stromstoß durchfuhr sie und machte sich in einem kurzen Schrei Luft, als sei plötzlich alles anders, als beginne mit seinem Kommen die Geschichte noch einmal von vorn, und sie ließ es für einen Augenblick geschehen, wissend, dass die Geschichte längst vorbei und nichts gut oder anders war. Sie hatte ihn nicht gesucht. Er hatte sie nicht gesucht. Er war nicht zu ihr gekommen, denn er kannte sie ja nicht einmal als Agathe Weh. Für ihn war sie Katharina von Mellup, die Frau, die so besitzergreifend in ihn verliebt war und für die er vor dreißig Jahren fast seine Ehe aufs Spiel gesetzt hätte.

Er hatte sie mit einer Geschwindigkeit verlassen, wie sie Agathe sonst selbst vorlegte, wenn es darum ging, ein Verhältnis zu beenden. Nach einem Streit in seiner Wohnung, der den ganzen Nachmittag gedauert und in dessen Verlauf er ihr seinen Entschluss mitgeteilt hatte, zu seiner Frau zurückzukehren, hatte er sie einfach vor die Tür gesetzt. Als sie sich ihre Schwangerschaft eingestand, war er verschwunden; der Versuch, ihn aufzuspüren, vergeblich gewesen. Später, als der Schmerz bis zur Neige durchlitten und ausgestanden war, fühlte sie Erleichterung, ihn nicht gefunden zu haben. Und noch etwas später, nach Jonas' Geburt, war dessen Vater verzichtbar geworden. Sie hätte ihn ganz aus ihrem Leben getilgt, wenn da nicht dieses goldene Kind gewesen wäre, das ihm immer ähnlicher wurde. Sie wollte es ganz für sich; ihr Jonas, ihr Sohn, der Mann, der sie nie verlassen würde.

Sie musste nicht in den Spiegel sehen, um zu wissen, dass Jonas' Vater sie nicht wiedererkennen würde, und trotzdem war sie versucht, ihn anzurufen, ihn zur Rede zu stellen. Was wollte er von Agathe Weh? Ihr Haus kaufen? Mit ihr darin?

Sie dachte an Adam, von dessen Ehe sie nichts wusste und der seit einundfünfzig Jahren mit dem Schatten seiner Schuld lebte. Die Toten lassen nicht los. Ging es ihm damit besser als ihr, die ihrem Schatten immer ausgewichen war? Sie hatten sich gestritten und er hatte sie grußlos stehen gelassen. Warum? Weil er glaubte, diese beiden kleinen Terroristen in Schutz nehmen zu müssen?

Sie trat hinaus in den Garten. Neben der Hintertür waren dicht an dicht die Stockrosen aufgeblüht, festliche Aschenputtel, die niemand eingeladen oder gepflanzt hatte, und deren Samen unter Staub und Steinen geschlummert und auf ein bisschen Licht und Regen gewartet hatten, um starke Stängel, große, tadellose Blätter und weinrote Blüten zu treiben.

Er würde zurückkommen, wenn er sich beruhigt hatte. Sie wusste, dass er beständig war. Dass er ein Auge auf sie hatte. Ein guter Mann; zu gut für sie. Adam und

Agathe – ah, nein, aber trotzdem, quel dommage! Sie war ihm aus dem Weg gegangen, obwohl er so viele freundliche Dinge für sie getan hatte: die Köstliche von Charneux, der Geranientopf, die Königskerzen, der Weg durch die Wiese und jetzt diese strahlenden Malven. Ich bin ihm nichts schuldig, dachte sie. Er hat sich das alles selbst genommen; den Garten und mich dazu. Er wollte es so, ich nicht. Ich brauche diese Art von Ordnung nicht. Ich brauche keinen Gärtner. Ich bin wie diese Stockrosen, eine Überlebende, und ich werde auch aus diesem Schlamassel heil herauskommen.

Nur verfehlte der Gedanke diesmal seine vertraute ermutigende Wirkung. War nicht gerade das Gegenteil der Fall? Ich bin eine dumme, eigensüchtige alte Frau, die alles verkehrt gemacht hat, und ich habe keine Kraft mehr, es zu ändern. Es schien offensichtlich, aber es war nur die eine Seite. Die andere hieß, die Tatsachen zu verachten und zu widerstehen. Sie zerriss die Visitenkarte und warf die Schnipsel in den Herd. Wenn er das Haus haben wollte, sollte er kommen. Er würde Agathe Weh kennenlernen.

Als sie drei Tage später aus ihrem Fenster wieder einen großen, schlanken Mann im Trenchcoat sah und den Türklopfer hörte, legte sie den Schlafrock ab, unter dem sie das Schwarzsamtene mit dem Bolero und ihre Türkiskette trug, und ging hinunter, um zu öffnen. Sie war auf einen Fremden gefasst, aber da stand unverkennbar Jonas' Vater vor ihr, der nicht wusste, dass er

Jonas' Vater war. Nicht ganz der Alte, wie auch? Aber er hatte sich gut gehalten, besser als sie, das dichte Haar nun grau statt blond und die welken Augenlider, die bis über dem Wimpernkranz lagen; ein Hauch von Aftershave, die Hände gepflegt, der Anzug nach Maß, die Schuhe handgenäht, vermutlich. Und sie in verschossenem Samt und Flipflops.

Er lächelte, nannte seinen Namen und den seiner Agentur. Erst da war es vorbei. Ob er eintreten dürfe. Er würde Frau Weh gern in einer wichtigen Angelegenheit sprechen.

»Wichtig für wen?«

»Wichtig für Sie und für mich.« Er senkte die Stimme und sein Lächeln wurde eindringlicher.

Vertreterlächeln, dachte Agathe, vor deren Tür noch nie ein Vertreter gestanden hatte. »Für mich wohl kaum. Wenn Sie in Immobiliengeschäften gekommen sein sollten, hätten Sie sich den Weg sparen können.«

»Da haben Sie mich falsch verstanden, Frau Weh.«

Leute, die sie ständig mit ihrem Namen ansprachen, gingen ihr auf die Nerven. Das war so eine amerikanische Marotte, die eine Bekanntschaft vorgaukelte, wo Distanz angebracht erschien. »Dann drücken Sie sich bitte verständlich aus.«

Er sah ihr gerade in die Augen. Sie starrte entrüstet zurück.

»Das werde ich mit Vergnügen tun. Lass mich jetzt bitte rein, Kate. Wir haben etwas zu besprechen.«

Agathe trat von der Tür zurück.

Der Mann im Trenchcoat verbeugte sich und wies mit ironischer Galanterie in den Flur. »Nach dir, Kate.«

Sie ging voraus in die Küche, und nach fünf Schritten wusste sie plötzlich Bescheid. Sie fuhr herum; sie spuckte fast. »Du bist es! Du bist der Scheißkerl, der mir diese Briefe geschrieben hat!«

Er hob eine Augenbraue, was ihm einen leicht diabolischen Ausdruck verlieh. Agathe hatte diese Kunst des einzelnen Augenbrauenlüftens immer entzückt. Jonas beherrschte sie ebenso gut. Aber das war ein Trick, der nicht mehr verfing.

»Du setzt mich in Erstaunen. Von welchen Briefen sprichst du?«

»Du wagst es, hierherzukommen! Du bist der Guardian.«

»Der was?« Er lachte auf. »Ich bin Immobilienkaufmann und keine Zeitung, meine Liebe. Ich mache Geschäfte; hoffentlich auch mit dir.«

»Nenn mich nicht so!«

»Wie denn, Kate? Wie soll ich dich nennen? Fräulein von Mellup? Frau Weh? Meine kleine Wassernymphe? Mein Kätzchen? So kenne ich dich. Du bist wirklich immer noch ganz die Alte mit deinem Temperament, diesem herrlichen, zornsprühenden Temperament!«

Nein, er nicht! Nur Agathe selbst kannte diesen lodernden Zorn, der zwischen zwei Herzschlägen hochschlug, dass sie brannte.

Sie spürte ein leises, rhythmisches Dreschen. Der Gitarrist in ihrem Kopf hatte Begleitung bekommen, einen Schlagzeuger, der mit seinen Besen über das Metallbecken fegte, swisch, swisch. Ein Schritt zurück, ohne hinzusehen den Schürhaken ergreifen, der über der Herdstange hing, ein Hieb ins Gesicht und noch einer, ehe er die Arme hochreißen konnte. Blut in dieser lächelnden Visage. Das ist für deine Heimtücke und das ist für meine Angst! Du wirst mich nie wieder bedrohen!

Aber es war vorbei. Sie hatte ihre Lektion gelernt. Sie atmete ein und aus und verschränkte die Arme. »Was willst du von mir?«

Er zog einen Stuhl heran und setzte sich. »Darf ich?«, fragte er zu spät. »Ich will mit dir reden.«

Sie würde sich nicht mit ihm an einen Tisch setzen. Die Stärkere blieb stehen.

»Ich habe gehört, dass du in Schwierigkeiten steckst, zum Beispiel wegen dieses Campingplatzes. Du verweigerst jede Art von Kommunikation mit der Gemeinde. Du antwortest auf keine Briefe. Du lässt niemanden ins Haus. Du spielst auf Zeit.« Es klang herablassend und vorwurfsvoll. Das war der falsche Ton. Schnell wechselte er die Strategie. »Ich bin hier, um dir zu helfen, Kate.«

Sie schrie auf und warf die Hand in die Luft. »Du mir helfen? Du bist ja verrückt, verrüüückt! Ausgerechnet du, ein alter ekelhafter anonymer Schmierfink?«

Treffer. Diesmal wurde er rot vor Zorn. »Das Ekelhafte überlasse ich dir.«

»Und den Rest? Woher hast du gewusst, wo ich lebe?

Wie kommst du dazu, mich auf derart infame Weise zu verfolgen? Und was hast du mit der Gemeinde zu schaffen? Bist du einer von diesen Agenten, die mir diese Madame Ott auf den Hals hetzt?«

»Ich verfolge dich nicht, Kate. Was redest du da? Hör auf, mich zu beschuldigen. Ich bin hier, um mit dir zu verhandeln. Tatsächlich stehe ich in Verbindung mit der Bürgermeisterin. Die Gemeinde hat dir ein ausgezeichnetes Angebot für dein Haus gemacht. Und da du nicht bereit bist, es in Erwägung zu ziehen, hat man mich als Vermittler hinzugezogen. Frau Ott wusste selbstverständlich nicht, dass wir uns kennen, aber ich habe ihr signalisiert, dass ich einen Weg zu dir finden werde. Ich halte das für einen Wink des Schicksals.«

»Einen Weg zu mir? Du verdammter Heuchler! Den hattest du längst gefunden. Du hast von Anfang an gewusst, wo ich jetzt wohne, und du bist der Einzige, der meine Geschichte kennt. Jetzt kommst du und versuchst mir damit Angst einzujagen.«

»Ich versichere dir …« Er musste wieder aufstehen. Sie war offenbar nicht ganz bei Sinnen, und sie war ein härterer Brocken als befürchtet. Er hatte es verkehrt angegangen. Deshalb legte er ein Lächeln in die Stimme. »Können wir beide nicht langsam Frieden schließen? Ich habe oft an dich gedacht. Wir standen uns doch einmal sehr nahe. Hast du das wirklich vergessen, und gibt es da nichts, was du mir sagen willst? Nichts, was dir vielleicht auf dem Gewissen liegt?«

Sie erschrak und spürte, wie ihr das Blut in den Kopf stieg. Wovon sprach er? Noch immer von Toni und dem Unfall? Oder von Jonas? Das war unmöglich. Er konnte nichts ahnen. Niemand ahnte etwas, nicht einmal Papa und Maman wussten Bescheid. Jonas' Vater war unbekannt. Da gab es nichts, was sie ihm sagen wollte. »Mein Gewissen? Würdest du gefälligst dein eigenes Gewissen befragen? Was habe ich dir getan, dass du in meiner Vergangenheit herumwühlst?«

»Ist es nicht unsere Vergangenheit, unsere gemeinsame Geschichte?«

»Unsere gemeinsame Geschichte hat ein halbes Jahr gedauert. Sie spielt hier überhaupt keine Rolle. Ich will wissen, warum du mich nicht in Ruhe lässt. Warum? Warum?«

»Was soll dieser Unsinn? Ich habe dich doch in Ruhe gelassen. Du warst es, die am Ende nicht mehr mit mir sprechen wollte, der ich nie wieder …«

Sie stieß einen empörten Schrei aus. »Und jetzt bist du wieder da und wir reden – worüber? Was verlangst du von mir? Wie hoch ist dieser Preis?«

Er schüttelte den Kopf. Es war zwecklos. Sie hatten auch früher nicht immer darin übereingestimmt, dass das, was sie gerade gemeinsam erlebten, auch dasselbe war. Aber in welchen Film war er nun geraten?

»Ich bin bald wieder weg, keine Sorge. Also vergiss die Vergangenheit und lass uns über die Gegenwart sprechen. Du bist jetzt – lass mich nachdenken – Mitte sechzig, nicht wahr? Du lebst hier allein, ungeschützt, nahezu unerreichbar. Stell dir vor, du hast einen Unfall. Du fällst eines Tages die Treppe runter …«

»Davon habe ich gehört. Das soll Frauen passieren, die anderen Leuten unbequem werden.«

Er schnalzte mit der Zunge, als müsse er sich eine scharfe Bemerkung verkneifen.

»Sarkasmus steht dir nicht. Also sei nicht albern und lass mich ausreden. Was machst du zum Beispiel hier im Winter? Du hast ja nicht einmal eine richtige Heizung. Und dann, Königstochter jüngste, willst du Kohlen schleppen, Holz hacken?«

Dafür wirst du büßen, dachte sie; für diesen Hohn und die Abgefeimtheit, das alte albern-zärtliche Geraune als Waffe gegen sie zu wenden. Königstochter, jüngste, lass mich ein … Sie würde nicht einmal seinen Vornamen in den Mund nehmen.

Er deutete auf die Kiste neben dem Herd und das kurze Handbeil, mit dem sie ihr Anmachholz zerkleinerte. »Damit kannst du umgehen, Kate? Mit diesem tollen Mordinstrument? Du hast dir doch noch nie im Leben die Hände schmutzig gemacht – oder? Er sah sie bedeutungsvoll an und hob eine Augenbraue.

Sie fühlte, wie ihr Gesicht brannte. »Was willst du damit sagen? Du kannst gar nichts beweisen.«

»Was soll ich denn beweisen? Ich will gar nichts beweisen. Ich will dich zu deinem eigenen Besten überzeugen. Die Hasenmühle ist ein historisches Haus, ja schön, aber so gut wie baufällig. Und hier ist mein Angebot: Ich biete dir im Tausch eine Eigentumswohnung im Luxussegment an, voll ausgestattet, wenn du willst, drei Zimmer, Balkon, Einbauküche, Tageslichtbad, Aufzug, Parkettboden, beste Lage, Stadt oder ländlicher Raum. Du kannst wählen. Ich bin in dieser Hinsicht sehr breit aufgestellt.«

»Und wenn ich Nein sage?«

Er sah sie mit diesen Augen an, die sie einmal so berückend fand und die sie nun nicht mehr täuschen konnten. »Dann wirst du die Konsequenzen tragen müssen.«

»Und die wären?«

»Muss ich dir das erläutern? Das kannst du dir doch selbst ausrechnen. Die Gemeinde Sagenhausen ...«

»Du hast dich von dieser Ott kaufen lassen, du Krämer«, fiel sie ihm ins Wort. »Was macht dieses Weib so sicher, dass sie mein Haus an sich reißen kann? Über das Gutachten ist noch lange nicht entschieden, und ich werde mit allen Mitteln gegen diesen Campingplatz vorgehen.« Mit welchen Mitteln?, dachte sie. Mit dem Schürhaken? Gerade hatten sie die Seiten gewechselt. Nun war er der Stärkere, der Mann mit der kostbaren Eigentumswohnung, und sie die Frau mit der verlotterten Hasenmühle. Sie legte eine Hand über die Kette in ihrem Ausschnitt. Außer Mamas schönen Türkisen und den Opal-Ohrringen war nicht mehr viel übrig. Sie hatte natürlich ihr Legat, und von dem kleinen Whistler lag auch noch etwas auf der Bank, aber es schmolz unaufhaltsam dahin. Allein das Wort Luxussegment ... ein warmer Fußboden, Parkett, ein richtiges Badezimmer … Dann hatte sie verstanden. Welch ein Irrsinn! Eine Luxuswohnung im Tausch für ein Haus, das angeblich nichts wert war. Es war eine Falle, die Leimrute dieses Teufels. Er ist noch immer überzeugt, unwiderstehlich zu sein, dachte sie. Doch nun, da sie ihn durchschaut hatte, war sie vor ihm in Sicherheit und fühlte sich zum Lachen aufgelegt.

Da klappte er auch schon eine Seite seines Trenchcoats auf und zog einen Umschlag aus der Innentasche. Ah, wie eilig und begehrlich! »Es ist ein seriöses Angebot, eine einmalige Chance.«

»Nein.«

»Wie du meinst, aber am Ende wirst du doch an mich verkaufen.« Der Umschlag glitt zurück. »Überleg es dir, aber überleg es dir nicht zu lange. Du wirst verlieren. Ihr werdet alle verlieren. Diese lächerliche Artenschutzprüfung wegen eines komischen Vogels! Du glaubst doch nicht, dass ihr auf Dauer ein Zukunftsprojekt wie diesen Campingplatz verhindern könnt.«

»Es ist kein komischer Vogel«, erwiderte Agathe und reckte das Kinn. »Es ist eine Rohrdommel, Botaurus stellaris, und wir werden nicht verlieren.«

Sie hörte den Unimog auf den Hof nageln, ein Geräusch, dem ihr Besucher keine Bedeutung beimaß, aber für Agathe das Heranbrausen des Rettungsboots, das ihr, einer Schiffbrüchigen auf hoher See zu Hilfe eilte. Adam hatte auf einer Wiese an der Rausch einen grünen Jaguar gesehen, der dort parkte, und fand die

Haustür der Hasenmühle sperrangelweit offen. Schon im Flur rief er: »Agathe, alles in Ordnung?«

»Oh, Adam, wie nett, dich zu sehen!«

»Du bist ...« Dann erkannte er den Mann im Trenchcoat. »Ah, der Herr Immobilienaufkäufer. Auch schon da. Ist das Ihr Wagen da unten an der Rausch? Sie parken übrigens im Landschaftsschutzgebiet.«

»Ihr kennt euch?«

»Wir sind uns heute Morgen auf der Sitzung des Gemeinderats begegnet.«

»Oh!«

»Kann ich dich mal sprechen, Agathe?«

»Selbstverständlich. Der Herr wollte sich gerade verabschieden.«

»Bemüh dich nicht meine Liebe. Ich finde selbst den Weg.«

Sie warteten stumm darauf, die Haustür ins Schloss fallen zu hören, da stand er schon wieder in der Küche. »Denk über mein Angebot nach, Kate. Es ist noch eine Woche gültig – na, sagen wir vierzehn Tage. Danach kann ich nichts mehr für dich tun.« Endgültig ab.

»Kate?« Stirnrunzeln.

»So einen Kerl wie den habe ich mal umgebracht«, sagte Agathe und peilte an Adam vorbei die Ferne an.

*

Fred Pauli hatte seine Headline: »Wir sind Campingplatz – Untere Naturschutzbehörde genehmigt Outdoor-Gelände an der Rausch.« Was nicht ganz stimmte, aber die Details standen erst im letzten Absatz. Die Untere Naturschutzbehörde hatte dem geänderten Flächennutzungsplan nur unter Auflagen zugestimmt. Von den zweieinhalb Hektar Campingplatz blieben knapp zwei. Das größere zusammenhängende Schilfgebiet am linken Ufer der Rausch, ein Brut- und Rückzugsgebiet für die Rohrdommel, durfte nicht angetastet werden und am rechten Ufer musste ein fünfzig Meter breiter Schutzstreifen zwischen dem Wehr und dem Campingplatz gewahrt bleiben. Ausgleichsflächen waren auszuweisen. Auch der Feldweg durfte nicht asphaltiert werden. Die Auflagen sahen eine wassergebundene Decke vor.

Und die kleine Hasenmühle? Sie war natürlich immer noch im Weg und wenn Fred Pauli auch nicht mit seinem kompletten Insiderwissen prunken durfte, reichte es, um die Gegenseite aufscheuchen. In einem informellen Vier-Augen-Gespräch – »Paulus und die *Sagenhauser Nachrichten* sind da ganz bei Ihnen, Frau Ott« – hatte die Bürgermeisterin sich hoch zufrieden über das Zustandekommen des Campingplatzes geäußert, ein enormer Gewinn für Sagenhausen und die Region, und sie hatte die Vorstellung geäußert – natürlich immer vorausgesetzt der Kauf konnte getätigt werden –, dass das geplante Bistro in der komplett sanierten und umgebauten Mühle, immerhin ein historisches Gebäude aus dem 18. Jahrhundert, wenn auch nicht unter Denkmalschutz stehend, stattfinden, äh, Platz finden beziehungsweise eröffnet werden könnte.

Womit sich auch Herrn Paulis Frage nach den sanitären Anlagen erübrigte, die dann nicht mehr in einem separaten Gebäude, sondern in einem Anbau, quasi in die Natur hineinkomponiert … Die Kastanien standen ebenfalls nicht unter Schutz, aber man wolle sie nach Möglichkeit erhalten, zumindest eine … Die restaurierte und den modernen Bedürfnissen entsprechende kleine Hasenmühle werde als ein Schmuckstück den Mittelpunkt der Anlage darstellen.

Caroline Ott besah sich Fred Pauli, der vor ihrem Schreibtisch im Besuchersessel saß und eifrig notierte. Sie sprach langsam mit vielen Pausen, denn sie wollte, dass der Pressevertreter, mit dessen Berichterstattung sie unterschiedliche Erfahrungen gemacht hatte, den Sachverhalt genau erfasste, und vergewisserte sich, dass *Paulus* in seiner Kommentarspalte tatsächlich ganz bei ihr und dem Campingplatz sein werde. Auf jeden Fall war sie zuversichtlich, dass man in der Gemeinde nun zeitnah zur, äh, Ausführung kommen werde, um eine Freizeitnutzung der bisher ertraglosen Flächen in der Nähe der Rausch zu ermöglichen.

Worüber sie mit *Paulus* nicht sprach, aber wovon sie in Gestalt einer Architektenzeichnung bereits träumte, war der Garten der kleinen Hasenmühle als Austragungsort für verschiedene Aktivitäten. Sie sah die Insel getupft mit den runden Kronen kleiner Bäume, Ruhebänke, Sonnensegel, wandelnde Menschen in Freizeitkleidung, ein großer Kinderspielplatz – nein, kein Kinderspielplatz, zu nah am Wasser, ein Minigolfplatz, besser noch ein Grillplatz. Daneben auch gehobene Gastronomie.

Mit leiser Bitterkeit dachte sie daran, dass in Sagenhausen schon einmal ähnliche Ideen im Umlauf waren, als die Witwe Weh im Februar die kleine Hasenmühle zu einem Spottpreis gekauft hatte, vier Wochen bevor die ersten Pläne für den Campingplatz aufgetaucht waren. Und jetzt? 450 000 Euro hatte der Immobilienmakler dafür veranschlagt. Plus Courtage. Ohne Umbau und Sanierung. Sie hoffte, dass Fred Paulis Gedächtnis kürzer war als das Ihre.

Denn in Wirklichkeit war die Bürgermeisterin durchaus nicht so glücklich mit dem Ausgang des Verfahrens, wie sie es dem Herrn von den *Sagenhauser Nachrichten* vorgegaukelt hatte. Ihr Triumph über die Opposition fühlte sich eher nach einer halben Niederlage an; ein Eindruck, der in der Öffentlichkeit keinesfalls Gestalt annehmen durfte. Sie hatte Pauli ihre Pläne auch deshalb so freimütig erläutert, um der Besitzerin der kleinen Hasenmühle ein bisschen Dampf zu machen. Agathe Weh sollte wissen, dass ihr Haus und Hof außerhalb dieses Schutzstreifens entlang der Rausch lagen. Durch die Mühle führte der einzige Zugang zum Wasser. Da müsste also großzügig abgerissen werden, denn ein Campingplatz ohne Flussufer wäre wie eine Konditorei, in der die Buttercremetorte nur zum Betrachten im Schaufenster stand. Völlig unklar, wie man die Leute sonst aus dem Schutzstreifen heraushalten sollte. Eine Menge Kosten. Caroline Ott war nicht ganz sicher, ob sich die übrig gebliebenen Stellplätze dann noch rechneten, aber sie würde einen Teufel tun und das Projekt abblasen, schon gar nicht vier Wochen vor der Wahl.

Im Unterschied zu Caroline Ott fand die Opposition klare Worte. Die wenigen Einschränkungen konnten das Übel kaum einhegen. In der folgenden Sitzung des Gemeinderats überließ Adam es Cecilia Stefani, die Bürgermeisterin für das größenwahnsinnige und unmöglich zu finanzierende Projekt zu geißeln; ein Millionengrab, ein zum Einsturz verurteiltes Luftschloss, über dessen Folgekosten sie den Wählern Sand in die Augen streue. Keine nutzlose Fläche, sondern wertvolles Grünland werde versiegelt, und mit den völlig unzureichenden Schutzmaßnahmen könne man sich von der Rohrdommel gleich wieder verabschieden. Der Naturschutz werde in Sagenhausen mit Füßen getreten. Während Cecilia sich in Rage redete und der Vorsitzende des Finanzausschusses seinen Bleistift zwischen den Fingern wirbelte, entwarf Caroline Ott auf der Rückseite der Tagesordnung eine Skizze mit Ruderbooten, Sonnenschirmen, Kugelakazien und einem Schwenkgrill.

*

Am Abend fuhr Adam als ein geschlagener Mann hinaus zur kleinen Hasenmühle. Agathe holte den Scotch aus der Speisekammer und obwohl beide wussten, dass es ihnen nicht guttat und auch nichts nützte, betranken sie sich zusammen unter dem Birnbaum.

»Es wird noch Monate dauern, bis die hier anfangen können zu bauen. Du kannst gut und gerne noch bleiben«, sagte Adam. »Die Mittel müssen erst einmal lockergemacht werden.«

Und Agathe erwiderte: »So lange kann ich nicht warten. Ich werde gehen.«

»Wirst du das Angebot dieses Immobilienmaklers annehmen?«

»Nicht von ihm.«

»Wer ist er?«

»Er ist der Vater meines Sohnes und das Schwein, das mir anonyme Briefe schreibt.«

Das sinkende Licht, das sie einhüllte, der Whisky, den sie in sich hineinnippten, und das Gefühl, dass sie sich nie näher waren, ließen Adam einen kühnen Satz aussprechen: »Ich höre.«

Und so erzählte Agathe ihm von dem Mann, der sie verlassen hatte, von ihrem Kind und dem fatalen Entschluss, ihm einen Vater zu besorgen; von Wolmarshof, Jonas und den Jugendlichen mit der verbesserungswürdigen Lebensperspektive in der kleinen Hasenmühle und ihrem Entschluss, sich genau an diesem Ort vor den Nachstellungen des anonymen Erpressers zu verstecken. Nun hatte er sie aufgestöbert, und das auch noch im Auftrag der Gemeinde. Wenn er wirklich Beweise ihrer Schuld am Tod von Toni Keupenich hatte, konnte er ihr jeden Preis diktieren. Wenn er drohte, mit diesen Beweisen an die Öffentlichkeit zu gehen, müsste sie ihm die kleine Hasenmühle für einen Hosenknopf verkaufen.

»Was hat er gesagt? Droht er dir mit der Polizei?«

»Nein, das Schwein leugnet sogar, der Schreiber zu sein, aber ich habe Beweise, dass er es ist. Er hat mich … eine Wassernixe genannt, genau wie in diesem einen Brief. Er hat von Mord gesprochen, der mir auf dem Gewissen liegen sollte, und mir angekündigt, dass ich die Konsequenzen zu tragen hätte – Konsequenzen, für die er nicht garantieren könne. Ich muss ihm zuvorkommen, und deshalb werde ich die Hasenmühle durch einen anderen Makler verkaufen lassen, so schnell wie möglich und ehe er noch einen Schritt weiter geht. Du hast es selbst gehört. Er hat mir eine Bedenkzeit von höchstens zwei Wochen gegeben.«

»Verkauf sie mir.«

Schweigen.

»Das sagst du so, Adam. Daran hast du bis jetzt nicht im Traum gedacht.«

»Ich tue nichts Unbedachtes, das weißt du.«

»Du kannst mir die Mühle nicht abkaufen; ich meine, nicht als Ratsmitglied. Es sähe aus wie Mauschelei.«

»Ich werde alles offenlegen, keine Spekulation, keine Mauschelei. Ich werde sie zum selben Preis an die Gemeinde weiterverkaufen. Kein Makler, kein Erpresser, kein Schwein.« Er räusperte sich. »Vor mir bist du sicher.«

»Ja, leider, Adam.« Agathe tastete nach der Flasche, die neben ihrem Korbstuhl auf dem Podest stand, schraubte sie auf, legte die Öffnung auf den Glasrand und goss nach Gehör ein. »Reich mir mal dein Glas.« Und schenkte auch ihm nach. Dann geschah lange nichts.

»Auch wenn ich verkaufe«, sagte sie aus ihren Gedanken heraus, »ich kann hier nicht bleiben.« Vor sich sah sie die gebückte Frau, die im Neubaugebiet von Sagenhausen den Rinnstein mit dem Handfeger kehrte. »Ich brauche eine gewisse Unordnung.«

Der Korbstuhl knirschte. Er beugte sich vor; sie spürte die Bewegung, roch das angeschwitzte Hemd. »Was du da gestern gesagt hast über diesen Makler …«

»Was habe ich denn gesagt?«

»Dass du so einen Kerl wie den mal umgebracht hättest. Hast du mal auf jemanden geschossen, Agathe?«

»Geschossen? Ich? Du meinst, weil ich auf die beiden Jungs gezielt habe? Nein, nein, ich habe noch nie jemanden erschossen.«

»Und dieser Unfall damals? War es ein Versehen, als der Wagen in den Hafenkanal fuhr?«

»Nein.« Er erwartete, dass sie aufstehen und gehen würde, aber sie blieb sitzen und schwieg. »Nein, kein Versehen«, sagte sie endlich. »Weißt du, es passiert, wenn ich wütend bin, wenn ich … es ist eine Wut, bei der ich einfach außer mir gerate. Es ist, als ob man ins Feuer bläst – schscht!« Eine flatternde Geste. »Die Gedanken sind weg. Nichts da von Folgen oder Konsequenzen oder sonst was. Damals in diesem Auto war ich verrückt vor Wut. Ich wollte nur, dass er verschwindet. Auf der Stelle.« Sie trank aus. »Ich sag es nur dir. Der Unfall war meine Schuld. Ich war es, die ins Steuer gegriffen und den Wagen in den Kanal gelenkt hat.«

Sie hörte einen tiefen Seufzer. »Warum?«

»Ja, warum? Am Ende wusste ich nicht mehr … Ich hatte einen Schlussstrich gezogen; ich hatte ihn weggeschickt, aber er hielt weiter fest. Er verstand es einfach nicht. Zuerst wollte er alles: mich, meinen Sohn und das, was er für mein Erbe hielt. Mein Erbe, so was!« Sie stieß einen hohen Ton wie ein Gauzen durch die Kehle. »Aber es war ja gar nichts mehr da und am Ende sagte er, ich sei gestört und verdorben. Dabei war er es. Ein furchtbarer Mensch, ein haltloser Trinker, vor dem nicht mal das Kind sicher war. Ich musste ihn loswerden – nicht so, nein, nicht geplant, aber lange gewollt auf irgendeine Weise. So ist es passiert.«

»Vielleicht hat er dich geliebt«, sagte Adam aus dem Dunkel.

»O nein«, wehrte sie ab. »Nein, nein. Komm mir nicht damit. Zu Anfang – ja, da waren wir sehr ineinander vernarrt. Aber Liebe? Was soll das sein? Egoismus à deux; Erpressung mit ein bisschen Zuckerguss. Nein, Adam, er hat mich nicht geliebt.«

»Hat es dir nie leidgetan?«

»Es ist immer bei mir, wenn du das meinst. Die Toten lassen nicht los. Das hast du selbst gesagt. Aber nein, es tut mir nicht leid. Ich lebe damit. Es ist nicht schwer. Ich kann es nicht erklären, vielleicht eine Art Mangel, ein blinder Fleck.« Sie wedelte mit dem Zeigefinger neben der Schläfe, hob die Schultern. »Es ist … ich fühle es einfach nicht.«

»Und du bist nie dafür belangt worden?«

»Nein, es gab keine Zeugen – bis auf diese anonyme Person, die behauptet, etwas gesehen zu haben. Für die muss ich mir was überlegen. Aber lass das doch, Adam. Du bist der Einzige, dem ich es erzähle, und ich möchte nichts mehr davon hören. Ich bin vor dir sicher, ja?«

»Ja.« Er streckte ihr eine schwere Hand entgegen. Agathe ergriff sie und hielt sie fest.

»Geh nicht«, sagte er. »Ich kann dir nichts anbieten, das weißt du, nicht einmal den Zuckerguss. Ich kann dich nur bitten zu bleiben.«

So ist es immer, dachte sie. Ich soll den armen Kerl auch noch trösten, dass er mich nicht haben kann. Aber sie ließ seine Hand nicht los. Früher hätte ich ihn deswegen ausgelacht, dachte sie. Jetzt werde ich langsam tatterig und nehme, was kommt – vielleicht den besseren Teil.

»Ich habe deine Freundschaft, Adam«, sagte sie. »Das ist mir sehr viel wert.«

*

In diesen Augustnächten war der Himmel über der Hasenmühle mit Sternen bestickt. Agathe, die nicht schlafen konnte, rückte einen Liegestuhl ins Freie und wartete, in ihr schottisches Plaid gehüllt, auf die Sternschnuppen, die aus dem Bild des Perseus durchs Himmelszelt flogen. So lichtlos war die Nacht, dass sie die Milchstraße erkannte, und so still, dass sie das Wetzen der alten Erde um ihre Achse zu vernehmen glaubte. Vielleicht war es auch nur der nervöse Tinnitus, dessen Schaben und Sirren sie seit Wochen plagte, aber die Idee, es könnte die Erdachse sein, erschien ihr plausibler, und sie fühlte sich in ihrem Liegestuhl als ein Teil sämtlicher Materie, die durchs Weltall raste.

Nun, da sie wusste, dass sie nicht bleiben konnte, wurde ihr der Garten teuer und sie begann, auch seine dunkle Seite zu schätzen: das Bunte, das sich in vielerlei Grau verlor, den Duft der wilden gelben Nachtkerzen, die aus dem Nichts in der Dämmerung aufgeblüht waren, und am Firmament die Sternschnuppen, deren Aufblitzen ihren Herzschlag um einen Tick beschleunigte. Etwas raschelte und flitzte, ein Igel zottelte vorbei und sie freute sich, dass die Kreaturen der Nacht von ihrem Garten Besitz ergriffen. Sie sah die Köstliche von Charneux reifen und hoffte, bis zur Ernte durchzuhalten. Adam hatte ihr gezeigt, dass die Wurzeln des Birnbaums begonnen hatten, das Podest zu unterminieren und aufzustemmen. Risse liefen hindurch und falteten sich wie Wundränder auf.

»In ein paar Jahren wird von dem Beton nicht mehr viel übrig sein«, stellte er befriedigt fest.

»Das Harte unterliegt«, stimmte sie ihm zu. Es war eine Zeile von Brecht, ein Dichter, mit dem Agathe sonst weniger einverstanden war.

Mit Adams Hilfe würde sie Haus und Hof an die

Gemeinde verkaufen. Seit dieser Entschluss amtlich war, hatte sie nichts mehr vom Guardian gehört. Ich habe seine Pläne zunichte gemacht, dachte sie. Ich habe ihn überlebt – fürs Erste. Aber ich kenne den Kerl. Er ist schon dabei, die nächste Teufelei auszuhecken. Am Morgen war wieder ein Brief von ihm mit der Post gekommen. Der Ton war neu, fast demütig; kein Wunder, sie hatte ihn schließlich entlarvt. Doch sie verstand: Er hatte nicht aufgegeben. Das Spiel war noch nicht zu Ende.

Du und ich, wir müssen über die Vergangenheit sprechen. Ich habe Dir viel zu sagen und wir beide haben einander viel zu vergeben. Ich hoffe, Du wirst mich verstehen, wenn ich nun alle Karten auf den Tisch lege. Erwarte mich.

Nicht das Harte unterliegt, dachte sie, sondern das Weiche, das Herz, das langsam von seiner Not erdrückt wird. Herzgespann – so hieß die wilde Staude mit den rosa Blüten, die Adam im Garten gewähren ließ; angeblich war sie gut für die Nerven. Was für ein Name. Vielleicht hatte er ihn auch nur erfunden weil er sich um sie sorgte; weil er meinte Kräutertee würde ihre angespannten Herzbändel lösen können. Welche Karten auf den Tisch? Mord verjährt nicht. Aber diesmal würde der Erpresser sie nicht wehrlos vorfinden. Wenn er Beweise auf den Tisch legte, dass sie Toni in den Tod gelenkt hatte, wäre dies sein letzter Streich gewesen. Es würde nicht in auflodernder Wut geschehen, sondern kalt und geplant, und sie war bereit, die Konsequenzen zu tragen.

In dieser Sommernacht, als sie still in ihrem Stuhl unter dem Birnbaum lag, vernahm sie von links aus Richtung des Bootshauses ein Schlurfen und Schaben, das weder von einem Tier noch vom Tinnitus noch von der Weltachse herrührte. Es klang eher nach einer Polyesterhose in Bewegung. Da kein Gestrüpp mehr die Sicht auf die Wiese verbarg, sah sie auch den schwachen Lichtkreis einer Taschenlampe über den Boden zucken und eine Gestalt, deren Umrisse sich schwärzer gegen den Himmel abzeichneten: ein Mann in einer Kapuzenjacke. Wie ein Dieb in der Nacht ging er geradewegs auf die Mühle zu, die mit dunklen Fenstern vor ihm lag. Da war er. Der Guardian.

Agathe, das Herz im Hals, ließ ihn in wenigen Metern Abstand passieren, und als er an dem Brombeerbusch vorbeistrich, in dem im April die Nachtigall gesungen hatte, und fast an der Hintertür war, rappelte sie sich leise auf, zog die Browning unter dem Plaid hervor, drückte mit aller Kraft die Handballensicherung in den Griff, trat unter dem Birnbaum hervor und sagte laut und schrill: »Komm da raus, du Scheißkerl, oder ich schieße!«

»Guten Abend, Maman«, antwortete er, machte einen Schritt auf den Weg und leuchtete ihr mit der Taschenlampe ins Gesicht.

II
Das arme Tier

Wolmarshof 1988

Er hieß Jonas von Mellup, und das zu Recht, geboren als unehelicher Sohn der Katharina Agathe von Mellup. Er war kein »Mantelkind«, über das Toni Keupenich bei der Hochzeit mit seiner Mutter seinen Schutz und Schirm gebreitet hätte, sondern weiterhin der Träger eines alten Namens; so wie sein Großvater Carl und sein Urgroßvater, deren blauer Siegelring auf ihn übergegangen war. Es würde keine weiteren Nachkommen geben, denn er war schwul, und auch das hatte seine Richtigkeit. Von seiner Mutter wusste er, dass er die Frucht einer großen Liebe war, allerdings die zwischen einer vernunftlosen Frau und einem verheirateten Mann, von dem er seine drahtigen blonden Haare und Augenlider in Form eines Weidenblatts geerbt hatte.

Als er alt genug war, um nach seinem Vater zu fragen, beschied sie ihm auf sein Drängen, sie wünsche keine Nachforschungen, die er sich im Übrigen sparen könne, da der Mann mit Frau und Familie in die USA gezogen sei, wo sich seine Spur verliere. Hatte Maman ihn jemals gesucht? Wusste sein Vater überhaupt von ihm, Jonas? Hatte er nie nach ihm gefragt? Warum hatte er sie beide verlassen? Agathe erinnerte sich kaum noch an ihn; jedenfalls tat sie so. Es gab keinen Namen, keine Geschichte und nur ein einziges Foto, das sie ihm zeigte. Der Mann, der sein Vater war, posierte lächelnd in weißen Shorts und einem über die Schultern gehängten Pullover mit einem Racket auf einem Tennisplatz. Jonas stellte fest, dass er eher die Beine seiner Mutter geerbt hatte.

Sein Ersatzvater Toni Keupenich war ebenfalls, ohne einen Eindruck zu hinterlassen, verschwunden, kurz nach Jonas' drittem Geburtstag durch einen tragischen Unfall aus dem Leben geschieden, wie ihm Agathe erklärte. Warum hatte sie diesen Toni und nicht seinen Vater geheiratet? Weil dieser da und jener nicht mehr da war. Hatte dieser Mann ihn gerngehabt? Das nahm sie an. Was hatte er getan? Hatte er mit ihm gespielt? Zu Anfang ja, aber nicht sehr oft. Manchmal hatte er ihm etwas auf dem Klavier vorgeklimpert. Jonas war ja noch so klein. Und warum war er tot? Was für ein Unfall war das? Ein Autounfall. Wie kam das?

Sie warf ungeduldig die Hand in die Luft. »Wirst du wohl aufhören, mich zu plagen, du schreckliches Kind!« Nie erzählte sie ihm genug über diese beiden Väter, die sie ohne seine Zustimmung dem Vergessen überantwortet hatte.

Seit Jonas sich einen Vater vorstellen konnte, vermisste er ihn auch, und als Agathe mit ihrem Dirigenten in Belgien unterwegs war, begann er, die Wohnung zu durchsuchen. Er musste nicht lange stöbern. Der japanische Kasten mit den Perlmuttintarsien, der auf einem Bord im Kleiderschrank stand, war abgeschlossen, doch er fand den Schlüssel in ihrem Schmucketui zwischen Grand-Mamans Opalen. Ihre Geschichte, an die Agathe sich angeblich nicht mehr erinnerte, war in diesem Kasten aufbewahrt und Jonas, sechzehn und leicht empfänglich, gewann, nachdem er seinen Fund gesichtet hatte, ein neues Bild von der Vergangenheit, das ihm erlaubte, sich schneller von seiner Mutter zu lösen, als es seine Jugend vorsah.

Zurück von der Reise, fand Agathe den Sohn noch widerspenstiger, als sie ihn verlassen hatte. Der Zustand der Küche gab genügend Anlass für Geschrei und sie dachte nicht daran, einen Blick in den verschlossenen japanischen Kasten im Schlafzimmerschrank zu werfen, dessen Inhalt im Übrigen so ordentlich und schleifchengebunden war wie zuvor. Doch Jonas wusste nun etwas mehr über seine fehlenden Väter.

Als kleiner Junge hatte er sich an die nächstbeste Vaterfigur gewöhnen müssen, seinen Großvater, den verschrobenen Carl von Mellup, der sich keine Gesichter merken konnte, ein sonderbares Deutsch sprach und in Breeches und Lederstiefeln durchs Haus marschierte, auf deren Schäfte er die Reitpeitsche klatschen ließ, um seiner Rede Nachdruck zu verleihen. Da Grand-Papa ansonsten von milder Gesinnung war, stellte dies für ihn die einzige Möglichkeit dar, sich gegenüber dem Enkel Gehör zu verschaffen, der eigene Vorstellungen, von dem, was erlaubt war, zu entwickeln begann.

Grand-Maman war Elise von Mellup, breit und weich, und die eigentliche Maman erschien nur gelegentlich – einmal in dem blausamtenen Sternenmantel einer Zauberin, den sie dem Theaterfundus entnommen hatte, in dem sie arbeitete, ein anderes Mal im Dirndl als die Agathe aus dem *Freischütz*, eine Anspielung, die er, wie vieles, was sie trieb, nicht verstand. Maman brachte Schachteln voller Schokoladen-Eclairs mit, die Jonas so liebte, nannte ihn ›mein Gold‹ und schüttete ein Füllhorn zwitschernder Reden und aufgeregter Küsse über ihm aus, um nach wenigen Tagen mit unhaltbaren Versprechungen wieder zu verschwinden. Jonas, krank vor Traurigkeit und zu vielen Schokoladen-Eclairs, winkte ihr nach, wenn sie hupend in ihrem alten vw vom Hof schleuderte.

So wuchs er fast ohne sie bei den von Mellups in Wolmarshof auf, dem westfälischen Wolmarshof, denn das wirkliche Haus seiner Vorväter hieß nun Valmiermuiža – Walmeermuuischa wie es Grand-Maman auf ihre schmusige Art aussprach, ein Hofgut in Lettland, aus dem die Großeltern wegen eines unerklärlichen Kriegs hatten weichen müssen, lange bevor er auf der Welt war und ehe die Familie zwanzig Jahre später durch das unverantwortliche Handeln eines Mannes namens Adolf Hitler und seines Spießgesellen Stalin endgültig heim ins Reich geholt wurde, obwohl sie da gar nicht hinwollte und Heim immer Wolmarshof oder Valmiermuiža war.

In dem westfälischen Wolmarshof, einem stark renovierungsbedürftigen Haus mit einem sumpfigen Wassergraben rundherum, tiefen Schießschartenfenstern, klammen Wänden und schimmelnden Samtvorhängen, hingen Bilder des alten Wolmarshof. Als Kind konnte Jonas sich nicht vorstellen, wo die Großeltern darin gewohnt haben sollten, denn in mehr als in einem Zimmer konnte man doch nie zugleich sein, zumal im Winter, und dieses schien aus Hunderten zu bestehen.

Es habe immer viel Besuch und große Gesellschaften gegeben, erklärte Grand-Maman Elise, und Jonas durfte sich glänzende Bälle vorstellen, Musikanten, Diener, Kutscher und Köchinnen und Tische, die sich unter der Last der Köstlichkeiten bogen, und das war alles um so märchenhafter, da es im westfälischen Wolmarshof nichts dergleichen gab und nur manchmal ein paar steinalte griesgrämige Verwandte zu Besuch kamen, die ihn Kleining nannten und fragten, ob er schon zur Schule gehe, und wenn ja, ob er auch recht fleißig sei, und dann klatschte Grand-Papa mit der Reitgerte auf den Tisch und, Simsalabim, schon erschien der silberne Tee-Samowar. Grand-Maman reichte den Kuchen herum, den sie selbst gebacken hatte, und später Piroggen, saure Gurken und Wodka. Jonas, zum Stillsitzen verpflichtet, baumelte heimlich unterm Tisch mit den Beinen, trank Himbeersaft und hörte zu.

Das erste, das lettische Wolmarshof war von zwei

dicken Türmen überragt und umgeben von einem Garten mit Springbrunnen, einem Labyrinth aus gestutzten Eiben und Blumenbeeten, die nach Auskunft der Großmutter aus bunten Rhomben zusammengesetzt waren wie das Kostüm eines Harlekins. Auf den alten Fotos sah er nur die akkurat gezogenen Säume dieser Flicken und auf den Wegen Frauen in Schleppröcken und mit Hüten, groß wie Storchennester. Außerdem gab es Ställe für die Pferde und die Ochsen, Scheunen für das Korn, Häuser für Knechte und Mägde, eine Remise für die Kutschen, eine Mühle, eine Schmiede und eine Schnapsbrennerei. Jonas stellte sich vor, wie schön es wäre, dort zu spielen, ebenfalls eine kleine Peitsche zu schwingen und auf den Pferden zu reiten.

Als er elf war, starb Grand-Maman, im Jahr darauf der Großvater, und nun war es auch vorbei mit dem westfälischen Wolmarshof, das der alte Carl von Mellup, der immer häufiger mit der Gerte auf die Schaftstiefel drosch und, nicht nur was die Finanzen betraf, zunehmend störrisch und uneinsichtig geworden war, samt dem restlichen Besitz verspekuliert und verloren hatte.

Nur eine Klausel im Testament der Elise von Mellup geborene Weh sicherte Agathe ein Legat aus deren eigenem Vermögen, das ihr ein Auskommen bot. Dazu vermachte Elise ihrer Tochter, was an Schmuck noch vorhanden war. In der Nacht, bevor das gepfändete Wolmarshof geräumt wurde, erschien Jonas' Wirbelwind-Mutter mit einem kleinen Transporter und zwei angeheuerten Männern im Blaumann, packte den runden Biedermeiertisch und vier Stühle ein, die sie ebenfalls als ihr Eigentum betrachtete, den kleinen Whistler, die japanische Lackschatulle, das Porträt des Herrn von Mellup, das Silber und ›mein Gold‹ und ließ Wolmarshof für immer hinter sich.

Da sie eine lange Zeit nicht zusammengelebt hatten, wenig voneinander wussten und beide die eigenen Vorstellungen als alleinige Richtschnur ihres Handelns nahmen, gerieten Jonas und seine Mutter schnell über Kreuz. Der Sohn trat früh in eine Pubertät ein, an die Agathe sich später im Zusammenhang mit dem Garten der Hasenmühle erinnern sollte: Der sonnige Knabe, der seine Maman zärtlich geliebt hatte und morgens mit einem Lied auf den Lippen erwacht war, verwandelte sich innerhalb von Wochen in einen unleidlichen Flegel, der sie höhnisch Mutter nannte und dem nichts mehr recht zu machen war. Er fing an, Zigarillos zu rauchen, er nahm Anstoß an den Männern, mit denen sie Umgang pflegte, und er suchte sich Freunde in den unerwünschtesten Kreisen.

Als Dreizehnjähriger wurde er zum ersten Mal von der Polizei mit zwölf Gramm Cannabis und amphetaminhaltigen Stimulanzien aufgegriffen. Zu seiner Verteidigung führte er an, dass Agathe sich nie um ihn gekümmert habe, als er ein Kind war – außer ihn mit schokoladenhaltigen Stimulanzien ruhig zu stellen –, und sie ihm deshalb gar nichts vorzuschreiben habe; dass er um keinen Preis seine Freunde verraten werde und im Übrigen gedenke, Mutters Vorbild nachzueifern und alles an Freiheiten und Erregungszuständen, die das Leben ihm biete, auszuprobieren. Mit dreizehn!

Agathe hatte den Sozialarbeiter in der Hasenmühle jedoch nicht ganz zu Unrecht darauf hingewiesen, dass Jonas ein sensibler und empfänglicher Junge mit hervorragenden Anlagen sei. Nachdem er sich an kostspieligen Investitionen ausprobiert hatte – eine Kamera, ein Saxofon, Reitstunden, ein Taekwondo-Kurs – und in der Schule zweimal sitzengeblieben war, kehrte er zu seinem ersten Spleen, der Fotografie zurück und Agathe, die zu dieser Zeit mit einem erfolgreichen Modefotografen liiert war, überredete den Mann, ihren Sohn als Assistenten in seinem Atelier aufzunehmen.

Es war nicht gerade eine Kehrtwende, aber eine Kurskorrektur. Jonas fand heraus, dass er Talent zum Fotografieren hatte und dass er schwul war; Agathe, dass sie erstens erleichtert war, ihr Kind endlich in einem dauerhaften Engagement zu wissen, und zweitens, dass sein Schwulsein sie weniger störte als erwartet, da sie ihn auf absehbare Zeit nicht mit einer anderen Frau würde teilen müssen. Ein Mann erschien ihr entschieden die bessere Wahl. Als er von einer erfolgreichen Produktion für ein großes Modemagazin aus Marokko zurückkehrte, gab sie ihm den blauen Siegelring mit dem Wappen derer von Mellup.

Mit achtzehn zog er zu Hause aus, mit dreiundzwanzig war er selbst ein renommierter Fotograf. Mode war passé. Krieg kam nicht infrage. Menschliche Gesichter interessierten ihn nicht. Er ließ sich von besonderen

Landschaften und Häusern berühren, von den verlorenen und geschundenen Orten dieser Welt, die sich selbst überlassen waren und an denen er sich zu Hause fühlte. So wurde er bald ein geduldiger Dunkle-Ecken-Steher, ein Ruinen-Umschleicher und Sperren-Übersteiger, dessen Fotos von zerstörten Industrie-Anlagen, verschlissenen Grandhotels und lianenumschlungenen Freizeitparks in den Bildredaktionen der interessanteren Magazine großen Anklang fanden und ihm eine erste Ausstellung in einem Theaterfoyer einbrachten. Eine Rezensentin, die sich wunderte, dass ein so junger Mann ausschließlich Gefallen an einstürzenden Altbauten fand, schrieb nach der Vernissage, dass auf den Fotos des Jonas »Morbide« von Mellup die Natur ihr Terrain zurückerobert habe.

Estland, September 2008

Als der Lektor eines Kunstverlags, der auf großformatige Bildbände spezialisiert war, Jonas anbot, einen Katalog baltischer Landschaften und Herrenhäuser zu fotografieren, die nach dem Fallen der Grenzen noch immer ein wenig von Geheimnis umweht waren, wusste er, dass er sein Thema gefunden hatte. Der Verlagsmensch gab ihm eine Liste der Locations, die er unbedingt zu fotografieren hatte. Valmiermuiža war nicht dabei, aber es stand außer Frage, dass er den Ort aufsuchen würde, den er mit den Sehnsüchten seiner Kindheit verband. Die Fotos sollten nicht nur als Bildband erscheinen, sondern im Herbst des nächsten Jahres auch Eingang in eine Ausstellung der Deutschbaltischen Kulturgesellschaft finden. Einen Autor würde man nicht mitschicken, sagte der Bildredakteur, es läge genügend Text vor, aber vielleicht könne er selbst ein paar Impressionen notieren; im Honorar inbegriffen.

»Du weißt, dass das Haus nicht mehr steht«, sagte Agathe. »Du wirst enttäuscht sein. Es sind, glaube ich, nur noch die Torpfosten da.«

»Das macht nichts. Ich werde es trotzdem wiedererkennen. Ich bringe dir einen Stein mit.«

»Nein, lass das. Ich bin nicht sentimental. Mach ein Foto und gut.«

Er hatte sie in der gemeinsamen alten Wohnung besucht. In seinem ehemaligen Kinderzimmer standen nun ihre Bücher und auf dem Schreibtisch der Computer. Darüber hing gerahmt eins seiner Fotos im Großformat: ein leeres Schwimmbecken voll zerbrochener blauer Kacheln und Haufen welken Laubs, die der Wind in die Ecken gefegt hatte; mittendrin ein weißer Plastikstuhl.

»Warum gerade das?«

»Dem fehlt das Wasser«, sagte Agathe »genau wie mir.«

Sie lebte von Aufträgen, die sie mit beruhigender Regelmäßigkeit an Land zog: Übersetzungen aus dem Französischen; sogar der neue Roman eines empörenden jungen Autors. Der Fundus des Stadttheaters hatte noch immer Spuren an ihrer Person hinterlassen. Agathe trug einen glänzenden japanischen Pyjama mit korallenroten Orchideen, in dem einmal eine rundliche Madame Butterfly über die Bühne getrippelt war.

»Valmiermuiža hat dir nie viel bedeutet«, sagte er.

»Wie sollte es? Ich bin fünf Jahre nach Kriegsende hier geboren. Da war nicht mehr viel übrig. Und in dem alten Wolmarshofgemäuer war es mir immer zu kalt. Mein Gott, diese furchtbaren Fenster! Ich war so froh, als ich nach Lyon ging. Als Au-pair, weißt du. Dort gibt es solche herrlichen Seidenstoffe! Und den Fluss, die prachtvolle Saône. Aber diese Gören – naja. Und dann warst du bei Grand-Papa und Elise später doch sehr gut aufgehoben, oder nicht? Komm mir jetzt bloß nicht mit irgendwelchen frühkindlichen Problemgeschichten.«

»Nein, Maman«, sagte er, »dafür ist es nun wirklich zu spät.« Agathe hatte es nie kapiert.

Als Nächstes bekam sie eine Postkarte aus Haapsalu. Er war nach Vilnius geflogen, hatte einen Wagen gemietet und sich eine Route nach Westen zur Kurischen Nehrung und nach Norden und Osten durch Lettland gesucht, hatte Landschaften fotografiert, die aussahen, als sei der Zauber von zwölf guten Feen darüber niedergegangen: lichte Wälder, Dünen und Moore, ein hoher Himmel, durch den Wolken wie Schaumklößchen schwammen, Kornfelder und stille Seen, so blau wie der Himmel, von dem sie nur eine gedachte Linie trennte. Wiesenkerbel schäumte über die Lichtungen in den Wäldern, und überall sah er Häuser: bunte Holzkaten mit getrimmten Schilfdächern und prächtig renovierte Schlösser in barocken Gärten, die ihn kaltließen.

Die anderen mit den blinden Scheiben und eingeknickten Dächern zogen ihn an. Viele hatten aufgegeben, zugeklappt; die Augen geschlossen, warteten sie auf den Tod. Andere widerstanden, hielten sich in einem verwilderten Park oder am Ende einer morschen Lindenallee auf ihren Grundmauern, hatten eine Etage gerettet, ein wenig Putz aufgetragen und sich schön gemacht, wie eine alte Dame, deren Familie weggezogen ist und die nicht aufhört, Besuch zu erhoffen.

Jonas fühlte sich als dieser Besuch. Er wollte die hinfällige Schönheit, die ihnen geblieben war, würdigen, ihr Beharren auf Kultur und einer Art Ordnung, die das Gestrüpp, das sie umbrandete, im Zaum hielt. Scherben und Schutt erinnerten ihn an die Zeit in der kleinen Hasenmühle, als er verantwortungsvolles Handeln lernen sollte, und erleichtert stellte er fest, dass sich seine Lebensperspektive trotz der Lektionen, die ihm dort erteilt worden waren, verbessert hatte, dass er ein rettendes Ufer erreicht hatte und endlich tun konnte, wozu er Talent und Neigung besaß.

Eines Nachmittags stand er dann zwischen den beiden gemauerten Torpfosten von Valmiermuiža, die nichts als das hohe Gras auf einer Lichtung bewachten, über die er zu einem viereckigen ziegelroten Turm mit einer grünen Haube und einer zwiebelförmigen Spitze wanderte. Auf seinen Außenmauern zeichneten sich die Konturen der Gebäude ab, aus deren Mitte er einmal geragt hatte: Dachschrägen, Schwellen und Türen, die sich in den freien Fall öffneten. Der zweite Turm war verschwunden, so wie die Scheunen und Ställe, die Schmiede, die Mühle und die Schnapsbrennerei. Er war nicht enttäuscht. Das alte Valmiermuiža, die einzige Gewissheit seiner Kindheit, war mit den Großeltern gegangen und er fühlte nur eine Leerstelle, eine Melancholie, die er seine dreizehnte Fee nannte und die in diesem Land wohnhaft zu sein schien.

Er nahm sich einen halben Tag Zeit für den Abschied, wanderte um den Turm und in den nahen Wald, setzte sich ins Gras, lehnte sich gegen den Torpfosten, rauchte und sah zu, bis das Abendlicht auf den Ziegelmauern glühte. Als letztes schoss er mit dem Handy ein Foto von sich selbst zwischen den Pfosten und mit dem Turm im Hintergrund. Einen Stein nahm er nicht mit.

Auf dem Weg zu seinem Auto kam ihm ein grauhaariger Mann entgegen, der erste Mensch, der ihm an diesem Ort begegnete, und Jonas grüßte ihn mit einem der drei lettischen Worte, die ihm zur Verfügung standen: »Labvakar«, guten Abend. Der andere blieb stehen. Er hatte offenbar nichts gegen ein Gespräch einzuwenden und Jonas hätte ihn gern gefragt, ob er hier schon immer gewohnt hatte und wenn, ob er sich erinnere, wie es mit Valmiermuiža zu Ende gegangen war. Er versuchte es auf Englisch, Französisch und auf Deutsch, aber der Mann schüttelte nur den Kopf, wandte sich ab und ging weiter.

Als er in der Abenddämmerung über die Grenze nach Estland fuhr, beschloss er, sich einen Dolmetscher zu suchen. Er landete in einer kleinen Stadt am Meer mit gedrechselten Holzhäusern, blühenden Gärten und einer Uferpromenade: Haapsalu. Am nächsten Morgen sprach er in der Touristeninformation vor, wo man ihn verstand, und geriet an einen liebenswürdigen jungen Mann namens Taavu, einen stämmigen Typen mit kupferrotem Krauskopf, der versprach, sich umzuhören, ja, möglicherweise schon eine Dolmetscher-Kandidatin im Sinn hatte. Sie erkannten einander sofort. Jonas lud ihn auf ein Bier nach Feierabend ein und ging anschließend mit ihm ins Bett. Danach fühlte er sich schon etwas weniger fremd in Estland.

Sie hieß Inna Koidula und war Taavus Schwester, eine schöne, schmalgliedrige Person in armeegrünem Anorak mit hohen Wangenknochen, hellen, ein wenig schrägen Augen, größer und älter als ihr Bruder, aber mit derselben roten krausen Mähne, die sie in einem Zopf über der Schulter trug.

»Ich bin ein wildes Mensch, selbst für estnische Verhältnisse«, stellte sie sich vor, als sie und Taavu Jonas am nächsten Tag im Hotel aufsuchten. Inna hatte in Leipzig studiert und sprach Deutsch in nordisch gefärbtem Singsang mit Wendungen, die sie offenbar aus dem Estnischen übersetzte. Anders als der strahlende Taavu, enthielt sich seine Schwester jeder Art von überflüssigem Lächeln. Sie forsche als Botanikerin und Landschaftsökologin an der Universität Tartu, teilte sie

Jonas mit, aber ihr wichtigstes Gebiet sei das Kartieren von Biotopen und dafür sei sie oft tagelang im Wald unterwegs, allein, vorzugsweise, eine Arbeit, die ihr sehr gut gefalle.

Da sie eine Verpflichtung im Nationalpark an der Ostseeküste hatte, war es Taavus Idee, dass Inna den deutschen Fotografen als Dolmetscherin und Wegweiserin in seinem komfortablen Mietwagen begleiten sollte. Jonas werde im Norden unübertrefflich schöne Landschaften sehen und vielleicht könne er, Taavu, sich am Wochenende freimachen und ihnen folgen. Ein Freund würde ihnen seine Hütte überlassen. Inna kannte sie und hatte bereits den Schlüssel in der Tasche. Die Heidelbeeren waren jetzt reif und der Wald ganz, ganz wunderbar. Er benutzte das Wort originell, aber Jonas verstand ihn. In seinem Zeitplan war kein Wochenende vorgesehen und zum Beerensammeln war er nicht gekommen, aber die Vorstellung, mit Taavu zwei Tage lang eine einsame Waldhütte zu teilen, fand er unwiderstehlich. Inna könnte derweilen Biotope kartieren. Sie lachten einverständlich und umarmten sich zum Abschied auf der Straße wie zwei, die sich schon lange kannten.

Innas Gepäck war eine Art Turnbeutel, den sie auf der Rückbank zwischen seine Kameratasche und das Stativ stopfte. Er räumte den Nebensitz frei und dann fuhren sie von Haapsalu in Richtung Nordosten. Es war ein sonniger Spätsommertag, erfüllt von starkem, klarem Licht. Die Landstraßen waren gesäumt von den grauwolligen Dochten der verblühten Weidenröschen und auf den Wiesen mähten die Bauern das letzte Gras. Jonas, in bester Laune, war noch nie einer so abweisenden Frau begegnet, auch keiner, der ihre Schönheit offenbar so gleichgültig war. Er hatte genug wundervolle Kleider gesehen, dass ihm vor ihrem Armee-Anorak und diesen Wanderstiefeln schauderte. Als das Schweigen feindselig zu werden drohte, fragte er sie rundheraus nach den estnischen Verhältnissen, was die Wildheit der Bewohner im Allgemeinen und ihre im Besonderen angehe.

»Wir Esten leben mit dem Rundlauf der Natur«, antwortete sie, als redete sie mit der Straße. »Wir sind ständig draußen im Wald und am See, und da lassen wir uns von niemandem vorschreiben, was wir tun dürfen, wo wir hinlaufen, ob wir zelten oder Feuer machen und überhaupt; das machen wir einfach.«

»Und das machst du auch?«

»Ja, natürlich. Wenn ich draußen bin und arbeite, dann gehe ich manchmal gar nicht zurück, sondern schlafe im Wald.«

»Wildes Mensch«, sagte er amüsiert.

»Was ist daran komisch?«

»Nichts. Ich frage mich nur, warum du so … so kurz angebunden bist. Ich habe dich bisher noch nicht einmal lächeln sehen. Ich glaube, du bist sehr schön, wenn du lächelst, hm?«

Sie schoss ihm einen finsteren Blick zu und er seufzte. »War als Kompliment gemeint, sorry.«

»Stell dir vor«, sagte sie, als er schon glaubte, sie würde ihn für den Rest der Fahrt mit Schweigen strafen, »wir Esten waren immer der Fußabtreter für die anderen, für die Schweden, die Deutschen und die Russen. Hast du gewusst, dass wir jahrhundertelang die Undeutschen hießen? Und unter den Sowjets waren wir immer noch der letzte Dreck. Dieses Lächeln und Schöntun, das macht man vielleicht bei euch in Deutschland, aber nicht bei uns.«

»Du musst mir ja nicht schöntun«, sagte Jonas. Er war froh, dass er ihr nichts über Valmiermuiža und Herrn von Mellup mit der Reitpeitsche erzählt hatte. »Aber du und dein Bruder, ihr seid so verschieden. Taavu ist ...«

»Mein kleiner Bruder ist anders«, sagte sie barsch.

Er glaubte zu verstehen. »Ist das ein Problem?«

»Nicht, wenn du fair zu ihm bist. Wenn du ihm blöd kommst, schneid ich dir die Eier ab.«

»Jetzt aber mal langsam«, erwiderte er gereizt. »Wir sind zwei erwachsene Menschen. Warum meinst du, dass du auf deinen kleinen Bruder aufpassen musst?«

»Weil er das nicht selber kann.«

»Inna ...«

Sie funkelte ihn mit ihren schrägen Augen an. »Ich sag dir jetzt mal was, Jonas von Mellup. Taavu hat einen kleinen Defekt. Man merkt es nicht gleich. Es funktioniert eine Weile, er ist gut drauf, voller Pläne, voller Überschwang; lässt sich auf jeden Typ ein, der ihm tief in die Augen schaut« – das gilt mir, dachte Jonas –, »aber irgendwann kommt der Absturz. Dann wird er furchtbar traurig, fühlt sich verraten und schlecht behandelt. Er sagt, ich – ausgerechnet ich! – würde hinter ihm her spionieren oder seine Freunde würden bei ihm einbrechen und ihn bestehlen. Solche Sachen. Gerade geht es ihm gut. Er ist so glücklich wie ein Schwein mit dem Arsch in der Butter, aber das kann sich schnell ändern. Du wirst also keine dummen Spielchen mit ihm treiben.«

»Nein«, sagte er überrumpelt, »werde ich nicht.«

»Nicht vergessen!«

Da habe ich ja mal wieder Glück gehabt, dachte Jonas. Ich vögele mit einem manisch-depressiven Typen, und ein wildes Mensch droht, mir dafür die Eier abzuschneiden, wobei noch nicht geklärt war, welcher Spielchen er sich zu enthalten hatte. Jedenfalls erschien das Wochenende zu dritt in der einsamen Waldhütte nicht mehr ganz so reizvoll wie von Haapsalu aus.

»Was meinst du«, fragte er nachdem sie viele Kilometer in grimmigem Schweigen gefahren waren, »könnten wir vielleicht irgendwo anhalten und einen Kaffee trinken?«

»Wenn wir was finden. Hier ist Estland.«

Nicht vergessen!, dachte er.

Schließlich entdeckten sie in einem kleinen Ort einen zusammengebundenen Sonnenschirm, zwei Tische und ein paar Stühle am Straßenrand. Über der Tür bot eine Leuchtreklame Orientierung: Ruut 66 Pub. Sie waren die einzigen Gäste. Er durfte sich am Tisch sogar ein Zigarillo anstecken. Ein hünenhafter schweigsamer Este servierte ihnen, was es gab: kalten Kaffee und lauwarme Suppe, während im stummgeschalteten Fernsehapparat unter der Decke ein Horrorfilm lief, dem der Wirt ebenso wenig Beachtung schenkte wie seinen Gästen. Die Bestellung hätte ich vielleicht auch ohne Dolmetscherin gemeistert, dachte Jonas, aber es war trotzdem gut, nicht alleine und sprachlos zu sein.

»Allmählich verstehe ich, was du mit wild meinst«, sagte er, als sie wieder im Auto saßen.

»Warte nur, bis wir in die wirkliche Wildnis kommen.« Es hörte sich an, als könne sie es kaum erwarten.

»Gibt's bei euch Bären und Wölfe?«

»O ja, aber nicht dort oben im Nationalpark, leider.«

Das fehlte noch, dachte Jonas.

In der Dämmerung fuhren sie in die Wildnis hinein. Der Wald stand schwarz und schwieg. Kahlschläge tauchten auf, in denen einzelne hohe Birken aus dem Unterholz wie Scherenschnitte gegen den Himmel ragten. Im Licht der Scheinwerfer erkannte er keine Wege, nur Baumstämme und kniehohes Gebüsch.

»Wie findest du dich hier zurecht?«

»Ist Gewohnheit«, antwortete sie. »Die Augen lernen. Hier musst du nach links.«

Das Dorf erschien zwischen Wald und Meer, ein Streifen offenes Land mit dunklen Holzhäusern hinter Gartenzäunen und Steinwällen. Große Bäume, Hecken, ein paar helle Fenster, gelbes Licht. Auf einem Uferweg holperten sie an hohem Schilf entlang, bis sich der raschelnde Vorhang öffnete und den Blick aufs Meer und eine Halbinsel freigab. Am Strand standen eine große und eine kleine Holzhütte, die sich ihre Reetdächer tief über die Ohren gezogen hatten. Jonas stieg aus, ohne die Autotür zu schließen. Es war vollkommen still. Kein Vogelruf. Kein Hauch. Die Ostsee atmete flach um riesige Findlinge und in der Ferne verschwamm das Wasser mit der hellgrauen Nacht.

Inna trat neben ihn und er war froh, nichts sagen zu müssen. Leise stellte er seine Fototasche in die größere Hütte, in der es nach Holzrauch, Mäusen und sonnenwarmem Staub roch. Sie wusste, in welcher Schublade die Streichhölzer lagen, und zündete die Kerzen in den Wandhaltern an. Der Raum nahm die ganze Hütte ein: zwei Stockbetten, ein Tisch, Feuerholz unter der Eckbank, ein eiserner Ofen, Wasserkessel, Emaillebecher an Haken, in der Anrichte eine Blechdose mit Keksen, eine mit Haferflocken, eine mit Tee. Das Bettzeug hing über Stangen im Dach, die man an einem Seilzug herunterlassen konnte. In einem Anbau waren die Trockentoilette und ein Bord mit einer Waschschüssel untergebracht. In der Schale daneben lag ein horniges altes Stück Seife. Wasser floss aus dem Regenwassertank, wenn man wusste, wie die Pumpe funktionierte. Sie zeigte es ihm. Handtücher gab es keine. Er trocknete sich mit seinem T-Shirt ab. Dies ist Estland, dachte er. Man lebt hier mit dem Rundlauf der Natur.

Erst jetzt fiel ihm ein, das Foto, das er von sich zwischen den Torpfosten von Valmiermuiža geschossen hatte, an seine Mutter zu schicken. Inna sah zu, wie er mit erhobenem Mobiltelefon um die Hütte wanderte.

»Vergiss es«, sagte sie. »Hier hast du kein Netz. Wenn du telefonieren willst, musst du ins Dorf laufen. Im Krug ist ein öffentliches Telefon.« Aus ihrem Turnbeutel zog sie einen Flachmann und schwenkte ihn mit einladender Geste. So setzten sie sich nebeneinander auf die kurze Bank vor dem Haus und tranken Wodka aus Emaillebechern. Jetzt, wo es kühl wurde, zog sie den Anorak aus. Darunter trug sie einen schlappen braunen Pullover, den Jonas lieber nicht genauer zur Kenntnis nahm. Sie lehnte den Kopf zurück an die Hauswand und er konnte ihr Haar riechen. Es duftete warm und frisch.

»Okay?«, fragte Inna.

»Okay«, sagte Jonas.

Am nächsten Morgen war er schon gegangen, als sie aufwachte. Im Aschekasten vor dem Ofen lag ein ausgedrückter Zigarillostummel und auf dem Tisch ein Zettel: »Das Licht ist genau richtig. Ich fahre ins Moor. Bringe Frühstück mit, wenn ich was finde.« Im Morgengrauen waren die Birkhühner im Moor unterwegs und sie wusste, dass er sie verscheuchen würde, wenn er dort herumstiefelte, städtischer Simpel, der er war. Sie hätte es ihm verbieten sollen, als sie ihm am Abend den

Weg beschrieben hatte, aber von einem frühen Aufbruch war keine Rede gewesen. Das Moor war auch am hellen Nachmittag noch schön genug. Wenn er zurückkäme, würde sie ihn dringend auffordern, so etwas nie wieder zu tun. Doch er könnte sich nützlich machen und sie am Vormittag zur Forstverwaltung fahren, wo sie zu einer Besprechung erwartet wurde. Hoffentlich war dieser Mann schlau genug, unterwegs den kleinen Laden neben dem Dorfkrug zu entdecken. In der Zwischenzeit kochte sie sich einen Tee mit Regenwasser, knabberte an einem staubigen Keks und sichtete ihre Unterlagen.

Jonas war schlau genug gewesen. Er hatte Brot und Käse, Butter, Kondensmilch, Kekse, ein halbes Dutzend Eier, Pulverkaffee und eine Flasche Wodka gekauft. In dem kleinen Laden hatte er nur auf die Dinge gedeutet, von der Verkäuferin die Worte für Brot und Käse gelernt und sofort wieder vergessen.

»Leiba«, sagte Inna nachdrücklich, »zwei Silben; die kann man sich doch merken. Käse, nur eine: Juust. Du bist wirklich ein Fall für den Kindergarten, ein vollkommener Depp.«

»Oh! Sehe ich da ein Lächeln?«

Sie frühstückten auf der Bank vor der Hütte, Kaffee, Käsebrote und hartgekochte Eier, und er zeigte ihr die Fotos vom Morgengrauen im Moor, den durchsonnten Nebel, über dem schon der Himmel blaute, während das Geäst der Bäume noch im duftigen Grau verschwamm.

»Und aus den Wiesen steiget der weiße Nebel wunderbar«, sagte er lächelnd und mehr zu sich. Er hatte die Bäume, die Wolken und den weißen Nebel wunderbar wohl hundertmal fotografiert und schien darüber so glücklich, dass sie es nicht über sich brachte, ihn wegen der Birkhühner auszuschimpfen. Stattdessen nahm sie die Gelegenheit wahr, da er mit seiner Kamera hantierte, die Fotos im Display heranzoomte und kritisch musterte, ihn ihrerseits sorgfältig zu betrachten.

Dieser Kerl würde Taavu das Herz brechen mit seinen arroganten Schlafzimmeraugen und diesem Mund – zu eloquent, zu gewandt, der ganze Mann überhaupt zu schön, zu gut angezogen fürs Moor in diesem Jackett, und dann konnte er auch noch einkaufen, Feuer im Ofen anfachen, den Kessel aufsetzen und heißes Wasser über den Kaffee kippen. Das mit dem Rauchen sollte er lassen. Es verdarb die Zähne. Sie spielte mit dem Gedanken, dass sie ihn selbst begehrte, und stellte zu ihrem Erstaunen fest, dass es so war.

Er blickte auf, als hätte sie ihn angesprochen.

»Bleib mal so«, nahm die Kamera hoch und begann, sie zu fotografieren, »jetzt schau zu mir, den Kopf nach rechts, das Kinn ein bisschen höher. Ja, das ist gut. Weißt du, dass deine Augen fast durchsichtig sind, wenn du in die Sonne siehst? Fast wie Aquamarine, sehr schön. Jetzt dreh dich um und schau aufs Meer! Warte!« Er ließ die Kamera sinken und sah sie prüfend an, als sei sie nicht Inna, sondern ein Schnitzel auf einem Teller, hob, ohne sie zu fragen eine Haarsträhne von ihrer Stirn und steckte sie wie einen Zweig Petersilie zurück in den Zopf.

»Das reicht!«, sagte sie.

Nach dem Frühstück ließ sie sich von ihm am Torhaus der Forstverwaltung absetzen, einem ehemaligen Gut. Er fuhr weiter, bis Estland aufhörte und irgendwo jenseits des Wassers Russland begann. Am Ufer fand er zwischen Kiefern und Geröll die eingewachsenen Spuren alter Grenzbefestigungen, Unterstände, bemooste Militärlastwagen, Zäune, Stacheldraht, Alteisen, so viel das Herz des Jonas Morbide von Mellup begehrte. Er streifte allein umher, die Ostsee gluckste leise gegen einen Steg, an dem sich Segelboote mit klirrender Takelage wiegten, und obwohl noch einige Tage vor ihm lagen und längst nicht jeder Ort auf seiner Liste abgehakt, wusste er, dass seine Reise gerade zu Ende gegangen war. Er fuhr langsam zurück, hielt an, um die abgeernteten Kornfelder zu fotografieren, auf denen große graue Vögel mit ausgebreiteten Flügeln im Stechschritt landeten, Kraniche, die sich vor dem Zug nach Süden sammelten. Der Himmel war erfüllt von ihrem Rufen und Quarren. Sie mussten fliegen. Er glaubte, die Erregung und ihr Drängen zu dieser schweren, unausweichlichen Reise zu spüren, und eine vertraute Melancholie stieg in ihm auf. Seine dreizehnte Fee war ebenfalls gelandet und fuhr an seiner Seite.

Am Abend gingen sie zum Essen in den Dorfkrug, ein aus dunklen Baumstämmen gefügtes Haus mit buntgewebten Decken an den Wänden. An einem Tischende saßen sie einander auf langen Bänken gegenüber, aßen Fischgratin, Rote Beete und dicke Kartoffeln und tranken Bier aus Steinkrügen. Am anderen Ende hielten zwei gebeugte alte Männer und eine dampfende Suppenschüssel die Symmetrie aufrecht.

Das Mädchen mit den straff zurückgebundenen blonden Haaren, das sie bedient hatte, trat an den Tisch, sah von Jonas zu Inna und fragte: »Inna Koidula?«

Inna blickte auf. »Ja?«

»Da ist ein Telefonanruf für Sie. Wir wollten gerade jemanden zur Hütte schicken. Ein Herr ist dran, er sagt, es wär dringend.« Inna warf das Besteck neben ihren Teller, glitt aus der Bank und folgte dem Mädchen.

Niemand übersetzte für Jonas, was vor sich ging. Er hörte Innas erregte Stimme aus dem Flur, wo das Telefon hing. Die beiden alten Männer legten die Löffel ab und lauschten interessiert. Der eine stellte sein linkes Ohr mit der Hand auf. Sie sahen ihn entgeistert an. Da war sie wieder, rutschte auf die Bank und ballte die Fäuste auf dem Tisch,

»Was ist passiert?«

Sie weinte. »Das war Taavu. Ich verstehe das nicht. Es ging ihm doch gestern noch so gut. Auf einmal ist er völlig hysterisch. Er ist total wahnsinnig geworden. Er sagt, die Polizei hat ihn angerufen. Er sagt, ich wäre ermordet worden. Ich läge tot in einem Fluss in Deutschland.«

»Aber du bist hier. Inna. Denk doch mal nach! Das muss eine Verwechslung sein, irgendein saudummer Fehler. Die deutsche Polizei ist manchmal komplett neben der Spur. Wir rufen morgen dort an.«

»Aber Taavu ...«

Er legte seine Hände über ihre geballten Fäuste, damit sie aufhörte, auf den Tisch zu hämmern und später, als sie Schulter an Schulter auf der Bank vor der Hütte saßen, aufs Meer schauten und Wodka tranken, erwiderte sie seinen Trost, indem sie ihm langsam vom Knie aufwärts über die Innenseite des Oberschenkels fuhr, und als er ihr nicht auswich, legte sie ihre Hand auf seinen Schwanz und ließ sie dort mit sanftem Druck liegen. »Ich dachte, du bist schwul.«

Er hob eine Augenbraue. »Nicht strenggläubig.«

Da waren ihre Finger schon mit seiner Gürtelschnalle beschäftigt. »Dann will ich dir jetzt ein bisschen schöntun, Jonas, ja?«

»Das ist sexuelle Belästigung, Inna. Ist das in Estland eigentlich erlaubt? Denkst du dir irgendwas dabei?«

»Ich denke, das mach ich einfach. Ich belästige dich.« Während sie ihm das Hemd aus der Hose zog, lächelte sie ihn aus ihren schrägen Augen an. »Komm, Jonas von Mellup, wir machen's uns schön!« Unter dem braunen Pullover kamen weiße Schultern zum Vorschein, die Näpfchen ihrer Schlüsselbeine. Er schob den roten Zopf beiseite und küsste sie auf den Hals.

»Nicht so wild, nicht so wild!«

Sie umarmten sich in der Hütte auf einem der unteren Stockbetten, ein Akt, den Inna später »ein freundliches Bein drüber« nannte und Jonas den Rundlauf der Natur.

*

»Hast du deinen Pass dabei, Inna?«

»Nein, wozu sollte der hier draußen gut sein? Außerdem ist er abgelaufen.«

Kennst du vielleicht eine andere Frau, die so heißt wie du?«

»Nein, weiß nicht … keine.«

»Hast du mal dein Bankkonto kontrolliert?«

»Nein, was …?«

»Du musst nachsehen, ob Geld von deinem Konto abgebucht worden ist; auch kleine Summen, die man leicht übersehen kann. Und lass deine Kreditkarten sperren.«

»Du musst, du musst – was sind das hier für Anweisungen, Herr Jonas von Mellup!?«

»Hast du nicht verstanden, Inna? Die tote Frau im Fluss. Woher hatte sie deinen Namen? Es könnte sein, dass jemand deine Identität geklaut hat. Hast du in letzter Zeit Sachen mit der Post bekommen, die du nicht bestellt hast? Anrufe von Leuten, die Geld von dir eintreiben wollten? Drohungen?«

Sie schnalzte mit der Zunge. »Ach was! Nein. Wozu sollte denn jemand meine Identität klauen?«

»Ja, gerade deshalb. Betrügereien kommen doch ständig vor, wenn du im Internet unterwegs bist. Jemand knackt dein Passwort und kann dann alles Mögliche damit anstellen. Dein Konto abräumen, dich anschwärzen, zum Beispiel bei deiner Uni. Hast du Ärger mit jemand, mit einem Typ?«

»Ich habe keinen Ärger mit niemand, verstanden? Ich habe nur Angst, dass Taavu etwas passiert ist.«

»Ja, ist klar. Du machst dir Sorgen. Wir fahren zurück nach Haapsalu, aber ich kann nicht lange bleiben. Ich muss noch verschiedene Sachen fotografieren.«

»Du brauchst mich nicht zu fahren. Bring mich zum nächsten Bahnhof! Ich krieg schon einen Zug.«

»Wo hätte ich denn wohl einen Zug gesehen. Hier ist Estland.«

Sie blitzte ihn an. »Allerdings. Und du hörst jetzt auf, an mir herumzuziehen.«

»Komm, wildes Mensch, so wollen wir uns doch nicht verabschieden. Ich fahr dich nach Haapsalu. In zwei, drei Stunden sind wir da. Du musst gleich zur Polizei gehen, Anzeige erstatten. Und Taavu wartet auf dich.«

»Er wartet auch auf dich.«

»Nein, Inna, so läuft das nicht. Wenn Taavu depressiv ist, kann ich ihm nicht helfen. Erst recht nicht, wenn das mit der toten Frau nur ein Hirngespinst ist. Das musst du tun. Aber wenn er mir sagen kann, von wo die Polizei angerufen hat, aus welcher Stadt, und wenn er eine Telefonnummer hat, oder den Namen, dann kann ich mich in Deutschland darum kümmern, wenn du das willst.«

Sie ließen nur den Pulverkaffee und den Wodka auf der Anrichte stehen. Den Rest packte Inna ein. Er trug seine Sachen zum Wagen, kehrte zurück, um ihr die Tüte abzunehmen, während sie die Hütte abschloss. Auf der Schwelle standen sie sich gegenüber. Ihr Augenlid begann zu zucken.

Er strich ihr mit dem Daumen über den Wangenknochen. »Inna, schade …«

Sie beugte sich vor und küsste ihn zärtlich, aber flüchtig auf den Mund.

»Willst du, dass ich mich in Deutschland darum kümmere?«

»Ja, natürlich, wenn du das kannst. – Das ist gütig von dir, Jonas.« Sie gingen zum Wagen, Inna warf ihren Beutel auf den Rücksitz und ehe sie die Beifahrertür öffnete, blickte sie ihn über das Dach an. »Manchmal ist es schwer, die Endworte zu sagen.«

»Die sind noch nicht gesprochen. Steig ein, Inna. Ich fürchte, du hast nicht ewig Zeit.«

*

Taavu war nicht verrückt geworden, aber als er von dem Telefongespräch mit dem Polizisten erzählte, glaubte auch Jonas sein Anderssein zu bemerken, eine überschnappende Lust an der absurden Geschichte, dass Inna tot in einem Fluss in Deutschland liege, der Witzbold von einem deutschen Beamten mit schnarrender Stimme und seine eigene Gedankenlosigkeit, die ihn weder Namen noch Telefonnummer hatte aufschreiben lassen.

Zu dritt gingen sie über die Seepromenade von Haapsalu; Inna in der Mitte. Es war sonnig und um die Holzhäuser mit den Zuckerbäckergiebeln blühten die Rosen in Fülle, aber die Terrassen unter den Vordächern waren schon leergeräumt und niemand saß auf den Parkbänken mit Blick zum Meer. Scharen von Enten schaukelten auf dem Wasser, das der Wind zu krausen Wellen bürstete.

»Weißt du was, Inna, wir fahren zusammen mit Jonas nach Deutschland und sehen uns diesen Fluss an. Wir machen eine Bootsfahrt auf dem Fluss. Wir hauen ihm mit dem Paddel ordentlich eine runter.«

»Ach, Taavu, mein kleiner Bruder, du weißt ja nicht mal, welcher Fluss das sein soll.«

»Aber klar weiß ich das.« Er beugte sich vor und suchte lachend Jonas' Blick. »Ein ganz komischer Name wie ein Wasserfall. Er heißt Wattenfall oder Waller. So hat er es gesagt. Nein, er sagte Brauser, nein, nein, warte mal, Jonas, er sagte Rauscher, die Rausch. Genau so heißt er. Was schaust du mich so an?«

»Ich kenne die Rausch«, sagte Jonas.

Taavu blieb stehen. »Aber das ist ja phantastisch. Dann fahren wir zusammen an die Rausch. Wir machen eine tolle, sagenhafte Reise an die Rausch!«

»Komm da runter, Taavu, das geht nicht«, sagte Inna

eindringlich. »Jonas hat versprochen, bei der Polizei nachzufragen, aber wir können nicht zusammen nach Deutschland fahren. Das geht nicht.«

Jonas räusperte sich. »Hat der Polizeibeamte sagenhaft gesagt? Oder so ähnlich, vielleicht Sagenhausen?«

»Ja, ja, immer verrückter. Ich dachte, der Kerl macht noch einen Witz mit mir. Er redete von einem sagenhaften Haus an der Rausch. Aber jetzt fällt's mir ein. Das kann ja alles gar nicht wahr sein. Das war gar kein deutscher Polizist. Inna, das war einer von deinen ... von deinen Spezialisten. Die führen doch ständig was im Schilde. Gestern erst hat mich einer angerufen ...«

»Ich weiß, Taavu«, sagte sie traurig. »Du hast sicher recht. Ich kümmere mich drum. Er wird dich nicht wieder anrufen. Also vergiss das mit der Rausch. Vergiss das mit der Reise. Wir sehen uns später, ja? Jonas muss heute noch weiterfahren zum Fotografieren.«

»O nein, wie schade!«, rief Taavu und sah an Inna vorbei. Er stand mit dem Rücken zur Sonne und sein rotes Haar sah aus, als knistere es bis in die Spitzen. »Jetzt ist es so schön da oben am Meer und ich hatte mich schrecklich aufs Wochenende mit dir gefreut.«

Jonas nahm ihn in die Arme und drückte seinen Kopf an seine Schulter, als hielte er ein Kind. »Ich auch, Taavu, es tut mir leid, es tut mir sehr leid.«

*

Innas Pass war verschwunden. Zusammen gingen sie aufs Polizeirevier, um es zu melden. Wann hatte sie ihn das letzte Mal in der Hand gehabt? In Finnland, im April, als sie zu diesem Biologenkongress an der Universität in Helsinki gefahren war. Seitdem nicht mehr. Wer bei ihr war? Zwei Professoren aus Tartu. Sie nannte die Namen. Nein, keine Fremden, keine Begegnungen außerhalb der Uni. Oder doch: der letzte Abend in einer Bar in der Stadt, keine Kaschemme, sondern ganz respektabel, allerdings sehr voll. Sie würde die Kollegen fragen, ob sich jemand an den Namen des Lokals erinnerte, aber was sollte man sich davon erhoffen? Viel getrunken? Also, bitte! Sie hatten nicht viel getrunken! Gab es ein Foto, das sie auf der Konferenz zeigte? Nein, wieso? Kein Foto. Das war nicht üblich.

Und dieses hier?

Der uniformierte Beamte schob ihr einen Computerausdruck über den Schaltertisch zu. Nein, das war sie nicht, natürlich nicht. Diese Frau hatte sie nie gesehen. Und außerdem wusste sie, dass ihr Pass abgelaufen war. Dieser aber war ja noch gültig. Der Beamte schrieb mit, während Jonas im Hintergrund wartete und ihr Gespräch zu erraten versuchte. Einmal dreht sie sich zu ihm um.

»Die Rausch, ja?«

»Richtig.« Ein Fluss namens Rausch und ein Ort namens Sagenhausen.

»Der Typ da drin hat schon Bescheid gewusst«, sagte

sie, als sie wieder auf der Straße standen. »Die deutsche Polizei hat hier natürlich auch angerufen. Das Problem ist, dass ich mich nicht ausweisen kann. Ich könnte ja einfach behaupten, Inna Koidula zu sein, und meine Kreditkarte wollte er auch nicht sehen. Da ist kein Foto drauf und ich könnte sie geklaut haben. Also muss ich jetzt erst mal beweisen, dass ich ich bin. Jemand von der Uni wird hier auftauchen müssen. Bis dahin …« Sie legte eine Hand auf ihr zuckendes Augenlid.

»Das macht mich noch verrückt. Und diese tote Frau. Eine vollkommen Fremde. Er sagt, sie war Prostituierte. Sie haben einen Pass mit meinem Namen bei ihr gefunden. Der Wohnort stimmt, das Geburtsdatum stimmt, aber das Foto stimmt ganz und gar nicht. Sie hatte schwarze Haare und braune Augen und war ziemlich klein. Ich bin ja fast einsachtzig. Die arme Frau – sie wurde erschlagen. Niemand weiß, warum und von wem. Ich kenne nicht einmal ihren wirklichen Namen und trotzdem bin ich jetzt traurig. Es ist fast so, als hätte man mir etwas zuleide getan.«

»Aber so ist es doch, Inna. Jemand hat deine Identität gestohlen. Jemand hat sich in dein Leben eingemischt, ohne dass du es gewusst hast. So ein Foto kann man fälschen. Wer weiß, was die noch mit deinem Pass anstellen werden. Das muss so schnell wie möglich geklärt werden. Was hat der Polizist sonst noch gesagt?«

»Dass es Banden gibt, die Frauen mit gefälschten Ausweispapieren nach Deutschland einschleusen und sie – wie heißt das?«

»Auf den Strich schicken«, sagte Jonas.

»Ja, aber warum lassen sie das mit sich geschehen? Warum wehren sie sich nicht?«

»Weil sie nicht wissen, wie sie es machen sollen. Die meisten sprechen kein Deutsch, die Schleuser haben ihnen gute, seriöse Jobs versprochen und dann hinter der Grenze die Pässe abgenommen. Sie trauen sich nicht zur Polizei, weil sie von den Typen bedroht werden.«

Gemeinsam wandten sie sich zum Gehen, eine hübsche, harmlose Straße entlang mit einer Zeile kleiner Häuser, Kleiderständern vor den Läden und einem Sonnenschirm vor dem Asia-Imbiss; Kopfsteinpflaster, eine Grünanlage und ein klampfender Straßenmusikant. *The answer my friend …* Die Stimme verfolgte sie bis zur nächsten Ecke.

Inna hatte vor der Touristeninformation geparkt.

»Du wüsstest, wie es geht. Du könntest dich wehren«, sagte er mit belegter Stimme. »Du würdest den Typen die Eier abschneiden. Aber es sind nicht alle so tollkühne Frauen wie du, meine Fee.« Sie antwortete nicht. »Das ist mein Endwort, Inna«, sagte er, als sie ihren Wagen aufschloss, und er verstand, dass er seinen Abschiedskuss schon bekommen hatte.

»Was für ein sentimentaler Kerl du bist, Jonas von Mellup«, antwortete sie freundlich. »Wirst du dein Versprechen halten?«

»Werde ich.«

»Nicht vergessen!« Inna nickte ihm zu und sie sahen einander in die Augen. Als er versuchte, ihren Blick festzuhalten, wurde ihr Lächeln ein wenig nachsichtig. »Nägemist, Jonas, auf bald, und melde dich!« Dann stieg sie ein und fuhr davon. Auf dem Weg zu seinem Wagen sprach er das Wort vor sich hin – nägemist, nägemist –, hoffte, dass es eine Bedeutung hatte, aber als er es nachschlug, sah er, dass Innas estnisches Endwort ›Tschüss‹ bedeutete.

*

Hasenmühle, September 2008

Nicht vergessen, dachte er, als er zwei Tage später von Tallinn zurückflog. Aber was konnte er tun, das die estnische und die deutsche Polizei nicht besser konnten? Er würde nach Sagenhausen fahren und versuchen, etwas über die Identität der toten Frau herauszufinden, aber je weiter er sich von Estland entfernte, umso schwieriger erschien es ihm, sein Versprechen zu halten. Enttäuschung begann an ihm zu nagen, das Gefühl, schlecht behandelt worden zu sein. Wie konnte sie ihn so kurz auf der Straße abfertigen, nachdem sie ihm schöngetan hatte! Und er ihr. Was für ein lächerlicher, altmodischer Ausdruck! Als sie, bereit zur Abreise, vor der Hütte standen, hatte sie ihn ›gütig‹ genannt. Noch so eine sprachliche Antiquität. Er war es nicht. Er war nicht gütig. Er war nicht interessiert. Natürlich wollte er, dass andere ihn mochten, und er konnte richtig nett sein, zärtlich, auch sentimental, ja, verdammt. Er fand, dass er Humor hatte. Er konnte sich verlieben. Als Liebhaber hatte er bisher gute Kritiken bekommen, aber etwas fehlte. Die Haltlosigkeit, in der er aufgewachsen war, hatte sein Talent zur Anteilnahme nicht befördert. Für die Probleme anderer fühlte Jonas sich nicht zuständig.

Das hat Agathe mir eingebrockt, der alte Drachen, dachte er, als er am nächsten Morgen in seinem Atelier den Rechner hochfuhr und begann, die Speicherkarten aus der Kamera zu überspielen. Selbst eine robust Kränkende, hatte sie ihn gelehrt, sich zu wappnen, damit Kränkungen ihn nicht mehr trafen. Aber so war es ja nicht. Er war gekränkt, nur konnte er die Gekränktheit anderer nicht spüren. Er stand auf, ging in die Küche, schaltete die Kaffeemaschine ein und suchte im Kühlschrank nach etwas Essbarem. Außer einem Stück Parmesan und einer Schachtel Vanilleeis im Tiefkühlfach war nichts im Haus. So ist das, wenn man nicht gut für sich sorgt, dachte er – und nicht aufräumt.

Zurück im Atelier, wo sich sein Hausrat auf den Archivschränken stapelte – Papiere, Bücher, Mappen, Kalender, Magazine, ein Laptop, ein Drucker, Teile seiner Ausrüstung, eine leere Reisetasche, eine Jacke, eine Tasse mit eingetrockneter Kaffeepfütze –, widerte ihn das gewohnte Durcheinander, das er für seinen Lebensstil gehalten hatte, plötzlich an. Ich lebe wie ein Nomade, dachte er, oder wie ein Penner.

Taavu und Inna – warum hatten ihn diese beiden so

aufgeregt? Weil ihm etwas an ihnen fatal vertraut erschien? Etwas, das er von sich kannte? Der traurige Taavu, dessen dreizehnte Fee ihm überall auf den Fersen folgte, und das wilde Mensch, das sich nahm, was es wollte. Auf dem Rechner ließ er die Fotos durchlaufen, die er vor der Hütte geschossen hatte: Inna, mit dem roten Zopf und der Sonne in den Augen, die zu diesem Zeitpunkt noch nicht wusste, dass ihr die eigene Identität abhanden gekommen war.

Ob sie inzwischen begriffen hatte, wie es sich anfühlte, wenn ein Fremder in ein anderes Leben einbrach und darin herumfingerte, wie ein Dieb im Wäscheschrank? Ich weiß es, dachte er, ich weiß, wie es sich anfühlt; dieses Grabschen, dieses Herumpfuschen, gegen das man sich nicht wehren kann. Agathe, die sich sein halbes Leben angeeignet hatte, weil sie alles sein wollte, Mutter, Vater, Vertraute, einzig Geliebte, und die so entschieden dafür gesorgt hatte, dass er nie eine Familie hatte – seine Diebin im Wäscheschrank.

Er erinnerte sich an ihr entzücktes Getriller, als er ihr Tom vorstellte, seinen ersten Freund. Sie schien damals zu glauben, einen weiteren Sohn gewonnen zu haben, den sie nach Belieben an sich drücken oder fortschicken konnte. Tom blieb gelassen; er fand Agathe witzig und interessant, aber nach diesem Treffen brachte Jonas keine weiteren Freunde mehr mit nach Hause. Er musste erst nach Lettland fahren und Valmiermuiža sehen, um mit seiner Kindheit abschließen zu können. Und er musste Taavu und Inna treffen, um zu verstehen, was ihm fehlte und dass es noch etwas Wichtigeres zu klären gab als den Fall eines gestohlenen Ausweispapiers.

Er erinnerte sich an seine Schatzsuche im Schlafzimmerschrank, als er sechzehn war und Agathe mit ihrem Dirigenten auf Konzertreise in Belgien. Wie er die japanische Schatulle auf den Tisch gestellt, den Deckel gehoben und nach einem ersten Blick die mit Bändern umwickelten Briefe, das kleine Spielzeug, die Fotos und Zeitungsausschnitte vorsichtig herausgenommen und so gestapelt hatte, dass der Inhalt nach dem Einräumen wieder wie unberührt wirken musste.

Es war eine Art archäologische Grabung: die älteste Schicht, die Agathes sportliche Triumphe barg, lag zuunterst, die jüngste, bei der es um den Tod von Toni Keupenich ging, obenauf. Dazwischen hob Jonas die Briefe des Mannes, der sein Vater war, ans Licht; handgeschrieben an Kate, sein Kätzchen, in hellblauen gefütterten Umschlägen ohne Absender und, wie die Flecken und Fransen zeigten, viele Male auf- und zusammengefaltet. Neben dem Foto, das seinen Vater auf dem Tennisplatz zeigte, gab es andere in der Optik der späten siebziger Jahre, die er aufmerksam studierte. Damals trug sein Vater die langen blonden Haare unter einem Stirnband wie Björn Borg, und Jonas war erleichtert, dass er schlank und attraktiv aussah, auch wenn er vermutlich nie ein Grand-Slam-Champion war.

Etwas konkreter und bedeutend peinlicher waren

dessen Briefe, die statt mit einem Namen nur mit B. gezeichnet waren, da Jonas sich die eigene Existenz als das Ergebnis eines Geschlechtsakts zweier Menschen vorzustellen hatte, von denen einer seine Mutter war. Sein Vater erging sich in Kosenamen, die in Jonas Ohren alle feucht und haarig klangen, und in Andeutungen über Agathes erotisches Talent, das sie im Bett entfesselte. Plötzlich wusste der Sechzehnjährige, dass er ihr nie wieder ins Gesicht sehen konnte, ohne dass ihn das Bild eines Blowjobs verfolgen würde, und er begann, seinen Verrat bitter zu bereuen.

Hastig las er bis zum Ende und erfuhr, dass dieser Vater keineswegs mit seiner Familie nach Amerika verschwunden war, wie seine Mutter ihm weismachen wollte, sondern ein knappes Jahr nachdem er sie verlassen, dem Kätzchen Kate noch einmal geschrieben und um ein Wiedersehen gebeten hatte. Von einer Familie war keine Rede. Danach fand er von diesem Herrn B. keine weiteren Wortmeldungen. Jonas rechnete nach; er musste damals drei Monate alt gewesen sein, und er und Agathe lebten in Wolmarshof.

Er band die Briefe wieder zusammen und schichtete sie in die Lackschachtel. Als Nächstes kam er zu Toni Keupenich. Agathe hatte einen Zeitungsartikel über den tödlichen Unfall aufbewahrt, und in sein Grauen mischte sich Bewunderung. Warum hatte sie ihm nie von ihrer Heldentat erzählt, wie sie sich aus dem gesunkenen Auto befreit und versucht hatte, den ertrinkenden Toni K. zu retten? Er fand auch die Kopie eines polizeilichen Vernehmungsprotokolls, das sich mit dem Unfall befasste, und entfaltete dann den Brief einer Ottilie Keupenich. Er bildete sich nicht ein, sich an sie zu erinnern, aber da gab es ein entferntes Flackern, das Bild eines kleinen Jungen, der am Fenster stand und in die Dunkelheit hinaussah, und hinter ihm eine Frau, deren Hand sein halbes Gesicht umschloss und seine Wange streichelte. Er wusste, dass es so gewesen war, denn er konnte ihre Wärme und die Kläglichkeit des Kindes spüren. Diese Frau war Ottilie Keupenich, seine zweite Grand-Maman oder, so wie Toni Keupenich wohl sein Ersatzvater war, seine Ersatzgroßmutter.

Jetzt, da er erwachsen war, erinnerte er sich an seine Scham, als er den Kasten wieder im Schrank einschloss, und an das Gefühl, dass er, der gerade seine Mutter verraten hatte, selbst verstoßen und verraten war. Damals zu erschrocken und gehemmt, um den Dingen auf den Grund zu gehen, war er enttäuscht, dass der Vater seine Briefe nur mit einem B. unterschrieben hatte und auch die hellblauen Umschläge keinen Hinweis auf einen Absender trugen. Nun verstand er, dass Herr B. für immer unerkannt bleiben wollte. Hatte dieser Mann Agathe zugetraut, dass sie sich mit diesen Briefen einmal rächen wollte? An ihm, seiner Frau, seiner Familie? Was für ein Schlaumeier, dachte er verächtlich, was für ein verdammter Schlaumeier!

Er fuhr fort, die Fotos der Baltikumreise auf dem

Bildschirm zu sichten und auszuwählen, aber er merkte, dass er sich nicht konzentrieren konnte. Nicht vergessen! Also fuhr er den Rechner wieder herunter, stand auf und entnahm einer der Archivschubladen, in der mehr Übersicht herrschte als im übrigen Atelier, einen Ordner mit Fotokopien. Er wusste nun, wo anzuknüpfen war, und plötzlich erschien es ihm von höchster Dringlichkeit, seine Familienrecherche zu beginnen. Sollte Ottilie Keupenich noch leben, musste sie jetzt sehr alt sein.

Er suchte ihren Brief heraus. Zuerst wollte er es mit ein paar getippten Zeilen bewenden lassen, dann nahm er seinen Füllfederhalter, drückte eine frische Tintenpatrone hinein und schrieb ihr auf dem Briefpapier mit dem Von-Mellup-Wappen: *Sehr geehrte Frau Keupenich, Sie werden sich wohl kaum an mich erinnern …* und schickte die Nachricht auf gut Glück an die vorgefundene Adresse. Erst dann war er bereit, sein Versprechen einzulösen. Er warf ein paar Kleidungsstücke in die Reisetasche, packte seine Kamera ein und machte sich auf den Weg nach Sagenhausen.

*

Niemand würde ihn dort mit der kleinen Hasenmühle in Verbindung bringen. Er war keiner der Jungs gewesen, die im Waschraum den Sozialarbeiter zusammengetreten hatten. Er hatte nur das Licht ausgeknipst, als der hereingestürmt kam. Leister hieß er, einer von der scheinheiligen Sorte, den sie den Schüttler nannten. Besonders gern schüttelte er Jonas. Immer die Hand zu lange im Nacken; erst tätscheln, dann zupacken, dann schütteln. Deshalb hatte es ihm auch später nie leidgetan, dass Leister zur Abwechslung mal eine Abreibung von seinen Schutzbefohlenen bekam.

Er, den sie Jon nannten, Kalle, Specki und der Bräunling waren Freunde. Sie teilten ein Zimmer und hielten zusammen, und der Bräunling war der beste von ihnen. Nachts trafen sie sich zum einvernehmlichen Wichsen draußen im Bootshaus auf der Insel, wobei der Bräunling von geilen Weibern mit Riesentitten faselte, denen er es angeblich ordentlich besorgte, während Jonas keinerlei Ruhmesblatt vorzuweisen hatte, außer einer Schwärmerei für eine Schülerin aus der Elften, eine klasse Hockeyspielerin, die er lieber unerwähnt ließ.

Der Bräunling hieß eigentlich Jürgen, aber er ging ohne Hemd außer Haus, und anders als Jonas, der sofort einen Sonnenbrand bekam und den Freund um sein gegerbtes Fell beneidete, pflanzte der sich in die Sonne, sobald sie sich zeigte. Brust, Arme, Beine und Rücken verloren nie den satten Walnusston, nur sein Hintern blieb den ganzen Sommer über bleich. Kalle und der Bräunling hatten sich die Sache mit dem zertrümmerten Klo ausgedacht; die anderen Jungs waren nur mitgekommen, um nichts zu verpassen. Ein klarer Fall: problematische Jugendliche, deren Wort nichts galt; nichts gegen das des Opfers, des verdienten Pädagogen Leister. Vor dem Richter hatte Jonas geschwiegen. Kalle, Specki und der Bräunling. Auf und davon. Sie hatten sich nie wiedergesehen. Vielleicht besser so. Die kleine Hasenmühle – er fühlte sie im Magen, er sah sie, er roch sie. Und jetzt auch noch eine tote Frau namens Inna Koidula.

Es war ein milder Tag mit hohen Schleierwolken und köstlichem Licht; nicht mehr Sommer und noch nicht Herbst. Er parkte an der Landstraße, schulterte seine Kameratasche und machte sich auf den Weg hinunter zur Rausch. Was hoffte er dort zu sehen? Und was konnte er bei der Polizei in Sagenhausen herausfinden? Sie hatten nichts in der Hand. Der Pass wurde gestohlen? Da müssen Sie eben Anzeige in Estland erstatten. Kann sich die Dame, die behauptet Inna Koidula zu sein, anderweitig ausweisen? Nein? Was führt Sie eigentlich zu uns, Herr von Mellup? Mit dieser Dame aus Estland war er weder verwandt noch verschwägert. Da konnten sie leider nichts für ihn tun. Trotzdem musste er es versuchen. Doch erst einmal wollte er dorthin, wo die Tote gestrandet war.

Ohne sich umzudrehen, trat er auf den Feldrain, als er einen Wagen hinter sich herannahen hörte, der verlangsamte und neben ihm bremste, ein offener Jeep.

»Tach«, sagte der dicke Mann im Safarianzug, »wo wollen Sie denn hin, junger Mann?«

»Runter zum Wehr.«

»Da kann ich Sie ein Stück mitnehmen. Steigen Sie

ein.« Jonas hievte seine Kameratasche auf den Rücksitz und nahm neben dem Fahrer Platz. Der wies mit dem Daumen über die Schulter.

»Fotograf, was?«

»Ja.«

»Presse?«

»Nein, nichts Aktuelles – Landschaften, Kunst, Architektur, solche Sachen.« Der Jeep prallte über die Bodenwellen, dass es Jonas halb vom Sitz hob. Außer einem kleinen Griff am Armaturenbrett gab es für den Beifahrer nichts, woran er sich festhalten konnte.

»Ah so, dann sind Sie nicht wegen dem Mordfall hier?«

Da war er ja gleich beim Richtigen eingestiegen. Er blickte zur Seite, um sein Grinsen zu verbergen. Offene Felder; weit weg grasten Pferde auf einer Koppel. Ein Raubvogel erhob sich mit schwerem Flügelschlag von einem Pfosten. »Welcher Mordfall?«

»Na, was denn? Haben Sie das nicht gelesen? Ist hier talk of the town. Stand doch in der Zeitung.«

»Nein, hab ich nicht gelesen – ich bin nicht von hier.«

»Stand auch überregional!«

»Nein, tut mir leid, ist mir entgangen.« Kurze laute Sätze zwischen den heftigen Stößen des Jeeps. Der Mann bretterte über die Fahrrinnen, als müsse er sich temporeich durch schweres Gelände kämpfen, um nicht stecken zu bleiben und den Krokodilen zum Fraß zu werden.

»Wer ist ermordet worden?«

»Ne Frau, die sie in der Nähe von meinem Haus in die Rausch geschmissen haben, Girl aus Bulgarien. Ist aber schon drei Wochen her. Ich hab's erst mitgekriegt, als ich aus Südafrika zurückkam.«

Sein Haus? Es gab nur ein Haus auf dieser Seite der Rausch. »Dann wohnen Sie in der kleinen Hasenmühle?«

»Ganz genau. Ich dachte, Sie wären nicht von hier.« Der Mann ging nicht vom Gas, während er seinen Fahrgast musterte.

»Ich hab von der Mühle gelesen. Ich fotografiere eine ganze Menge alte Häuser, historische Häuser, und ich glaube, Ihres ist aus dem 18. Jahrhundert.«

»Jetzt mal ohne Scheiß – Sie haben von der kleinen Hasenmühle gelesen? Das ist doch ein total abgefuckter Schuppen.«

»Wenn Sie es sagen, aber es soll drinnen interessante architektonische Details geben«, improvisierte Jonas. »Die Küche ist, glaube ich, noch im Originalzustand.«

»Originalzustand kommt hin.«

»Tatsächlich? Dürfte ich ein paar Fotos davon machen?«

»Wenn Sie auf Originalzustand stehen, können Sie sich's gern angucken und Fotos machen. Ist übrigens nicht mein Haus, gehört der Gemeinde. Die Fotos kommen aber nicht ins Internet, was?!«

»Selbstverständlich nicht. Aber vielleicht in ein Buch. Wäre das okay?«

»Ich hab's zwar nicht nötig, aber die Genehmigung

kriegen Sie nur, wenn für mich auch was bei rausspringt – also fifty-fifty.« Er beschleunigte noch einmal, brauste über die letzte Bodenwelle, riss das Steuer nach links und driftete durch das Tor auf den Hof der Hasenmühle.

»Kuhn ist mein Name«, sagte er, als er die Handbremse anzog. »Ich bin Jäger, big game. Werden Sie gleich sehen. Die Leute nennen mich Kuhn Afrika. Und Sie?«

Jonas stellte sich vor.

»Nee«, sagte Kuhn, »Sie sind wirklich nicht von hier.«

Aber da war er wieder und kannte sich aus. Alles schien unverändert: das Kopfsteinpflaster im Hof, das eingesunkene Dach, drei Stufen hoch zwischen zwei Fenstern der Eingang mit dem eisernen Türklopfer, rechts um die Ecke der Weg zum Kanal und zum Schacht unter dem Haus, in dem das Mühlrad hing – ein Versteck, das schon damals keines mehr war, weil es alle kannten. Nur die Kastanienbäume waren größer, als er sie in Erinnerung hatte, ihr Laub vor der Zeit braun geworden. Erst da entdeckte er den Schädel des Kaffernbüffels über der Tür und dann, als Kuhn vorausging, im Flur den Fuß eines Elefanten als Schirmständer – behäbige, vierschrötige Dickhäuter, mit denen der Mann im Safarianzug eine gewisse Ähnlichkeit hatte, fand Jonas, der noch nichts von der schnell entfachten Wut eines afrikanischen Büffels gehört hatte.

»Darf man heute nicht mehr machen«, sagte Kuhn und wies auf den leeren Schirmständer. »Aber es gibt natürlich Wege, seine Trophäen rauszuschaffen.« Er zwinkerte Jonas zu und rieb Daumen und Zeigefinger aneinander. »Pinke pinke.« Im Flur war es kälter als draußen, eine Kälte und ein Modergeruch, wie sie leerstehende Häuser selbst im Sommer ausatmen. Auch in der Küche, wo weitere Trophäen an den Wänden hingen, darunter ein ausgespanntes Leopardenfell und ein Paar gekreuzte afrikanische Lanzen, war es nicht wärmer.

»Ein Kudu«, erklärte Kuhn und wies auf ein poliertes mächtiges, gedrehtes Gehörn, »Namibia 1995. Und diese Spieße hier sind von einem Oryx, eine der größten Antilopen überhaupt. Südafrika, ein spitzenmäßiges Revier.«

Jonas beugte sich zu dem Foto hinunter, das die geriffelten meterlangen Spieße noch am Kopf des toten Tieres zeigte. Im Sand neben ihm kniete Kuhn in Hut und Safarianzug, mit dem aufgestützten Gewehr in der einen Hand und die andere mit einer Geste um das helle Horn geschlossen, die Jonas an seine heimlichen Spiele mit dem Bräunling erinnerte.

»War ein sauberer Blattschuss auf hundertfünfzig Meter.«

»Toll«, sagte Jonas.

Kuhn ging zum nächsten. »Der da ist aus dem Hunsrück, ein Zwölfender.«

»Trophäen aus aller Welt«, sagte Jonas. Er war begeistert von dem widerlichen Mann und seiner Sammlung toter Tiere und vergaß, warum er sich hatte einladen lassen. Kuhn Afrika wusste etwas über die tote Frau am Wehr, aber der Typ selbst war ein Original. Er könnte eine eigene Fotogeschichte aus ihm machen: Deutscher Großwildjäger im spießigen Sagenhausen. Witziges Thema. Er überlegte schon, wem er es anbieten könnte; vielleicht *Wild und Hund*.

So bat er Kuhn, das aufmontierte Oryx-Gehörn von der Wand zu nehmen und damit für ihn zu posieren, fotografierte auch das Hirschgeweih, das Leopardenfell, den Kopf eines Keilers mit gekrümmten Hauern, der aus der Kaminhaube ragte, und richtete dabei die Kamera auch auf die einzige wirkliche Sehenswürdigkeit in der Küche, an die er sich erinnerte: die große Feuerstelle in der offenen Nische mit dem eisernen Rost und dem rußigen Gestänge.

»An dem Haken da hing sicher mal ein Kessel, den man an einer Kette über dem Feuer runterlassen konnte«, erklärte er, fuhr mit der Hand über den Stein. »Schön, dieser Sims aus einem einzigen unbearbeiteten Granitblock. Das ist tatsächlich ungewöhnlich für ein Bauernhaus aus dieser Zeit.«

Vor acht Jahren, als er und die anderen Jungs in dieser Küche um den langen Tisch gesessen und auf das Essen gewartet hatten, alle zugleich aufsprangen und mit den Gabeln auf die Platte mit den Bouletten einstachen, verdeckte ein Elektroherd die Nische, in der das Alteisen und die geschwärzten Steine des 18. Jahrhunderts überdauert hatten.

Der gegenwärtige Hausherr nutzte den Kamin offenbar auch zur Müllverbrennung. Geschmolzene Plastikflaschen und angesengte Zigarettenfilter lagen in der Asche. Am Sockel hingen eine Schaufel mit kurzem Stiel und ein schwerer eiserner Schürhaken mit einem geschmiedeten Griff in Form eines Tannenzapfens.

Kuhn, noch geschmeichelt, hatte schon die Bourbon-Flasche und zwei Gläser auf den Tisch gestellt. Herrlich, jetzt auch noch die Hemingway-Nummer, dachte Jonas und hob die Kamera.

»Nehmen Sie einen zur Brust, junger Mann«, forderte Kuhn ihn großspurig auf und hielt die Flasche hoch. »Eis ist leider keins da.« Er reichte ihm ein halbvolles Glas. Dumpfes Whiskey-Aroma und saurer Atem, offenbar nicht Kuhns erster Schluck an diesem Nachmittag. Der Mann hat wenig Gesellschaft, dachte Jonas und nahm das nicht ganz saubere Glas in Empfang. Kein Wunder. Was für ein Arsch! Er hatte jetzt genug gesehen, würde rasch austrinken und verschwinden.

»Ich wohn hier allein, aber ich bin nicht oft da«, fuhr Kuhn fort, als könne er Gedanken lesen. »Ich such mir bald was anderes. Die Hütte liegt zu nah am Wasser. Scheiße im Winter. Und dann nur Niederwild in der Gegend.«

»Also, zurück nach Südafrika«, schlug Jonas vage vor.

»Das wär's. Aber im Moment kann ich nicht weg. Die Bullen haben mich auf dem Kieker.«

Außerdem bestand Mitteilungsbedarf auf Kuhns Seite, dachte Jonas. Er wollte nichts von ihm wissen, aber er war zu höflich, den Bourbon abzustellen und zu gehen. Kuhn hatte schon ausgetrunken und schenkte sich nach. »Wieso auf dem Kieker?«

Der andere sah stirnrunzelnd in sein Glas und schwenkte den Whiskey bis zum Rand. »Ich hab dir doch von dem Mordfall erzählt, was? Die Frau lag hier weiter unten im Wasser und jemand mit einem Geländewagen hat sie hergeschafft. Klar, war nicht mein Jeep, aber ich bin halt verdammt nah dran.«

Jonas fühlte plötzlich seine Fingerspitzen prickeln. Er lehnte sich gegen den Kaminpfeiler und nahm einen vorsichtigen Schluck.

»Ich sag's dir, weil du hier fremd bist und wieder abhaust«, schwallte Kuhn, »aber ich hab die Alte gekannt, gut gekannt. Ich hab sie paarmal abgeholt und sie war die Nacht über hier. Stehst du auf Nutten? Auf Spielchen? Die Ina war ne Spitzenkraft, hat ganz wenig Deutsch gesprochen, aber klasse, verstehst du, und ich lass mich nicht lumpen.« Wieder diese Geste mit Daumen und Zeigefinger.

»Sagten Sie nicht, dass Sie in Südafrika waren?«

»Hab ich das gesagt?« Kuhn wedelte mit dem leeren Glas durch die Luft; es entglitt ihm, flog in den Kamin und zersplitterte. »Scheiße! Ja, hab ich gesagt, war aber nicht so. Ich bin nämlich zwei Wochen vorher von da abgereist, weil mich ein Kumpel in die Kalahari eingeladen hat – auf Rhinos, aber pscht, nicht weitersagen, ist Dudu! verstanden?« Er schwenkte einen Zeigefinger vor Jonas' Gesicht. »Von da bin ich direkt von Windhuk heimgeflogen. Wie gesagt, ich muss nicht sparen, ich hab's nicht nötig, und da war's gut, dass ich den Flugschein von Kapstadt noch hatte, der auf später datiert war ... Hej, jetzt ist mal gut mit der Knipserei! Hier, nimm noch einen, junger Mann. Du bist ein Kumpel. Ich weiß, du hältst die Schnauze. Aber wenn die rauskriegen, dass ich gar nicht auf dem Flug war, sondern schon längst zu Hause, bin ich am Arsch. Die Ina war nämlich hier bei mir in der Nacht vorher. Und das macht bei den Bullen einen ganz, ganz schlechten Eindruck, you know!«

»Was ist passiert?«

»Nix ist passiert. Wir haben ein bisschen reingeleuchtet, wie immer.« Er hob die Bourbon-Flasche, kniff ein Auge zu und plierte mit dem anderen in den Flaschenhals. »Da ist noch was drin, mein Freund. Nimm noch! Das Zeug hier schärft ganz schön. Die Ina und ich sind im Haus rumgerannt; ich hab sie erst ein bisschen gescheucht und dann festgebunden, war so eine Art Gaudi zwischen uns, aber am Ende hab ich keinen mehr hochgekriegt. Wir haben also ganz friedlich nebeneinander gepennt wie die Schäfchen. Und das Nächste ist, dass sie weg ist und – keine Ahnung – zwei Tage später da unten am Wehr hängt. Was ist nun, trinkst du noch einen mit?«

Jonas stellte sein Glas sehr vorsichtig auf den Kaminsims, der aus einem einzigen unbearbeiteten Granitblock gehauen war, in der Tat sehr ungewöhnlich für ein Bauernhaus aus dem 18. Jahrhundert. Seine Waden stießen gegen den Sockel. Eisernes Gerät klapperte aneinander.

»Nein, leider nicht«, sagte er und sein Mund schien ihm plötzlich zu voll für Worte. »Ein anderes Mal gern. Ich muss gehen. Vielen Dank für den Drink.«

»Nee, warte mal, Kumpel, wo willst du denn hin? So funktioniert das nicht! Du kannst hier nicht so einfach abhauen! Und dann irgendwo blöd rumquatschen. Und was ist mit den Fotos? Die muss ich vorher mal sehen. Die gibt's nicht so für lau.« Aber Jonas hatte schon seine Kameratasche geschultert und den Flur erreicht, als in der Küche ein Stuhl umfiel, Glas auf Stein klirrte und Kuhn fluchend heraustaumelte, die Hornspieße der Oryx-Antilope in beiden Händen.

Da riss Jonas die Haustür auf, rannte, und sofort war ihm klar, dass er mit der schweren Tasche eine halbe Stunde über Wiesen und abgeerntete Äcker laufen musste, bis er die Landstraße und seinen Wagen erreicht hätte, ein Hase auf offenem Feld. Kuhn wusste das auch; so besoffen konnte er gar nicht sein. Deshalb schlug er einen Haken und sprintete um die Hausecke, ehe Kuhn über die Schwelle gestolpert kam. Vor ihm neigte sich der Weg hinunter zum Kanal. Mit fünf Schritten war er an der Mauerkrone, kauerte sich nieder und rutschte auf dem Hosenboden hinunter, landete bis zu den Knien im Wasser und tastete sich geduckt über die glatten Steine in den Tunnel unter dem Haus. Vom Mühlrad hingen nur noch ein paar morsche Schaufelbretter an den Speichen, aber die Nische war da, und er zwängte sich zwischen die kalten, schleimigen Mauern und presste die Tasche an die Brust.

Erleichtert hörte er, dass Kuhn den Jeep anließ und mit aufheulendem Motor davonpreschte. Auf dem Feldweg würde er ihn nicht finden und schnell wieder da sein. So holte er tief Atem, watete zurück in den Kanal, schob die Tasche über die Mauer und kletterte hinterher. Die Haustür stand offen. Er sprang über die Stufen, schob von innen den Riegel vor und hastete durch den Flur zum Hintereingang. Kuhn würde wissen, dass er im Haus war, sobald er die Tür zugesperrt fand, aber er hoffte, ihn fürs Erste aufgehalten zu haben. Doch nun war er selbst gefangen. Die Tür zur Insel war verschlossen. Er ließ die Tasche von der Schulter gleiten, drückte die Augen zu. Wo war der Schlüssel, wenn er noch immer dort war, wo er vor acht Jahren war? Wo hing dieser Schlüssel, wenn er und der Bräunling damit nachts die Hintertür öffneten und zum Bootshaus auf der Insel schlichen? Der Schlüssel zur Hintertür. Wo – war – er? ... In der Küche an einem Brett über dem Spülstein.

Zurück durch den Flur, und er erwartete, den Jeep auf den Hof fahren zu hören, Kuhn ausgesperrt, der mit den mörderischen Spießen durch das Fenster neben der Tür krachte. Er fand das Brett, fand den Schlüssel am Haken, fand das Schloss. Die Feder knackte; hinaus und wieder zugesperrt, den Schlüssel ins Gebüsch geworfen und weiter, nach Atem ringend, quer über die Insel. Wenn der alte Kahn nicht mehr im Bootshaus lag, steckte er fest. Schwimmen? Ende September? Mit der Kameratasche? Sich dem rasenden Kuhn in den Weg stellen, der doppelt so schwer war wie er?

Aber der Kahn war noch da, zwar ohne die Riemen, und Jonas stellte seine Last im Heck ab, schob ihn die Rampe hinunter, stieg ein und hangelte sich am Geländer vorbei ins Freie. Dort erfasste die Rausch den Kahn, drehte ihn sanft herum, und langsam trieb er zwischen Weiden und Erlen flussabwärts mit Jonas auf der Ruderbank, zitternd und nass, die Ellenbogen auf den Knien, das Gesicht in den Händen. Was hatte er getan? Was hatte er diesem Wüterich getan, dass er ihn mit den Hörnern eines Oryx zu erdolchen drohte?

Der Himmel hatte sich bezogen. Es gab nichts, womit er steuern oder rudern konnte. Im Seichten musste er das Boot mit den Händen weiter schaufeln, bis es am Wehr über die Steine schrammte, sich längs drehte und hängen blieb. Da war die Sonne untergegangen und Jonas schleppte sich im sinkenden Licht quer über die Äcker zur Landstraße. Von dem Jeep sah er nichts, und das war auch nicht erstaunlich, denn Kuhn Afrika hatte sich in einer Furche des Feldwegs mit seinem Wagen überschlagen, war herausgeschleudert und sein Oberschenkel von einem Oryx-Spieß durchbohrt worden.

Der Fahrer eines Linienbusses hatte den Unfall beobachtet, denn Kuhn, der mit der Beharrlichkeit eines Büffels hinter jedem Zweig rechts und links des Weges nach Jonas gestöbert hatte, war weit gefahren und hatte die Landstraße fast erreicht, als ihn die Furche aus der Bahn warf. Noch in der Ambulanz delirierte er von gründlicher Nachsuche des Wilds und seinem Schweißhund Wotan, der allerdings schon vor Wochen an Altersschwäche gestorben war.

Als er verbunden, nüchtern und ansprechbar war, bekam er im Krankenhaus Besuch von dem Polizisten mit der Glatze, Kriminalhauptkommissar Leuthold, der drei Wochen zuvor den fünfzehnjährigen Andreas Finkenwirth nach dem Fund der weiblichen Leiche befragt hatte. Unnachgiebig und Kuhns Geheul in die Schranken weisend, entwand er ihm Stück für Stück die Erzählung über die letzte Nacht, in der die Frau, die sich Inna Koidula nannte, lebend gesehen wurde. Die Aussage des Versehrten deckte sich mit der des Zeugen Jonas von Mellup, der am Morgen auf dem Revier erschienen war, um Strafanzeige gegen Kuhn zu stellen. Er hatte erst dort von dem Unfall des Großwildjägers erfahren und ihn sofort als die angemessene Quittung für dessen schändliches Verhalten gewertet. Von Mellup hatte zu Protokoll gegeben, was dieser ihm in der Küche der Hasenmühle erzählt hatte: von der früheren Rückreise aus Windhuk und der Nacht, in der Kuhn die Frau im Haus herumgejagt und gefesselt habe.

An der Leiche hatten sich keine Spuren befunden, die auf eine Gegenwehr der Frau schließen ließen. Ihr Schädel war von einem stumpfen Gegenstand eingeschlagen worden, aber weder im Bett noch in der Küche noch irgendwo im Haus gab es Anzeichen der Gewalttat. Der Jeep war wohl vor Jahrzehnten zum letzten Mal gewaschen worden, bis über die Achsen mit Schlamm bespritzt, drinnen voller Hundehaare und auf der Rückbank wuchsen unbekannte Pilze, doch nirgendwo fand die Spurensicherung Blut oder Asche.

Er habe die Ina doch nur von ihrem Wohnwagen an der Autobahn abgeholt, schrie Kuhn in seinem Krankenhausbett, und zwar nicht zum ersten Mal, kein Wunder, dass ihre Pratzen und sonst was überall im Wagen und im Bett waren. Aber er habe ihr doch nichts angetan, warum sollte er das tun, sie war eine Spitzenkraft in ihrem Gewerbe, er hatte sie echt gerngehabt und immer noch was über Tarif und extra draufgelegt. In dieser letzten Nacht lag sie neben ihm im Bett in dieser sexy roten Wäsche, die er ihr gekauft hatte. Ob der Herr Kommissar glaube, er habe sie in diesem Aufzug ins Wasser geschmissen!? Er habe sie nicht mal angefasst, weil er zu besoffen war und gleich weggeratzt ist, also nicht mal was für sein Geld hatte. Als er am nächsten Morgen aufwachte, war sie jedenfalls verschwunden. Leuthold blätterte in seinem Notizbuch.

»Wir haben hier die Aussage des Zeugen Jonas von Mellup. Danach haben Sie die Frau für Sexspiele gefesselt.«

»Wichser!«, stöhnte Kuhn. »Blöder Petzer! Erst fotografiert er meine ganzen Trophäen, dann füllt er sich mit meinem Whiskey ab und dann macht er sich noch wichtig bei den Bullen, Schuldigung, Herr Kommissar, dabei null Ahnung, was abgeht. Na klar haben Ina und ich Spielchen gespielt. Bondage und ein bisschen Verkloppen war immer Teil von unserem Abendprogramm.«

»Nur interessehalber«, sagte Leuthold, »wer hat wen verkloppt?«

»Ich sie natürlich.«

»Von Mellup hat Strafanzeige gegen Sie gestellt wegen Bedrohung. Aber dazu kommen wir später. Auch zu Ihren 1,9 Promille und Ihrem Führerschein. Jetzt geht es erst einmal um das Verschwinden und den Tod der Frau, die sich Inna Koidula nannte. Sie sagen, Sie waren zu betrunken, um ihren Weggang zu bemerken. Wann ist Ihnen denn aufgefallen, dass sie fort war?«

»Keine Ahnung. Irgendwann. Vielleicht gegen Mittag.«

»Haben Sie sich nicht gefragt, wo sie hingegangen sein könnte?« Leuthold schaute in seine Notizen. »An dem Morgen hat es geregnet, fünfzehn Grad. Sie hätte zu Fuß gehen müssen. Wohin?«

Nein, er hatte sich nicht gefragt. Er hatte eben einen tierischen Kater! Schließlich konnte sie ja gehen, wohin sie wollte; war ein freies Land, was? Und da soll es auch noch mehr Kundschaft in Sagenhausen gegeben haben. Die Ina war eine viel beschäftigte Frau. Einer von diesen Schweinehunden hatte sie umgebracht und in die Rausch geschmissen. Nach dem sollte die Polizei gefälligst suchen, statt auf ihm rumzuhacken.

»Noch einmal, Herr Kuhn: Sie haben diese Frau in

ihrem Wohnwagen auf dem Parkplatz an der A 66 abgeholt. Gibt es dafür Zeugen?«

»Höchstens die anderen Nutten. Die kannten sich ja alle und haben sich manchmal zugewinkt.«

»Was hat die Frau angehabt, als sie zu Ihnen ins Auto gestiegen ist? Hatte sie eine Tasche dabei?«

Kuhn wusste es nicht, jedenfalls keinen Mantel. Tasche? Ja, sie hatte eine Tasche. Aber sie hatte nichts dagelassen. Immer alles mitgenommen.

Leuthold klappte sein Notizbuch zu. »Wir werden Ihre Angaben überprüfen, Herr Kuhn. Im Übrigen hat die Staatsanwaltschaft eine Hausdurchsuchung der kleinen Hasenmühle angeordnet und Sie halten sich bitte weiter zu unserer Verfügung.«

»Ich bin unschuldig und außerdem schwer verletzt, Herr Hauptkommissar!«, klagte Kuhn.

»Das wird schon wieder«, tröstete Leuthold. »Sollten Sie allerdings Lust verspüren, sich vorzeitig selbst zu entlassen, rate ich davon ab. Es wird ein Polizeibeamter vor Ihrer Tür stehen.«

*

Das Geld, – neuntausend Euro – , das die Polizei hinter der Wandverkleidung im Wohnwagen des Opfers gefunden hatte, war echt, der Pass war es nicht, eine ungeschickte Fälschung; schon das Lächeln und der kokett geneigte Kopf der Person mit den langen, dunklen Haaren entsprachen in keiner Weise den gesetzlichen Richtlinien für biometrische Passbilder. Sie wäre damit an keinem Grenzbeamten vorbeigekommen. Andererseits musste sie, da Estland EU-Mitglied war, bei der Einreise auch keine Kontrolle befürchten. Sie musste nicht einmal Estin sein – dennoch, sie trug ein Kleid mit dem Etikett einer Boutique aus Haapsalu.

Leuthold schickte dem estnischen Kollegen Aberg das Passbild und bat ihn auf dem kleinen Dienstweg um Amtshilfe. Aberg mailte ihm im Gegenzug das Foto der wirklichen Inna Koidula (28), die ihren gestohlenen Pass bei ihm gemeldet hatte und sich dank ihrer Personalakte bei der Universität Tartu endlich ausweisen konnte. Dazu kamen mehrere Fotos, die der Zeuge Jonas von Mellup vorgelegt hatte, die Inna K. vor einer Hütte an der Ostsee zeigten. Das von der Kamera automatisch aufgezeichnete Datum deckte sich mit dem Tag, an dem die unbekannte Doppelgängerin am Wehr gestrandet war. Von Mellup hatte auch den Beschuldigten Kuhn fotografiert, wie der in der Küche der Hasenmühle das Oryxgehörn vor seinem Gemächt präsentierte, und Leuthold fand, dass zumindest einer von beiden ein Spaßvogel sein müsse. Kuhn war es nicht.

Hatte von Mellup sich über ihn lustig gemacht, ihn gereizt, bis der alkoholisierte und jähzornige Kuhn ausgerastet und auf ihn losgegangen war? Leuthold hielt das für möglich, wenn er sich den ironischen Zug um den Mund des jungen Mannes vergegenwärtigte, den auch die strapaziöse Flucht aus der Hasenmühle nicht hatte tilgen können.

Leuthold hatte ihm für seine Aussage gedankt, die zur Aufdeckung von Kuhns falschem Alibi beitrug. Zur Sachlichkeit verpflichtet, bemerkte er dennoch, dass er einen Vorbehalt gegen den blauen Siegelring am Finger und das ›von‹ in Mellups Namen hegte, vermutlich ein Nachhall aus seiner Studentenzeit, als er, der Sohn eines Elektrikers, für die klassenlose Gesellschaft demonstriert und rote Farbeier gegen die Paläste der Privilegierten geschleudert hatte. Nun stand er vor seiner Pensionierung und würde sich in Kürze ganz seinen Bienen und seinen beiden kleinen Enkelinnen widmen können. Er hatte in seinem Leben viel menschliche Schlechtigkeit gesehen. Alles hatte er nicht verstanden, das meiste ließ ihn inzwischen kalt, aber Dünkel war noch immer etwas, das Kriminalhauptkommissar Walter Leuthold nicht ausstehen konnte. Vielleicht war Kuhn Afrika in dieser Hinsicht auch ein wenig empfindlich, obwohl man das natürlich nicht vergleichen konnte.

Doch für den Mord an der Unbekannten sah Leuthold kein Motiv. Kuhn hatte zwar gelogen, was den Zeitpunkt seiner Rückkehr aus Südafrika betraf, aber er hatte keine Anstalten gemacht, ihr Verhältnis zu vertuschen oder Spuren zu beseitigen. Er verfügte offenbar auch nicht über Täterwissen, weil er darauf beharrte, Ina habe, als sie verschwand, nur ihre rote Unterwäsche getragen. Andreas Finkenwirth, der sie zwei Tage später im Wasser fand, war der einzige Zeuge, der sie im gelben Kleid gesehen hatte. Der Junge tauchte ständig bei ihm auf, angeblich weil er noch etwas zu sagen hatte; in Wirklichkeit, weil er alles über das Opfer wissen wollte. Ungesund, fand Leuthold.

Der Fluss hatte indes nicht alle Spuren abgewaschen. Bei der Autopsie war Kuhns DNA an ihrem Körper gefunden worden: Speichel, kein Sperma, und Asche im Haar. Der eiserne Schürhaken mit dem Tannenzapfengriff, der in der Küche hing, konnte natürlich abgewischt und in den vergangenen drei Wochen viele Male benutzt worden sein, überlegte Leuthold, aber wäre Kuhn clever und kaltblütig genug, ihn wieder an den Kaminsockel zu hängen? Die Tasche der Frau wurde bei der Hausdurchsuchung nicht gefunden. Der Hintereingang war verschlossen, ein passender Schlüssel unauffindbar. Dreck hatte sich vor der Schwelle angesammelt. Sie musste durch die Haustür hinausgegangen sein, ohne Mantel und in einem gelben Sommerkleid. Wo wollte sie hin? Und wer hatte sie unterwegs aufgegriffen und umgebracht?

Das Kleid war ein Modell aus einer längst verflossenen Kollektion, wie sich die Geschäftsführerin der Boutique in Haapsalu erinnerte. Solche Schultern trug man in den neunziger Jahren, und nein, an diese Kundin erinnerte sie sich selbstverständlich nicht. Aberg fand die Tote auch nicht in seiner Datenbank, stattdessen im Internet das Foto einer russischen Pornodarstellerin mit langen schwarzen Haaren und einer Stupsnase, die sich Pussy Galore nannte und deren Foto im Pass der falschen Inna Koidula klebte. Ein Vergleich mit den Zügen der toten Frau ergab eine schwache Ähnlichkeit, wenn man davon absah, dass die Fische sie bereits entstellt hatten. Leuthold war Kinogänger. Pussy Galore, dachte er – das war doch diese – diese Blondine.

Zur gleichen Zeit meldeten die *Sagenhauser Nachrichten*, dass vor dem Landgericht in K. eine Deutsche (49) und ihr russischer Lebensgefährte (38) standen, denen die Staatsanwaltschaft vorwarf, in den vergangenen vier Jahren illegale Prostituierte aus Osteuropa nach Deutschland eingeschleust und an private Bordelle in mehreren Bundesländern vermittelt zu haben. Die Anklage lautete auf gewerbsmäßiges Einschleusen von Ausländern, Urkundenfälschung, Steuerhinterziehung und ausbeuterische Zuhälterei. Das Paar habe mindestens 15 russische, estnische und belorussische weibliche Staatsangehörige mit gefälschten Reisepässen über die Grenzen gebracht, Unterkünfte angemietet und eine Vermittlungsagentur betrieben.

Fünfzig Prozent der Einnahmen hätten die betroffenen Frauen an das deutsch-russische Paar abgeben müssen. Mindestens 1,1 Millionen Euro, die so erlöst worden seien, hätten die Angeklagten nach Russland transferiert. Dabei soll den Sozialversicherungsträgern ein Schaden von mehr als 240 000 Euro entstanden sein, dem Finanzamt ein Schaden von gut 800 000 Euro. Bei den Angeklagten handelte sich offenbar um Mitglieder eines Rings professioneller Schleuser und Zuhälter. Der Schaden, den die Frauen genommen hatten, war nicht Gegenstand der Verhandlung.

Redakteur Fred Pauli, den die Kripo nicht auf dem Laufenden hielt, da seine Veröffentlichungen wenig hilfreich für ihre Ermittlungen gewesen waren, hatte den Fall der Toten am Wehr abgeschlossen, aber Leuthold war noch nicht fertig mit ihr. Inzwischen hatte er herausgefunden, dass Pussy Galore, die ihr Gesicht der Frau geliehen hatte, die mit Inna Koidulas gestohlenem Pass eingereist war, sehr lebendig in einem Club im sibirischen Omsk strippte und dass die noch immer namenlose Tote sich vier Monate zuvor in Deutschland abgesetzt hatte. Vierzehn Frauen wurden in Bordellen ausfindig gemacht. Der fünfzehnten war es gelungen, dem Verbrecherpaar zu entkommen. Sie sprach kaum Deutsch, wie er von Kuhn gehört hatte. Woher kam sie? Wer waren ihre Kunden? Gab es da niemanden, der sie gekannt oder ihr geholfen hatte? Sie arbeitete auf eigenes Risiko und lebte in einem Wohnwagen auf einem Autobahnparkplatz, und sie lebte gefährlich.

Leuthold fuhr zu dem Parkplatz, auf dem die Caravans mit den rosa Gardinen und rotglühenden Herzen hinter den Scheiben parkten, und klopfte an die Tür einer Tanja, die auf dem Plakat im Fenster ihres Love-Mobils in einem Baby-Doll-Nachthemd kniend posierte und mit beiden Händen drohend ihre Brüste reckte. Drinnen war es sehr warm. Unter den Schwaden des Raumsprays – Meeresbrise? – nahm Leutholds Nase eine Mischung aus Maiglöckchenparfum, Schweiß und Urin wahr.

Tanja musste erst ihre Zigarette ausdrücken und einen Bademantel überziehen, als sich herausstellte, dass Leuthold kein Freier, sondern ein Bulle war. Ob sie zu den Frauen gehörte, die Inna Koidula bei der Polizei als vermisst gemeldet hatten? Tanja verstand ihn nicht, aber die Auskunft, dass sie selbstständig arbeite und auf eigene Rechnung handele, formulierte sie flüssig. Es war der Standardsatz, den die Frauen von ihren Zuhältern lernten. Auch »die Ina« war so eine erstaunlich freie Sexarbeiterin gewesen.

»Die Ina«, sagte er. »Ihr Wagen stand direkt neben Ihrem. Sie haben sich gekannt?«

Tanja nickte.

»Vor drei Wochen ist Ina verschwunden.«

Wieder ein Nicken.

»Wer hat sie damals abgeholt? Können Sie sich an den Mann erinnern?«

»Ein dicker Mann mit eine komische Hut.« Sie suchte nach Worten. »Wie Cowboy. Kam oft zu Ina.«

Leuthold zeigte ihr Kuhns Foto. Ja, das war er. »Wie lange hat Ina hier schon gearbeitet?«

Tanja hob die Schultern, die ausgebreiteten Hände zeigten nach oben. »War vor mir.« Sie saß mit übereinandergeschlagenen Beinen auf einem Bett, das die ganze Breite des Caravans einnahm. Am Kopfende hing ein schräger Spiegel und darüber war rosa Tüllstoff in bauschigen Wolken angepinnt. Es gab ein kleines Waschbecken, aber weder Dusche noch Toilette.

»Und Sie, Tanja, wie lange sind Sie schon hier?«

»Vierteljahr oder so. Ich bin selbstständig und arbeite …«

»Verstehe. Hatte Ina Streit mit einem Zuhälter?«

»Weiß ich nicht. Ina war selbstständig und …«

»Ja, schon gut. Hat sie jemand grob angefasst? Gab es irgendwann Streit mit einem Kunden?«

»Nein, Kunden zufrieden. Viele Trucker aus Osten hier.«

Die schnelle, billige Nummer, dachte Leuthold. Fünfzig Schritte weiter hatte er eine Bedürfnisanstalt gesehen, die ebenso trübe war wie Tanjas kleine Befriedigungsanstalt. Hatte sie Gespräche mitgehört? Sprach Ina eine Sprache, die Tanja verstand?

»Nein, keine Sprache. Ina sprach viel Englisch. Ihr Deutsch nicht gut.«

Tanja kam aus Rumänien; ihr Deutsch war auch nicht gut. Ina kam aus Polen. Ganz sicher? Nein. Vielleicht aus Russland.

Tanja und Ina hatten miteinander geradebrecht, manchmal an dem betonierten Imbisstisch auf dem Grünstreifen zusammen eine geraucht. Sonst nichts. Kolleginnen. Die kleine Love-Mobil-Gesellschaft neben dem Klohäuschen am Rand des Parkplatzes hatte ihnen die Illusion von Sicherheit gegeben, aber Tanja war nicht mit zur Polizei gegangen. Die beiden anderen, Chérie und Nicole, hatten telefoniert und die Bullen kamen und brachen die Tür von Inas Caravan auf. Diese Polizisten hatten sie das alles auch schon gefragt. Vor einer Woche waren Chérie und Nicole dann weitergezogen zu einem anderen Standort. Wohin? Die Handflächen wiesen zur Decke.

»Was ist mit Ina?,« fragte sie, als Leuthold sich beim Hinausgehen unter der Tür bückte. »Polizei hat nicht gesagt.«

»Wir suchen nach ihr.«

*

D., Oktober 2008

Lieber Jonas,
ich darf Dich doch so ansprechen, denn ich habe Dich gekannt, als Du noch ein kleiner Junge warst und mich Oma genannt hast, damals in dem schweren Jahr 1988, als ich meinen Sohn Toni verloren habe. Nun hast Du mir geschrieben und ich habe keinen Moment nachdenken müssen, ob ich mich an Dich erinnere. Natürlich. Ich bin 91, aber noch rüstig und ich lebe im St. Elisabeth-Stift, wo man sehr gut für mich sorgt. Meine alten Nachbarn sind so freundlich, mir manchmal die Post nachzuschicken, aber es dauert eben seine Zeit.

Du wirst Dich kaum an mich erinnern, obwohl ich so oft auf Dich aufgepasst habe. Wir sind zusammen in die Stadt einkaufen und konditorn gegangen. Du mochtest am liebsten Schokoladen-Eclairs. Und wir waren auf dem Spielplatz um die Ecke bei meiner alten Wohnung. Du warst ein sehr selbstständiger kleiner Mann und wolltest so vieles schon alleine machen, auch beim Schau-

keln durfte ich Dich nicht anstoßen, aber das weißt Du sicher nicht mehr. Oder kannst Du Dich daran erinnern, dass wir in meiner Küche zusammen Kuchen gebacken haben? Etwas, das Du von zu Hause nicht gekannt hast, eine schöne Kleckerei. Und dass ich Dir das Fix-und-Foxi-Jojo geschenkt habe, das Du so gern haben wolltest, obwohl Du auch dafür noch zu klein warst? Es hatte einmal meinem Toni gehört.

Du hast also meinen Brief gefunden, den ich Deiner Mutter damals geschrieben habe. So spät, lieber Jonas, aber, glaube mir, es ist nie zu spät, sich an die Vergangenheit zu erinnern, damit man es in Zukunft besser machen kann. Ich hoffe, Deine Mutter lebt noch und ist gesund. Ja, ich weiß noch genau, wie ich sie damals genannt habe, und ich würde es immer wieder tun, ganz gleich, was eine »abschließende« polizeiliche Untersuchung ergeben hat. Es tut mir leid für Dich, denn Du warst ein liebes Kind und ich glaube, dass Du ein guter und rechtschaffener junger Mann bist. Vielleicht hast Du ja schon selbst eine kleine Familie und kannst Dir vorstellen, wie es ist, wenn Dir das Teuerste genommen wird. Deshalb schreibe ich Dir, obwohl es für mich sehr schmerzlich ist.

Du fragst mich, was mich so sicher macht, dass Deine Mutter schuld am Tod meines Sohnes war, und ich will es Dir erklären. Ich habe damals ehrenamtlich für die St.-Bonifatius-Gemeinde in einem Obdachlosenasyl gearbeitet, und zu denen, die ich betreut habe, gehörte auch eine Frau, die, ich muss es so sagen, keine an-

ständige Person war. Sie war nicht ohne eigene Schuld in Not geraten und hatte danach nicht die Kraft, sich selbst daraus zu befreien. Mein Toni kannte sie, denn als sie noch gut beisammen war und noch alle Zähne im Mund hatte, war sie Sängerin in seiner Band. Hast Du gewusst, dass mein Sohn eine Jazzband geleitet hat und ein sehr guter Pianist war? Leider kein besonders erfolgreicher. Das hat auch seine Ehe belastet, ich weiß. Geldsorgen sind immer ein schlechter Ratgeber, Alkohol auch.

Ich glaube, diese verwahrloste Frau war in ihn vernarrt, aber er machte sich nichts aus ihr. Sie streunte in der Stadt herum, oft auch nachts am Hafen, und ich fürchte, es ging dabei um Drogen und andere schlechte Dinge, denn sie war ein paarmal mit der Polizei in Konflikt geraten und, wie sie sagte, »eingebuchtet« worden.

Kannst Du Dir denken, was nun an diesem 23. April 1988 geschah? Diese Frau hat nachts um elf den schrecklichen Unfall mit angesehen. Sie war auf Tonis Wagen zugelaufen, weil sie ihn von Weitem erkannt hatte und hoffte, Toni würde anhalten und sie einladen, mit ihm zu fahren. Sie hat gesehen, dass vom Beifahrersitz plötzlich eine Hand am Steuer riss und den Wagen aus der Bahn brachte. Du weißt, was folgte. Ich will es nicht wiederholen, da es für mich zu schmerzlich ist. Um es kurz zu machen: Sie war weggelaufen, als die Polizei kam, aber am nächsten Tag kam sie zu mir und alle meine Bitten, sich bei der Polizei als Zeugin zu mel-

den, waren vergebens. Sie war felsenfest davon überzeugt, dass man ihr nicht glauben werde, was sie doch ganz bestimmt gesehen hatte, da sie zu dem Zeitpunkt berauscht und zuvor so oft auffällig geworden war.

Ich habe ihr jedoch geglaubt und bin dann selbst zur Polizei gegangen, aber Du kannst Dir vorstellen, dass ich dort nicht viel ausrichten konnte außer einer weiteren Befragung Deiner Mutter. Man zog auch meine Glaubwürdigkeit in Zweifel, und es stimmte ja, so aufgelöst, wie ich war und alles nur vom Hörensagen wusste, war meine Aussage natürlich nutzlos.

Mein Toni war ein labiler Mensch, aber er war herzensgut und ich weiß, dass er Deine Mutter geliebt hat, so schwer es mir auch fällt, Dir das zu sagen. Er war auch Dir, seinem kleinen Stiefsohn, gegenüber sehr fürsorglich, wenn er Dir etwas auf dem Klavier vorgespielt hat, obwohl, nun bin ich mir gar nicht mehr sicher, ob wir damals überhaupt noch ein Klavier hatten. Es tut mir leid, dass Du ohne einen Vater aufgewachsen bist. Vielleicht hättet Ihr beide Euch gut verstanden. Ja, ich glaube, das hättet Ihr.

Ich habe meinen Toni nur noch in meiner Erinnerung, denn ich besitze nicht einmal ein einziges Foto von ihm. Als ich ins Elisabethenstift umgesiedelt bin, haben die Unmenschen, die meine persönlichen Erinnerungen einpacken sollten, alle meine Fotoalben fortgeworfen. Sie sind für immer verloren. Das ist sehr traurig, aber das kann nicht Deine Sorge sein.

Ich muss diesen Brief nun schließen, weil mich die

Erinnerung zu sehr angreift, und mein Herz ist nicht mehr das stärkste.

Lebe wohl, Jonas, Gott schütze Dich, und denke gut von Deiner »Oma« Ottilie Keupenich.

Eine Mörderin – und eine Lügnerin, dachte Jonas. Er stand am Fenster seines Ateliers und schaute zu der Baustelle auf der anderen Straßenseite hinüber. Dort, wo früher eine haushohe Kastanie ein paar schrömmelige Garagen überragt hatte, wuchs seit Monaten etwas Mehrstöckiges in die Höhe. Drei Männer mit Schweißgeräten arbeiteten auf dem Baugerüst, den Rücken der Tiefe zugewandt. Seit dem frühen Morgen lief ein Kompressor auf der Straße, dessen Brummen an Jonas' Nerven zerrte. Meine Mutter hat Toni Keupenich in den Tod gefahren, ihren eigenen Mann, dachte er. Warum? Was hatte er getan? Sie hat einer anderen Frau das Teuerste genommen. Und lebte weiter, als wäre nichts geschehen – eine böse Herzkönigin.

Die Scham, die er mit sechzehn gespürt, als er die japanische Lackschatulle wieder in ihren Schrank gestellt hatte, traf ihn als ein nachgeholtes Grauen. Er dachte an die vielen zerfallenden Orte, die er fotografiert hatte, und musste sich abwenden, denn plötzlich konnte er den Arbeitern auf dem Gerüst nicht mehr zusehen, ohne dass ihn der Gedanke überkam, die Metallrahmen könnten einknicken, die Planken in die Tiefe rutschen und die Männer, die gerade noch so sicher darauf herumliefen, mit sich reißen. Er faltete Ottilies Brief zusammen und legte ihn zu den anderen in der Archivschublade. Hier müsste endlich einmal aufgeräumt werden, dachte er, als er sich im Atelier umsah.

Er schickte Inna eine Zip-Datei mit den Fotos, die er von ihr auf der Bank vor der Hütte an der Ostsee gemacht hatte, das Aktenzeichen des Urteils gegen das deutsch-russische Zuhälterpaar und schrieb, was die deutsche Polizei über ihre tote Doppelgängerin herausgefunden hatte. Es war wenig genug und sie dankte ihm mit einer Postkarte, auf der ein Elch durch einen estnischen Wald trabte. Er heftete sie an sein Pinnboard, aber nach zwei Tagen warf er sie weg.

*

Grafenstein, November 2009

Als im Jahr darauf die Ausstellung »Baltische Landschaften und Herrenhäuser« im Schlossmuseum Grafenstein eröffnete, bat die Deutschbaltische Kulturgesellschaft den Fotografen, der einen sehr persönlichen Beitrag für den Begleitband geschrieben hatte, auf der Vernissage ein paar Worte zu den Bildern und seiner Reise zu sprechen. Jonas tat es umso lieber, da er bei der Hängung seiner Fotos, die er nicht allein den beiden Kuratoren überlassen wollte, seinen alten Freund Tom wiedergetroffen hatte, seine erste Liebe, die Toms Stellenwechsel nach Grafenstein nicht überlebt hatte. Mit Bedauern erkannte Jonas, dass Tom nicht nur der wissenschaftliche Mitarbeiter des Chefkurators war, eines kleinen Herrn mit rosigen Wangen und zarten Händen in einem Jackett aus haarigstem Harris-Tweed, sondern auch dessen angebeteter Partner.

Hinzu kam der Vorsitzende der Deutschbaltischen Kulturgesellschaft, der ebenfalls ein Wort über die allgemeine Anmutung der Ausstellung und die Besonderheit der Exponate mitzureden wünschte. Bei seiner knarrenden Erscheinung fiel Jonas Grand-Papa Carl von Mellup mit der Reitpeitsche ein und dann wieder, als ihn auf der Vernissage die Namen umschwirrten, die man in Wolmarshof als die seiner ehemaligen Nachbarn genannt hatte. Ihre Nachkommen nahmen ihn selbstverständlich als einen der Ihren, und noch ehe er ans Rednerpult getreten war, fühlte er sich windelweich von Sentimentalität und 89er Bordeaux. Er sprach von der deutschbaltischen Kultur als einem tragenden Brücken-Element im friedlich vereinten Europa und landete schließlich doch in Wolmarshof bei dem silbernen Tee-Samowar, Grand-Mamans Kuchen, sauren Gurken und Wodka. Warmer Beifall. Noch etwas mehr Bordeaux.

Soeben noch Mittelpunkt eines animierten Kreises, stand er plötzlich allein mit seinem leeren Glas, eine Situation, wie sie im Gewoge von Vernissagen gelegentlich eintritt und die es unbedingt zu vermeiden gilt. Ehe sein Blick Tom im kanariengelben Jackett gefunden und der sich in Bewegung gesetzt hatte, trat ein Herr vor ihn, dessen Anblick Jonas – mit dem Bordeaux im Blut und dem Kopf voller Weinerlichkeit – einen Schock versetzte. Es war, als erblicke er im Spiegel sein vierzig Jahre älteres Selbst; das blonde Haar noch drahtig, aber fahl und heufarben, sein fester Mund konturlos, die Augenlider wie zwei welke Weidenblätter, aber die Haltung selbstsicher und nonchalant: Herr B.

Sie sahen sich schweigend an, und niemand trat hinzu mit einem Glas lauwarmem Wein oder einem Teller Heringssalat oder auch nur einer Bemerkung über die brillanten Fotografien baltischer Herrenhäuser an den Wänden des Schlossmuseums Grafenstein.

Herr B. sprach zuerst. »Sie sind der Sohn von Katharina von Mellup, nicht wahr?«

»So ist es.«

»Jonas«, sagte der andere, als lerne er eine neue Vokabel. »Jonas von Mellup. Sie wissen, wer ich bin, nicht wahr?« Jonas nickte. »Sie können mir glauben, dass Sie mir noch bis vor zwei Wochen ein Unbekannter waren. Vor vierzehn Tagen habe ich einen Blick in dieses Heft geworfen« – er hielt das Herbstprogramm des Schlossmuseums hoch – »und habe Ihren Namen gelesen und Ihr Bild gesehen. Der Rest ist Google.«

Jonas wartete darauf, von Gefühlen überwältigt zu werden. War dies der Moment, auf den er sein ganzes bewusstes Leben lang gewartet hatte? Dieser Mensch sein Vater, den er so sehr vermisst hatte? Aber sein Inneres blieb stumm und alles, was zu sagen angebracht gewesen wäre, empfand er als falsch und peinlich.

»Ich habe von Ihnen gehört«, sagte er schließlich, »natürlich, aber ohne Ihren Namen zu kennen, und nun bin ich doch sehr überrascht.« Was gab es da zu lachen?

»Ja, wir sind uns nie vorgestellt worden. Ein Jammer, nicht wahr? Und jetzt hier ...« Herr B. blickte sich um. »Ich habe mir Ihre Arbeiten im Internet angesehen. Sie sind ein sehr guter Fotograf; Morbide von Mellup, ha ha, sehr treffend.« Er sah ihm in die Augen. »Darf ich du sagen?«

Jonas gab eine Art Winken von sich. Mein Gott, dachte er, hoffentlich sagt er jetzt nicht, dass er stolz auf mich ist.

»Ich bin fast ein wenig stolz auf dich«, sagte der andere.

»Warum? Sind Sie auch Fotograf?«

»Nein, und ich habe auch nichts mit maroden Mauern zu schaffen; eher das Gegenteil.«

»Nämlich?«, fragte Jonas vorsichtig.

»Ich bin im Immobiliengeschäft.«

»Ah, so.«

»Wie geht es deiner Mutter, der großen Verschweigerin?« Das hier muss aufhören, dachte Jonas und schüttelte abweisend den Kopf. Er würde Agathe nicht an diesen Schlaumeier ausliefern. »Seit wann kümmert Sie das?«

Der andere sah ihn spöttisch an. »Oh, pardon, ich dachte wir könnten ein normales Gespräch unter Männern führen wie« – die Worte mussten heraus »wie zwischen Vater und Sohn.«

Jonas, der seit seiner Jugend ein Problem mit Autoritäten hatte, fühlte, wie er langsam wieder nüchtern wurde. »Und Sie machen hier die Spielregeln, ja? Der Vater bestimmt, worüber geredet wird, und der Sohn zieht brav mit?«

Inzwischen schwieg das Umfeld, die Gläser auf halber Höhe, und lauschte dem gereizten Wortwechsel. Tom drängte sich durch die Schar der Gäste und legte ihm eine Hand auf den Arm. »Jonas? Alles in Ordnung?«

Herr B. war sofort im Bilde. Hier ging es nicht weiter. »Das war kein guter Start«, sagte er. »Tut mir wirklich leid. Meinst du, wir könnten es noch einmal miteinander versuchen? In Ruhe? Ich wohne hier in der Nähe.« Zwei sahen sich an. Herr B. hob eine mephistophelische Augenbraue.

»Okay«, sagte Jonas.

»Ich geb dir meine Karte.« Er zückte ein Etui.

Jonas drehte die Visitenkarte in den Händen: nirgends ein B. »Ich kenne Sie nur als B. Wofür steht es?«

»Es ist ein Spitzname. Ich heiße Westmünster mit Nachnamen, wie du siehst. Meine Freunde haben mich Ben genannt – wie Big Ben.«

»Wär ich jetzt nicht drauf gekommen.«

»Dreimal um die Ecke gedacht. Wirst du dich melden?«

»Ja, mach ich.«

»Bald?«

»Ja, bald.«

»Gut. Bis dann, Jonas. Ich freue mich, dass wir uns kennengelernt haben – sehr.«

»Bis dann, äh …« Die nonchalante Erscheinung bewegte sich dem Ausgang zu.

»Wer war der schöne Mann? Den hab ich hier noch nie gesehen«, fragte Tom.

»Das war mein Vater«, sagte Jonas. »Ist noch was von dem guten alten Bordeaux da?«

Auf dem Heimweg, im Treppenhaus, sah er, dass in einem Seitenflügel des Schlossmuseums eine französische Künstlerin ihren Schmuck ausstellte. Auf dem Plakat war eine Frau mit blondem Lockenschopf zu sehen – unscharf im Hintergrund –, die ein Collier aus rostigen Hufnägeln in die Kamera hielt, das die Buchstaben C und R bildete. So was von Achtziger, dachte er, und so was von vorbei!

*

B. wie Big Ben, aber so würde er ihn nicht ansprechen. Sondern – Vater? Papa? Ausgeschlossen.

»Nenn mich einfach Ben«, sagte der am Telefon. »Nur keine Verrenkungen. Komm doch heute Mittag im Büro vorbei. Ich habe bis um zwölf einen Kunden. Sollen wir danach zusammen essen? Nein? Zusammen durch den Park gehen? Ich seh dich dann um zwei am Tor von Grafenstein.«

Es war beschlossen, ehe Jonas auch nur Klick sagen

konnte. Zumindest erlaubte er sich, acht Minuten zu spät zu kommen, ohne sich dafür zu entschuldigen.

B. trug einen langen dunklen Mantel, was großen Männern immer gut steht, dachte Jonas, der für lange Mäntel zu klein war; nicht klein, eher mittelgroß, nur etwas darunter.

»Ich mag dich immer anschauen«, sagte B. lächelnd, legte ihm die Hand auf die Schulter, drehte ihn so herum, dass er ihm gerade ins Gesicht sah, und Jonas dachte: Das kann nicht sein, das ist er nicht. Nebeneinander gingen sie zwischen den kahlen Bäumen durch den Schlosspark, umfangen von novemberkühler Nüchternheit.

»Es gibt hier auch einen Botanischen Garten«, sagte B.: »Ganz schön, aber jetzt ziemlich trist. Ich bin Mitglied in der botanischen Gesellschaft. Interessierst du dich für so was?«

»Nicht besonders«, sagte Jonas, und um nicht abweisend zu erscheinen, ergänzte er: »Häuser interessieren mich, Landschaften, spezielles Licht. Vielleicht hast du die Fotos vom Moor in der Ausstellung gesehen. Das war eine traumhafte Stimmung an diesem Morgen, irgendwie elementar.«

»Ja, natürlich«, sagte B., und nach ein paar Schritten: »Willst du mir jetzt vielleicht etwas über deine Mutter erzählen? Geht es ihr gut?«

»Ich sehe sie nicht sehr oft. Letzten Sommer, bevor ich ins Baltikum gefahren bin, hab ich sie besucht.«

»Lebt sie allein?«

»Ja, toute seule, wie sie sagt.«

»Hat sie nie geheiratet?«

Jonas wollte lieber nicht über Toni Keupenich reden. »Doch, aber ihr Mann ist bei einem Verkehrsunfall gestorben.«

»Ah, die Arme«, sagte B. unbeteiligt. »Sollen wir durch die Orangerie gehen?« Da hatte er schon die Glastür zu der alten Galerie aufgezogen, durch die ihnen warme, nach Erde und Laub riechende Luft entgegenschlug.

»Und du? Wie lebst du? Bist du verheiratet?«

B. hatte seinen Mantel aufgeknöpft, den Schal gelockert. Er lächelte dünn. »Nein, bin ich nicht.«

Jonas blieb stehen. »Aber du warst es, nicht wahr? Du hast dich von meiner Mutter getrennt und bist zu deiner Familie zurückgegangen.«

»Keineswegs.«

Sie standen zwischen großen Terrakottakübeln, in denen Zitronen, Pomeranzen, Bergamotte- und Bitterorangenbäume überwinterten, und Jonas fühlte sich ein wenig schlecht von der schwülen Luft und dem, was nun kommen würde. »Nein?«

»Nein. Ich bin wie du, mein Sohn«, sagte B. freundlich. »Ich hatte eine Affäre mit deiner Mutter, aber es waren damals andere Zeiten. Homosexualität war ein Makel, und es war weniger heikel, eine Ehefrau und eine ganze Familie herbeizuphantasieren, als zu seinen sexuellen Präferenzen zu stehen. Schon gar nicht in meinem Beruf. Deine Mutter hätte das niemals verstanden. Sie war eine hinreißende Frau, und wir haben es beide sehr genossen – auch den Sex, bevor du fragst. Du kannst mich einen Feigling und einen Lügner nennen, aber glaub nicht, dass ich sie nicht hoch geschätzt hätte. Ich habe sie bewundert. Eine Schönheit; herrliche Schultern, und sie war so voller Leben; so ein sprühendes Temperament; nicht sehr kompromissbereit, das nicht. Unsere Trennung war für sie wohl, äh, schmerzlich. Doch ich habe immer gewusst, wo ich stehe, und deshalb musste ich eine Entscheidung fällen und Schluss machen.«

Also doch, dachte Jonas. »Und als sie dann voller Leben war, stand sie ganz allein da«, sagte er sarkastisch. »Du hast dich einfach verdrückt.«

»Wie? Nein, ich hab mich nicht verdrückt. Es war ihre Entscheidung, bitte glaub mir. Ein Jahr später habe ich ihr geschrieben. Damals war ich mit … na, egal, und ich wollte sie sehen und ihr endlich erklären, warum es keine Ehefrau und keine Familie gab, und sie bitten, ob wir nicht miteinander Frieden schließen könnten, aber sie hat es abgelehnt; genauer, sie schrieb mir, dass ich es nicht wagen sollte, ihr jemals wieder unter die Augen zu treten. Und das habe ich getan, vielmehr, ich habe es nicht getan.«

»Hätte es etwas geändert?«

Der andere schüttelte langsam den Kopf. »Diese Frage hat sich nicht gestellt – Jonas, ich sehe, wie unglücklich du bist, aber ich kann es dir nicht sagen. Ich weiß es nicht. Ich habe damals zum ersten Mal offen mit einem Mann zusammen gelebt, aber ich hätte sehr gern einen kleinen Sohn wie dich gehabt.«

Es war der Satz, der Jonas zu Fall brachte. Er schlug die Hand vor den Mund, um einen Schluchzer zu unterdrücken, aber die Augen gingen ihm über, und er ließ sich mitten in der Orangerie von B. in die Arme schließen und heulte in dessen feinen Mantelstoff, während überraschte Besucher abgewandten Blickes um sie herumschlichen.

»Frische Luft!,« sagte Jonas durch die Nase und wischte sich mit dem Handrücken übers Gesicht. Sie gingen zurück in den kühlen Park und liefen schweigend nebeneinander her, noch erschrocken über die plötzliche Nähe und im Gefühl, dass nun wieder etwas Abstand angezeigt wäre.

»Im Grunde ist es furchtbar einfach«, sagte B. nach einer Weile, »denn weißt du, Jonas, alles, was geschieht hat zwei Seiten – mindestens. Wir erleben nie dasselbe, weil wir alle von uns selbst besessen sind und weil wir nicht richtig aufeinander achten. Ich meine, nichts ist wirklich eindeutig. Schau dir zum Beispiel diese Platanen an. Wir beide sehen dieselben Bäume, aber du findest vielleicht, dass sie tote, winterkahle Gestalten sind, und ich sehe, dass sie mit Knospen unter der Rinde schon aufgeregt auf den Frühling warten – gut, so weit Bäume sich eben aufregen können. Verstehst du, zwei Leute haben zwei Wahrheiten. Jeder seine eigene. Sie erleben nie dasselbe und sie erzählen nie dieselbe Geschichte.«

»Meine Mutter hat überhaupt keine Geschichte erzählt. Sie wollte nicht, dass ich dich kennenlerne. Als ich sechzehn war, bin ich ihr auf die Schliche gekommen. Ich habe deine Briefe gelesen.«

»Oha!«, sagte B. und zog eine Augenbraue in die Stirn.

»Tut mir leid.«

»Tut es wohl nicht«, sagte der andere mit ärgerlicher Stimme. Dann besann er sich. »Können wir das vielleicht vergessen? Können wir vielleicht anfangen, ein bisschen weniger streng miteinander zu sein?«

Jonas blieb stehen. »Dann wirst du Verbindung mit ihr aufnehmen? Ich meine, jetzt, da wir … wirst du sie fragen – nach mir?«

»Nein«, sagte B. so prompt und glatt, als schlüge er ein völlig inakzeptables Geschäft aus. »Ich muss dich enttäuschen. Sie hat alles getan, um mich von dir fernzuhalten. Wenn sie es nicht tut – ich werde nicht auf sie zugehen. Du und ich, wir können einander haben, aber Kate und ich, nein.«

Er hat nichts von mir gewusst, dachte Jonas. Während ich ihn zwanzig Jahre lang vermisst habe, hat er keinen Gedanken an mich verschwendet. Und er hat sich mit einem einzigen Brief von ihr in die Flucht schlagen lassen. Aber so ist es wohl, man erlebt Verschiedenes.

B. griff mit einer Hand in die Innentasche seines Mantels. »Und da wir gerade von deiner Mutter sprechen, ich habe hier noch Fotos von ihr. Aus unserer Zeit und davor, als sie noch ein junges Mädchen war. Bin ich gestern Abend drauf gestoßen – nein, ich habe sie nach unserem Treffen in der Ausstellung natürlich gesucht. Da sind sie. Tempi passati. Ich glaube, sie gehören ihr sogar. Vielleicht möchtest du sie haben?«

»Ja, sicher, sehr gerne.« B. reichte ihm einen Briefumschlag von der Sorte, an die Jonas sich erinnerte; hellblau, gefüttert, ohne Absender. B. waren die Fotos offenbar entbehrlich. Er selbst hatte nie welche besessen. Ein Leben ohne die Bilder der Vergangenheit, dachte Jonas, das ist doch nicht möglich. Er hielt den Umschlag in der Jackentasche fest. »Danke. Ich schau sie mir zu Hause an.« Sie waren zurück am Parktor.

»Lass uns jetzt keinen sentimentalen Quatsch reden«, sagte B. »Ich hoffe, wir sehen uns bald wieder, ja?«

»Ja«, sagte Jonas. »Ich meine, nein, kein sentimentaler Quatsch, klar – Ben.« Er hätte gern noch einmal gehört, wie sehr sich sein Vater freute, dass sie einander gefunden hatten, aber eine leichte Umarmung zum Abschied war in Ordnung, doch, sie war vollkommen in Ordnung.

*

Jonas schrieb an Agathe und Agathe antwortete ihm:

Mein lieber Sohn,
Du hast mir einen sehr unliebenswürdigen Brief geschrieben. Ich habe Dir seinerzeit alle Fragen beantwortet und ich sehe nun keinen Anlass, auf Deine Vorwürfe einzugehen. Dieser Mann, Dein Vater, hat uns damals

auf schändliche Weise verlassen, als er mir die Tür wies und ich nicht wusste, wohin ich in dieser grässlichen Stadt gehen sollte. Ich sehe mich noch an diesem Abend neben meinem Koffer auf einer Parkbank sitzen und warten. Er hatte mir gerade noch erlaubt, einen Freund anzurufen, der sich nicht sehr beeilte, mich zu finden.

Ich war damals finanziell nicht gut gestellt und – nun, ich will nicht sagen vollkommen, aber doch weitgehend abhängig von diesem Menschen. Das, mein liebes Kind, war ein großer Fehler, denn man sollte niemals in der Schuld eines anderen verharren. Ich habe mir geschworen, dass mir so etwas nie wieder zustoßen sollte. Damals musste ich für uns beide sorgen, und glaube mir, da gab es nicht nur ehrenvolle Möglichkeiten.

Du hast ihn also getroffen, Deinen Vater, und beschreibst ihn mir in den zartesten Farben. Du gehst sogar so weit, mich zu bitten, auf ihn zuzugehen, um »die Situation zu klären«. Diese Aufforderung empfinde ich als äußerst unpassend, um nicht zu sagen impertinent. Ich habe für Dich getan, was ich konnte, und zum Dank verbündest Du Dich gegen mich mit diesem niedrigen Menschen, der mir unsäglichen Kummer bereitet hat. Du wirst Dich entscheiden müssen, auf welcher Seite Du stehst. Wenn es die Seine ist, werden wir uns in Zukunft nicht mehr sprechen können. Ich muss Dir also nicht sagen, worauf ich hoffe. Avec plein de bisous. Deine Dich liebende Maman

*

Sagenhausen, 2014

Der Mörder der Frau, die sich Inna Kouidula nannte, wurde niemals gefasst. Kriminalhauptkommissar Walter Leuthold ging zwei Monate nachdem Andreas Finkenwirth die tote Frau am Wehr gefunden hatte in Pension und hinterließ seinem Nachfolger, Oberkommissar Voss, einen letzten ungelösten Fall. Doch nun, sechs Jahre später, da Agathe Weh in der kleinen Hasenmühle lebte und Adam Finkenwirth bei der Gartenarbeit den zweiten Schuh des Opfers in der Abfallgrube gefunden hatte, war der alte, kalte Fall wieder aufgenommen worden. Oberkommissar Voss ließ sich die Akten kommen und besuchte Walter Leuthold bei seinen Bienen.

Er musste nicht weit fahren. Leuthold hatte sich in der Nähe in einer seniorengemäßen Parterrewohnung niedergelassen – die Familie seiner Tochter lebte nebenan – und seine Bienenkästen im Schrebergarten außerhalb der Stadt am Rand einer Apfelbaumwiese aufgestellt. Voss traf ihn beim Holzhacken vor der Gartenhütte zwischen an der Schuppenwand aufgestapelten groben Klötzen und verstreut im Gras herumliegenden Scheiten, und er stellte fest, dass der alte Mann den Fall zwar durchaus parat, aber keine Lust hatte, darüber zu reden. Es wurmt ihn noch immer, dass er den Kerl damals nicht gefasst hat, dachte Voss, und vermutlich auch, dass ihm ein kapitaler Fehler unterlaufen war. Leuthold und sein Team hatten nur im Haus und am Steg nach Spuren gesucht und das verwilderte Grundstück auf der Insel ausgelassen, weil die Hintertür verschlossen war. Der letzte, der sich dort nach dem Mord aufgehalten hatte, war der Zeuge Jonas von Mellup auf der Flucht vor Kuhn. Leuthold hatte ihn befragt, aber keine der frischen Spuren dort war aufgenommen worden. Stattdessen hatte der Hauptkommissar bis zum Schluss im Milieu ermittelt, das verurteilte Zuhälterpaar verhört, das die Frauen über die Grenze geschleust hatte, Bordelle und Laufhäuser abgeklappert, aber keine Spur gefunden, die zu der Ermordeten führte, die weder Pussy Galore noch Inna Koidula hieß. Aber der Garten hinter der Mühle ... Voss würde ihn taktvollerweise nicht an sein Versäumnis erinnern.

»Es hat sich ein neuer Zeuge gemeldet, der das Opfer an dem fraglichen Morgen gesehen hat«, erzählte er dem alten Mann, der die Axt nicht aus der Hand gelegt hatte und den Stubben auf dem Hackklotz auf seine Schwachstellen zu mustern schien. Auf der Wiese zwischen den Bäumen rannten zwei kleine Mädchen mit fliegenden Haaren schreiend herum, die er außerdem im Auge behielt. Voss nahm uneingeladen auf einem Gartenstuhl Platz.

»So, so, ein neuer Zeuge.«

»Korrekt. Ein Josef Finkenwirth. Er hat in der Frühe seinen Hund, einen Dobermann, an der Rausch ausgeführt.«

»Noch ein Finkenwirth? Das wäre dann schon der dritte aus der Sippe. Wer ist er? Warum kommt er jetzt erst damit an? Was hat er zu melden?«

»Er ist der Vater des Jungen, der das Opfer gefunden hat. Nach seinen Angaben geht er regelmäßig vor dem Büro an der Rausch spazieren. So ein Riesenvieh braucht viel Bewegung. Aber weil er jeden Morgen da rumläuft, war er sich nicht mehr über das Datum im Klaren.

Bei Voss hatte zwei Tage zuvor ein sich seiner Bedeutung bewusster Mann vorgesprochen – er war Ratsmitglied, Amtsleiter und Parteivorsitzender –, der es als seine selbstverständliche Pflicht erachtete, als deutscher Staatsbürger zur Aufklärung des alten Mordfalls beizutragen. Er bedauerte, seine Aussage so spät zu machen, aber er erinnerte sich erst jetzt an die Einzelheiten, da er in den *Sagenhauser Nachrichten* von der Wiederaufnahme gelesen hatte.

»Und was hat der Wichtigtuer bemerkt?«

»Er hat eine Frau im gelben Kleid auf dem Hof der Hasenmühle gesehen. Es hat geregnet an dem Morgen. Sie stand am Tor, dann machte sie kehrt und verschwand unter den Bäumen. Er konnte nicht erkennen, ob sie zurück ins Haus gegangen ist.«

»So weit waren wir schon einmal«, brummte der andere. »Hat er seine DNA dagelassen?«

»Keine Übereinstimmung.«

Leuthold schwang die Axt über den Kopf, spaltete den Stubben sauber in der Mitte, bückte sich und stellte eine Hälfte aufrecht zurück auf den Klotz. Mit der freien Hand bedeutete er Voss, ein wenig aus seinem Wirkungskreis zu rücken, ehe er erneut ausholte. Der stand auf, zog den Stuhl beiseite und stützte sich von hinten auf die Lehne.

»Allerdings hat der Zeuge eine neue Beobachtung gemacht. Er hat einen dunklen Geländewagen gesehen, der in der Nähe des Stegs geparkt hatte; war zu weit weg, um die Marke zu erkennen. Er hielt ihn für das Fahrzeug von irgendeinem Angler.«

»Stimmt. Ein dunkelgrüner Suzuki. Der Angelsportverein Sagenhausen hat die Fischereirechte an der Rausch. Vierzig aktive Mitglieder, zwei Mopeds, fünfunddreißig Geländewagen. Eine Reifenspur war identisch, aber der Fahrer hatte ein Alibi. War in irgendeinem Möbelmarkt mit seiner Karre und seiner Freundin, ein Bett kaufen. Das ist belegt. Mit Kuhns Jeep gab es keine Übereinstimmung.«

Voss räusperte sich. »Inzwischen wissen wir ja auch, dass die Frau nicht am Steg ins Wasser geworfen wurde, sondern vom Bootshaus aus«, sagte er. »Auch der Kleiderfetzen im Schilf war eine falsche Spur; sehr wahrscheinlich vom Mörder gelegt. Auch deshalb fahnden wir wieder nach diesem Kuhn.« In der Nähe der Hintertür hatte die Spurensicherung in der Erde den verrosteten Schlüssel gefunden, mit dem sie abgesperrt worden war, entweder von Kuhn selbst, der anschlie ßend den Schlüssel aus dem Fenster in den Garten geworfen hatte, oder von dem Zeugen, der ihn von außen umgedreht hatte, um Kuhn an der Verfolgung zu hindern. Voss ersparte Leuthold die Details. Nicht aber, dass in der Abfallgrube neben dem Schuh die Metallhülse eines Lippenstifts sowie Reste von braunem Wildleder verscharrt lagen, vermutlich die Tasche des Opfers.

»Er hat sich damals ziemlich schnell aus dem Staub gemacht, als wir mit ihm fertig waren.« Leuthold fuhr sich über die Glatze. »Fahnden Sie mal verstärkt im Osten. Da wollte er hinziehen. Zum Großwild. Womöglich versucht er, an der polnischen Grenze Wisente zu schießen. Der Mann war nicht ganz dicht, was seine Trophäen betraf.«

»Danke für den Tipp«, sagte Voss. »Ich kenne natürlich Kuhns Aussage, aber halten Sie es für möglich, dass er damals gar nicht so betrunken war, dass er das Verschwinden der Frau nicht bemerkt hätte?«

»Kuhn war ordentlich betankt, als wir ihn aus dem Bett holten, aber das war zwei Tage später. So lange hat das Opfer im Wasser gelegen. Über seinen Zustand am Morgen danach wissen wir nichts.« Er suchte mit den Augen die beiden kleinen Mädchen auf der Wiese, die sich geräuschvoll zankten. »Was machen die denn da schon wieder?«, murmelte er.

Voss blieb bei der Sache. »Es wäre doch möglich, dass Kuhn an dem fraglichen Morgen das Opfer daran hindern wollte, zu gehen, und die Frau auf der Insel hinter dem Haus getötet hat. Im Haus gab es keinerlei Anzeichen einer Gewalttat und sie war vollständig bekleidet, als sie starb.«

»Weiß ich«, erwiderte Leuthold, »aber Kuhn wusste es anscheinend nicht, und er hatte kein Motiv.«

»Und wenn er es doch wusste? Nur mal angenommen, sie hat ihn genauso gereizt, wie es dieser von Mellup getan hat. Im Übrigen hatte sie auch ordentlich Promille im Blut. Die beiden haben sich da draußen im Garten gestritten, Kuhn ist ausgerastet und hat im Affekt zugeschlagen. Er dachte vielleicht, sein Alibi würde ihm den Arsch retten.«

»Welches Alibi? Ein unbenutztes Ticket, keine Bordkarte, kein Name auf der Passagierliste. Er war gar nicht auf dem Flug aus Kapstadt, sondern längst in seiner Mühle. Das hatten wir natürlich ganz schnell raus. Und das hat er auch diesem Fotografen erzählt.« Er schaute über die Wiese. »Ännchen, nicht so wild!«, rief er in einem Ton, der entfernt an ›Aufmachen, Polizei!‹ erinnerte. »Gib deiner Schwester auch mal das Hüpfseil!«

»Ich kenne diesen Kuhn ja nicht«, brachte Voss ihn zurück aufs Thema, »deshalb frage ich Sie. Welchen Eindruck hat der Mann damals auf Sie gemacht, Herr Kollege?«

Leuthold war Imker und Großvater und kein Kollege mehr, und wenn, dann wäre er der Ranghöhere gewesen. Dass seine Anrede ungünstig aufgenommen worden war, erkannte Voss daran, dass der pensionierte Kriminalhauptkommissar, bevor er antwortete, erst einmal mit einem Hieb das halbe Holzscheit präzise viertelte, dann die Axt auf den Hackklotz stützte, die Hände über dem Stielende faltete, ihn ansah und seine Worte wählte. »Kuhn war ein Vollgesoffski, Herr Kollege, ein Vollpfosten, wenn Sie so wollen. Er war regelmäßig mit

Nutten unterwegs, bevorzugt auf dem Straßenstrich. Kein Mensch konnte ihn leiden, höchstens sein alter Köter, aber ich halte ihn eines Mordes nicht für fähig.«

»Immerhin ist es ihm gelungen, uns zu täuschen.« Sie zu täuschen, Herr Kollege, ergänzte Voss im Stillen.

»Immerhin. Bis jetzt. Viel Glück jedenfalls! Ich hoffe, Sie fassen den richtigen Mann.« Leuthold lehnte die Axt gegen den Holzstapel. »Warten Sie, ich bring Sie raus.«

Voss bedankte sich, winkte auch den beiden fernen Mädchen unter dem Apfelbaum zu, die ihm keine Beachtung schenkten, da sie offenbar dabei waren, sich gegenseitig mit einem Springseil zu erdrosseln. Er machte sich nichts aus Bienen, aber er ließ sich zum Abschied gern ein Glas Honig schenken.

Hasenmühle, September 2008

Bei zehntausend war Schluss, hatte sie sich geschworen. Mit zehntausend Euro würde sie zurückgehen. Sie könnte in Tallinn eine Wohnung mieten, schicke Möbel kaufen, stylishe Klamotten. Besseres als diesen alten gelben Fetzen aus dem Second Hand Laden im Rotermannviertel, in dem sie schon den ganzen Sommer herumlief. Dann könnte sie sich die Kunden aussuchen und müsste keine Männer wie Kuhn mehr bedienen. In Tallinn gab es richtig teure Hotels voll mit ausländischen Geschäftsleuten. Sie hatte Manieren, sie sprach Englisch und Russisch. Neuntausend und ein paar hatte sie beisammen, versteckt hinter dem Bett in der Wand-

verkleidung des Caravans. Mit dem, was Kuhn gestern herausgerückt hatte, würde es reichen.

Vielleicht fand sie auch noch ein bisschen Bares im Haus oder etwas, das sich zu Geld machen ließe. Denn für sie war es die letzte Nacht in diesem dreckigen Haus gewesen. Es reichte. Diesmal war er zu weit gegangen; sie hatte sich wirklich gefürchtet. Es gab Abmachungen. Ihr Gesicht war tabu. Und dann war er ihr mit diesen Hörnern gekommen, spielte damit vor ihrer Nase herum, stach ihr in die Wangen, nicht fest, aber sie schloss die Augen und betete, nackt ausgestreckt auf dem Bett, die Beine gespreizt, die Fesseln um die Handgelenke.

»Don't!«

»It's a joke, come on Ina. I fick you with it. You like it.«

Sie stand vorsichtig auf, fühlte sich noch immer ein wenig betrunken, nahm seine Rolex vom Nachttisch, steckte sie in die Handtasche, sammelte ihre Kleider ein, packte die Schuhe auf das Bündel und stieg leise die Treppe hinunter. In der Küche zog sie sich an, trank aus der hohlen Hand große Schlucke Wasser aus dem Hahn über dem Spülstein und sah sich um. Was gab es hier mitzunehmen? Sie suchte in seiner Jacke am Haken; zwei Fünfziger in der Brieftasche, immerhin, und die Schlüssel zum Jeep. Eins von diesen Tieren mit den Hörnern, das weiße, war sicher kostbar.

Als sie im Flur stand, hörte sie sein Schnarchen aus dem ersten Stock. Sachte drehte sie den Hausschlüssel um und trat hinaus. Es regnete und sie fror, aber sie musste jetzt schnell sein, den Jeep anlassen und verschwinden, ehe das Motorengeräusch ihn weckte. Als sie das Hoftor öffnen wollte, kam dieser entsetzliche glatte schwarze Hund über den Feldweg gerannt, ein Monster, das ihr entgegenstürzte, am Tor hochsprang, bellend, dröhnend, geifernd. Eine Männerstimme rief einen Namen, pfiff, aber der Hund tobte weiter. Sie wich zurück, Schritt für Schritt und trat wieder ins Haus.

Vielleicht gab es ein Entkommen durch die Hintertür. Sie huschte durch den Flur und hinaus in den verwilderten Garten. Hier war sie noch nie gewesen, aber nun war es zu spät, sich zu verstecken oder einen anderen Weg ans Ufer zu suchen, denn Kuhn, von dem rasenden Gekläff aufgescheucht, war ans Fenster im ersten Stock getreten und starrte auf sie hinunter. Sie warf das weiße Gehörn von sich, die Tasche hinterher und rannte, schlug die Büsche beiseite, fühlte, wie der Rock hängen blieb und zerriss, verlor einen Schuh und rannte weiter. Sie hörte den Türenknall. Da war er schon hinter ihr, nackt, brüllend, und sie fiel vornüber, als der Schlag sie am Kopf traf.

*

Hasenmühle, August 2014

Seit sie Marvin, den Motocrossfahrer, und seinen Freund Fips mit der Pistole vom Hof gejagt hatte, waren die Ornis Agathe ferngeblieben. Da könnte die Rohrdommel unter dem Birnbaum landen, dachte sie erbittert, die Vogelfreunde würden sie in Zukunft schneiden.

Manchmal sah sie das Grüppchen in der Abenddämmerung am Wehr, aufrechte Späher mit Feldstechern vor den Augen und runde Rücken, die sich über Spektive beugten. Ein blonder Schlacks ragte immer ein wenig heraus und wenn sie glaubte, in seinen Blick geraten zu sein und die Hand in die Luft warf, winkte er zurück, meist ohne das Fernglas abzusetzen. Er war der Einzige, und es blieb bei diesen stummen Handzeichen. Andreas also auch: fühlte sich mitgekränkt und nahm übel. Agathe wandte sich ab und ging zurück ins Haus. Sie würde die Ornis auf keinen Fall um Entschuldigung bitten, wie Adam ihr geraten hatte. Die beiden Jungen hatten sich schrecklich aufgeführt. Außerdem wurde sie ungern durch ein Fernglas angestarrt.

Sie erwartete den Guardian. Tagsüber saß sie auf ihrem einsamen Posten hinter dem Fenster und beobachtete den Hof, aber es war schwierig, wach und alert zu bleiben. Hier sitzt das arme Tier auf meinem Schoß, dachte sie, das Biest, das niemand brauchte und mit dem Andreas sie bekanntgemacht hatte, aber ich bin zu müde, um es zu verjagen. Auch das Haus schien sich dem armen Tier zu ergeben. Asche fiel lautlos und blieb liegen, Silber beschlug, Fenster erblindeten, Ordnung war nicht der Rede wert. Der Türklopfer, der nur noch an einer rostigen Schraube hing, war in einer unbeobachteten Minute von einer diebischen Person abgerissen und danach nicht ersetzt worden.

Erst in der Abenddämmerung raffte sie sich auf, stieg durch das Bootshaus hinunter zur Rausch. Mit dem ersten Stoß gegen die kühle Strömung wusch der Fluss die Mutlosigkeit von ihr ab und sie fühlte sich wieder leicht und beherzt. Mit den Armen weit ausholend, glitt sie nach vorn, tauchte unter, öffnete die Augen in dem schwarzen Wasser und spürte, wie sich ihr Haar löste. Ich habe Toni überlebt, dachte sie. Ich werde auch den Guardian überleben. Sollte er kommen. Es würde ihre letzte Begegnung sein.

Sie lernte, im Dunkeln sicher durch den Garten zu gehen, wusste, wo ein überhängender Ast sie erwartete, die Hecke sie streifte und der Duft der Nachtkerzen heranwehte. Die Rohrdommel schwieg, aber die Käuzchen riefen. Unter dem Birnbaum klappte sie den Liegestuhl auf und wartete, eingehüllt in ihr kariertes Plaid, den Blick nach oben gerichtet, auf den Himmelsflug der Perseiden. Manchmal schlief sie ein und wachte erst auf, wenn sich feuchte Kälte, die von der Rausch heraufzog, im Garten ausbreitete. Dann tappte sie ins Haus und legte sich samt dem Plaid auf das Bett in der Kammer. Unter ihrem Fenster glitt der Fluss durch den Mühlenkanal. Nach langer Trockenheit hatte es endlich geregnet. Weiches Wasser in Bewegung, dachte sie im Halbschlaf. Alles ist, wie es sein soll.

In einer dieser Nächte im Freien erwachte sie von einem feinen Geräusch. Es rührte nicht vom Wind in den Zweigen und nicht von der Rausch. Es war auch nicht das Fegen und Schwirren im Kopf, das sie plagte, seit der erste Brief des Guardians sie auf der Mühle gefunden hatte. Hier war ein Mann in einer Kapuzenjacke, der auf leisen Sohlen auf die dunkle Mühle zuschritt, aber der wandernde Strahl der Taschenlampe und das Schaben seiner Hosenbeine verrieten ihn. Als er die Hintertür fast erreicht hatte, rappelte sie sich auf, zog die Browning unter dem Plaid hervor, drückte die Handballensicherung in den Griff, trat aus dem gefleckten Schatten des Birnbaums und sagte laut und schrill: »Komm da raus, Big Scheißkerl Ben, oder ich schieße!«

»Guten Abend, Maman«, antwortete der Mann, machte einen Schritt auf den Weg und leuchtete ihr mit der Taschenlampe ins Gesicht. Jonas! Die Jahre brachen zusammen. Ihr kleiner Jonas war zurückgekommen, ihr goldenes Kind. Sie ließ die Pistole sinken. Endlich! – Natürlich kein Kind mehr. Er war erwachsen und sie eine alte Frau. Aber es war schon so lange her – und sie schon so lange eine alte Frau.

»Mach diese Taschenlampe aus!«, krächzte sie. Der Lichtschein glitt von ihr ab und verschwand. Blindheit rundum. »Nein, nicht. Lass mich dein Gesicht sehen!« Die Lampe blitzte auf. Er hielt sie auf Armeslänge und richtete den Strahl auf sich. Sie prallte zurück; das Herz sank ihr. Der Mann sah aus wie Jonas, aber er war nicht Jonas. Er war der, den sie erwartet hatte. Er hatte das Geräusch gehört, als sie die Waffe entsicherte. Es klang ernst gemeint und das war es auch.

»Maman?«, fragte er vorsichtig. Er hörte Zweige knacken, als sie weiter zurücktrat.

»Ben«, schrie sie. »Ich wusste es. Was willst du? Abrechnen? Karten auf den Tisch? Das kannst du haben. Diesmal knall ich dich ab.«

Er warf die Taschenlampe von sich. »O Gott, lass das! Ich bin nicht Ben. Ich bin Jonas. Erkennst du mich nicht?«

»Erkennst du mich nicht?«, gellte sie. »Wie soll ich dich erkennen? Ich erkenne ja nicht einmal meinen eigenen Mann. Das hast du mir geschrieben, weißt du noch? Aber dich kenne ich. Und jetzt will ich dich ganz genau sehen. Geh voraus durch die Hintertür. Mach das Licht im Flur an, Schalter links, und dreh dich langsam um!«

Er hob die Hände. »Hör auf, ich bitte dich. Ich tue dir doch nichts.«

Jetzt konnte er flehen. Jetzt! Sie hielt die Waffe fest und sicher, hob den ausgestreckten Arm. Die Browning fühlte sich ganz leicht an. Jetzt musste sie nur noch den Zeigefinger krümmen, dann war es ausgestanden. »Ich habe gesagt, du sollst zur Hintertür gehen. Ich verstehe, mit dem Ding umzugehen, also marsch!«

Er tat, wie ihm geheißen, öffnete die Tür, fand den Schalter, wandte sich um und sah, dass sie noch immer auf ihn zielte. »Was machst du da, Mutter?«

Mutter? War sie damit gemeint. Sie ließ die Pistole sinken, noch in der Bewegung löste sich der Schuss und fetzte durch die Büsche. Der Rückstoß ließ sie taumeln, aber sie hielt die Waffe fest. Plötzlich herrschte blanke Stille und sie wusste nicht, wo sie war.

Es fühlte sich an, als wäre eine Saite gerissen, etwas unter zu großer Spannung weggeschnellt. Das ist mein Garten, dachte sie und das ist … »Ben?«

»Bist du verrückt geworden? Ich bin Jonas.«

»Jonas?«, ächzte sie und trat auf ihn zu. Er hörte, wie sie die Waffe zum zweiten Mal entsicherte, während sie mit der Linken die Kapuze zurückstreifte und sein Haar betastete. »Ich kann dich nicht sehen. Du bist so verändert. Sag etwas, woran ich dich erkenne.«

Er musste reden. Sie musste ihm antworten. Solange sie redete, würde sie nicht schießen – hoffte er. »Schokoladen-Eclairs«, sagte er mit versagender Stimme.

»Was!?«

Er versuchte es lauter. »Schokoladen-Eclairs. Du hast mir damals immer Schokoladen-Eclairs mitgebracht, als ich bei den Großeltern in Wolmarshof war. Weißt du das nicht mehr? Du kamst angerauscht in deinem alten VW und hast mich mit dem verdammten Zeug vollgestopft. Ich war ein richtiger kleiner Fettsack.«

»Das warst du nicht! Warum sagst du so etwas? Du warst ein sehr hübscher kleiner Junge. Und du hast deine Maman sehr liebgehabt.«

»Wirklich? Daran erinnerst du dich? Ja, das stimmt. Aber du, Mutter? Ich glaube, du hast mich nicht sehr liebgehabt; jedenfalls nicht, als ich kein lieber kleiner Junge mehr war.«

»Jonas, das bist du nicht!« Sie schob ihn rückwärts unter die Lampe im Flur und er fühlte den Lauf der Browning zwischen den Rippen.

Sein Inneres drohte sich zu verflüssigen. »Ich bin es. Sieh mich doch an, Maman«, flüsterte er. Sein Blick suchte ihre gehetzten Augen. »Ich bin es doch, ich bin es, Maman!« Ein süßlicher Geruch wehte ihn an.

Sie seufzte und schüttelte den Kopf. Den Atem anhaltend, ergriff er ihre Hand und bog sachte den Pistolenlauf beiseite. Natürlich war er nicht Ben. Sie hatte so sehr auf Ben gewartet, dass ihre Augen sie getäuscht … »Jonas, du siehst ihm so furchtbar ähnlich.«

»Ich weiß. Können wir jetzt reingehen, Mutter, bitte?« Er nahm ihr die Pistole aus der Hand, ließ sie vorgehen, die Küchentür öffnen, das Licht anknipsen.

»Also gut, komm rein.« Sie zog das karierte Plaid von den Schultern, in das sie im Liegestuhl eingewickelt geruht hatte, und ließ es auf den Boden gleiten. Darunter trug sie einen alten braunen Rock und eine Strickjacke, Gummistiefel, keine Strümpfe, keinen Schmuck – keine weiteren Waffen.

Was war mit ihr geschehen? Keine Spur mehr von der alten theatralischen Lust am Verkleiden. Er folgte ihr vorsichtig, schaute sich in der Küche um. Und keine toten Tiere, keine Hörner wie bei seinem letzten Besuch, als er hier mit Kuhn Afrika aneinandergeraten war. Die Luft war schal. Es roch nach verschimmelten Apfelsinen und fauligem Blumenwasser. Ein welker Strauß stand in einer Glasvase auf dem Tisch. Jonas' Lächeln zitterte in den Mundwinkeln.

»Du hast Grand-Papas Porträt wieder aufgehängt.

Und den Biedermeiertisch gibt's auch noch.« Er schloss die Schranktür auf, legte die Pistole hinein, drehte den Schlüssel herum und steckte ihn in die Hosentasche.

Sie strahlte, breitete die Arme aus. »Jetzt sehe ich es, deine lieben Augen, du bist es! Jonas!« Ihr hübscher kleiner Junge mit den Schokoladen-Eclairs, das goldige Naschkätzchen. »Ich habe dich verwechselt. Du weißt doch, mein lästiges kleines Handicap. Aber nun bist du zurück. So eine Freude! Wo warst du nur die ganze Zeit?«

Er wich ihr aus, stützte sich auf eine Stuhllehne; noch den Schuss in den Ohren und den Druck des Pistolenlauf zwischen den Rippen.

»Sei nicht böse, mein Sohn, die Browning, ich weiß, mein Gott, welch ein Entrée, verzeih, aber ich habe dich nicht erwartet und ich muss mich schützen. Da draußen schleicht ein Kerl herum, der mich bedroht, und ich dachte schon, du wärst es. Ich erzähle dir das gleich.«

»Aber ich habe dir doch geschrieben, dass ich komme, dass du mich erwarten sollst.«

Sie sah ihn unsicher an und wieder fühlte sie, dass etwas nicht stimmte. Dass der Mann mit den blattförmigen Lidern nicht Jonas, sondern doch Ben war und dass sie ihm ausgeliefert war, wenn es ihr nicht gelänge, die Täuschung zu erkennen. »Eine Fangfrage: Erinnerst du dich an die Hasenmühle, mein Kleiner? Dass ich dich aus diesem verdammten Loch hier herausgeholt habe? Wie alt warst du damals?«

»Ich war fünfzehn.«

»Und weißt du noch, wie dieser Sozialarbeiter hieß, der da oben im Badezimmer Prügel bezogen hat?«

»Das war Leister, der Schüttler.«

»Aber wo warst du später? Ich habe gar nichts mehr von dir gehört.«

Da beschlich Jonas der Verdacht, dass nicht nur die bunten Kleider verschwunden waren und sich eine neue Art der Unordnung ihrer Person bemächtigt hatte. »Aber ich habe dir doch wie viele Male geschrieben. Und du hast mir nicht geantwortet. Und dann war ich in Lettland, in Valmiermuiža, erinnerst du dich? Wir haben uns fast sechs Jahre lang nicht gesehen. Wir sind im Unfrieden auseinandergegangen. Du hattest mich damals vor die Wahl gestellt ...«

»Natürlich weiß ich das noch. Glaubst du etwa, ich hab meine sieben Groschen nicht mehr beisammen?«

»Ich habe dir das Buch mit den Fotos geschickt – von den baltischen Herrenhäusern.«

»O ja, ja, das Buch.«

»Hast du es noch?«

»Ja, sicher, ich habe alles aufgehoben.«

»Wie schön.«

Nicht, dass sie sich erinnerte, Aber er schien seiner Sache gewiss zu sein. Ein Rest Unruhe flackerte weiter. Warum war er hier? Worauf wollte er hinaus?

»Können wir uns setzen? Ich muss mit dir reden. Ich muss es dir erklären. Diese Sache zwischen dir und meinem Vater damals ...«

»In letzter Zeit wollen alle mit mir reden. Worüber willst du nun mit mir reden?«

Vielleicht ist sie nur müde, dachte er, oder sie hat zu viel getrunken. Es war spät. Bestimmt wäre morgen ein besserer Zeitpunkt. Sie hatten beide einen Schock erlitten. »Es wird länger dauern. Ich habe dir so viel zu sagen. Kann ich heute Nacht vielleicht hier bleiben und bei dir campieren? Ich habe noch kein Hotelzimmer.« Sie sah ihn mit wilden Augen an; ihre Mundwinkel begannen zu zittern und dann schrie sie: »Du auch? Du willst hier campieren? Hier gibt es keinen Campingplatz!«

Er hob die Arme, abwehrend und beruhigend zugleich. »Natürlich nicht, nur Wasser und Wiesen. Du bist hier bei dir zu Hause in der kleinen Hasenmühle.«

»Das will ich meinen.« Wieder sah sie ihn prüfend an. Und wenn er nicht Jonas war? Wenn Andreas zurückgekommen war und die Ornis sich einen Spaß mit ihr erlauben wollten? Sie betrachtete ihre Hände, spreizte die Finger, dachte nach.

»Wie geht es Jack?«

»Wer ist das? Ich kenne keinen Jack.«

»Deine zahme Dohle. Du hast doch zu Hause eine Dohle.«

»Nein, ich habe keine Dohle. Ich bin nicht Jack und ich bin nicht Ben, Ich bin Jonas.«

Sie schüttelte den Kopf. »Ts, nunuche! Wie dumm ich bin! Das habe ich vergessen. Komm, setz dich, mein Kind. Es ist alles so schwer geworden, und ich fürchte, es wächst mir manchmal ein wenig über den Kopf. Wirst du hier bleiben?«

»Nur eine Nacht, wenn du mich aufnimmst.«

Eine Nacht? Wenn er Jonas war, müsste er wissen … »Du weißt, wie es da oben aussieht? Die beiden großen Schlafzimmer sind nicht mehr zu gebrauchen …«

»Das weiß ich«, sagte er in einem matten Versuch zu scherzen, »das reinste Fünf-Sterne-Hotel.« Zweimal vier Metallbetten für acht Jungs. Und für jeden einen Spind. In seinem klebte ein Foto von Sebastian Coe, dessen Läufer-Karriere längst vorbei war und den er dennoch dauerhaft für seine Schnelligkeit, seine Eleganz und seine Beine bewunderte. Auch Coe war nicht besonders groß.

»Ja, ein furchtbarer Stall. Ich habe da seit Monaten nicht mehr reingeschaut. Es gibt noch die Kammer zum Hof. Da können wir dir ein Lager aufschlagen. Willst du etwas essen? Ein Omelette?«

Er war gekommen, um Abbitte zu leisten. Noch auf dem Weg, als er das fremde Schlauchboot am Steg losgemacht hatte, war er entschlossen, sich ihr auszuliefern. Gegen eine Agathe in Bestform hätte er bestehen können, aber nicht gegen seine Mutter, die offenbar gerade den Verstand verlor und auf ihn geschossen hatte. Ein Omelette. Im Leben hatte sie nicht mehr zustande gebracht als ein Omelette; nichts als zerbrochene Eier. Er fühlte sich bereits geschlagen.

»Nein, danke. Ich habe unterwegs eine Pizza gegessen. Hast du was zu trinken im Haus?«

Sofort schien sie wieder die Alte zu sein. »Ein kleiner Scotch?«, zwitscherte sie. »Komm, wir setzen uns raus. Im Haus ist es so kalt. Der Garten ist wirklich hübsch geworden und die Nachtkerzen duften unglaublich betörend. Jetzt ist die Zeit der Perseiden, weißt du; der Himmel ist voller Sternschnuppen. Du darfst dir etwas wünschen, mein Gold.«

*

Jonas schlief nicht gut in der Kammer zum Hof. Auf dem staubigen Fußboden hatte Agathe für ihn eine Decke, Sofapolster und Kissen zusammengeschoben, die bei jedem Umdrehen auseinanderrutschten. So raffte er mitten in der Nacht sein Nest zusammen, zog nach nebenan in eins der matratzenlosen Metallbetten und breitete sein Lager auf dem Sprungrahmen aus. Die beiden großen Schlafzimmer waren in der Zeit, als die Mühle leer stand, geplündert worden. In einem Spind lag nur noch ein etwas zweifelhaftes zusammengerolltes Plumeau, das Agathe energisch aus dem Fenster schüttelte. In der Dunkelheit war nicht zu erkennen, ob sich daraus eventuell etwas löste.

Aber auch auf dem Bett fand er keinen Schlaf. Die abgestandene Luft wollte nicht weichen, obwohl er Tür und Fenster weit geöffnet hatte. Kalle, Specki, der Bräunling und Jon zusammen in diesem Zimmer und Leister, der Schüttler, Spezialist für verantwortungsvolles Handeln, der spät abends nachsehen kam, ob sie auch brav im Bett lagen. An Jonas fand er meistens noch etwas zu schütteln. Es war, als hätten er und die anderen diesen Ort nicht verlassen, als hätten sie ihn hier erwartet und berührten ihn mit ihren Schatten.

Er stand auf und setzte sich auf die Fensterbank. Ein leichter Wind war aufgekommen, doch statt den Duft der Nachtkerzen trug er die Ausdünstungen der großen Hasenmühle heran, den Gestank toter Tiere. Westwind. Es roch nach Verderben und Jonas fühlte, wie ihn der Mut verließ. Er zündete sich ein Zigarillo an, rauchte und ergab sich der alten Traurigkeit. Dies ist die kleine Hasenmühle, dachte er, das verdammte Loch, der Rundlauf meines Lebens. Als der Morgen dämmerte, erwachte er aus kurzem Schlaf, ging leise hinunter und durch den Garten zum Bootshaus. Dort zog er sich aus, tauchte unter und schwamm, bis er sich sauber fühlte. Zumindest war der Abdeckergestank verweht und verschwunden.

Agathe schien überrascht, ihn zu sehen. Hatte sie über Nacht vergessen, dass sie ihn in der Kammer einquartiert hatte? »Aber nein, ich weiß doch, dass du wieder da bist. Wirst du lange bleiben?« Auch ein Frühstück für zwei stand schon auf dem runden Tisch; in der Mitte die stinkende Vase mit den welken Blumen. Von Agathe selbst ging ein sonderbarer Geruch aus, etwas Süßliches, wie Kinderpuder, und zugleich Alarmierendes, das er schon am Abend zuvor wahrgenommen und das er noch nie an ihr gerochen hatte. Es war mehr, als er ertragen konnte.

»Maman, erlaube.« Er trug die Vase hinaus, warf das schleimige Kraut im Garten unter einen Busch, kippte das Wasser hinterher. Sie hatte schweigend am Tisch auf ihn gewartet. Alles schien wie früher. Der Kaffee sah ölig und ungenießbar aus. Er nahm sich eine Scheibe Brot, kleckste Gelee darauf.

»Das ist von Mechthild Finkenwirth. Schwarze Johannisbeere. Die Frau sorgt für mich.«

»Wie nett von ihr. Ist sie eine Freundin?«

Agathe goss Kaffee in beide Tassen. »Nein, eine eifersüchtige alte Schnepfe. Aber sie ist nett. Alle sind sehr nett zu mir. Alle außer dem Guardian.«

Er hielt inne. »Von wem sprichst du?«

»Von dem Erpresser, der gestern Nacht im Garten herumgeschlichen ist. Ich habe ihn doch erwähnt. Er nennt sich der Guardian. Zuerst hat er mir nur anonyme Briefe geschrieben und dann ist er plötzlich hier aufgetaucht. Aber er hat sich verrechnet. Ich bin nicht wehrlos. Deshalb sei so gut und gib mir den Schrankschlüssel zurück, Jonas! Ich muss Papas Pistole bei mir haben, um mich zu verteidigen.«

»Maman«, sagte er heiser, »hör zu, du musst dich nicht verteidigen. Das ist vorbei.«

»Woher willst du das wissen? Du kennst ihn doch gar nicht.«

Sie goss ein wenig Kondensmilch in den Kaffee, rührte um und trank. »Fi, was ist denn das? Das ist ja grauenhaft! Habe ich den gekocht?« Ein lichter Moment.

Er legte das Brot auf den Teller. »Bitte hör mir zu.

Ich muss dir etwas sagen.« Er wartete, bis sie den Kaffee in den Ausguss geschüttet hatte und ihm wieder gegenübersaß. »Es gibt keinen Guardian. Das ist vorbei. Versteh doch! Ich war es, der dir diese schrecklichen Briefe geschrieben hat.«

Sie sah ihm ins Gesicht, dann flog die Hand von der Stirn in die Luft und sie lachte schrill. »Du bist ja verrückt. Mein kleiner Jonas. Du kannst ja gar nicht wissen, was er mir geschrieben hat. Er hat es zugegeben, als er hier war. Du schaust? Er hat hier auf deinem Stuhl gesessen und diese teuflische Augenbraue hochgezogen und gesagt, ich hätte die Konsequenzen für mein Handeln zu tragen. Und nur weil der liebe Adam mir das Haus abgekauft hat, bin ich in Sicherheit vor dem Kerl.«

»Maman, ich bitte dich. Wer hat hier gesessen und was zugegeben?

»Dein Vater, wer denn sonst? – O!« Sie legte eine Hand so fest auf ihren Mund, als wolle sie sich am Sprechen hindern.

»Mein Vater?«

Sie nickte heftig, die Hand auf dem Mund. »Mein Vater, der Makler aus Grafenstein? Er war hier? Er wollte die kleine Hasenmühle kaufen?«

»Hm, hm.«

»Du willst dein Haus verkaufen? An ihn? Du sagst mir, dass mein Vater hier plötzlich auftaucht? Ihr seid also in Verbindung. Was ist das für ein Geschäft? Mich hast du vor die Wahl gestellt, deine oder seine Seite. Ich durfte nicht beides haben und nun … Kannst du mir das wohl erklären?«

Sie schüttelte den Kopf, den Mund noch immer fest verschlossen.

Da streckte er die Hand aus und löste sanft ihre Finger von den Lippen. »Maman, ist dir klar, dass wir beide nicht mehr viel Zeit haben, vernünftig miteinander zu reden?«

»Ach, mein Gold«, flüsterte sie. »Ich bin manchmal schlimm, nicht wahr? Ich weiß es. Ich wollte dir doch nicht wehtun.«

»Aber du hast es getan. Weiß der Teufel, warum. Und dafür habe ich dich verletzt. Ich war so wütend. Du wolltest mir nie etwas über meinen Vater sagen. Ich habe das alles selbst herausfinden müssen. Und dann bin ich B. in Grafenstein begegnet. B. wie Ben. Gestern hast du mich so genannt. Du hast mich mit ihm verwechselt. Weißt du das nicht mehr? Hat er den ersten Schritt getan und ihr habt euch hier getroffen? Er hat mir erzählt, dass du ihm verschwiegen hast, dass es mich gibt. Dabei war er gar nicht in Amerika oder weit weg. Warum nur, verdammt? Ich habe ihn so vermisst. Ich hätte ihn wirklich gebraucht. Und dann wirfst du mir vor, ich hätte mich mit ihm gegen dich verbündet, und willst mich nicht mehr hören und sehen. Maman, hast du irgendwann mal begriffen, was du von mir verlangt hast?«

Agathe hob das Kinn und sah ihn gebieterisch an, als sei sie noch immer Herrin der Lage.

Sie tat ihm leid, aber jetzt musste er zu Ende sprechen,

und er war sicher, dass sie ihn verstand. »Da habe ich angefangen, dir diese gemeinen Briefe zu schreiben. Ich habe mich so von dir verraten gefühlt. Ich wollte dich wirklich bestrafen. Ich wollte, dass du begreifst, wie das ist, wenn man einem anderen Menschen so ausgeliefert ist wie ich dir, und ich habe überhaupt nicht daran gedacht, dass du dich ja nicht wehren konntest, und stattdessen fängst du an, im Dunkeln auf Leute zu schießen, die du nicht erkennst. Das sind die Konsequenzen, die ich nun tragen muss. Es tut mir furchtbar leid, Maman. Ich hatte dir geschrieben und ich bin hier, um dich um Verzeihung zu bitten.« Er umschloss noch immer ihre Finger.

»Mein kleiner Jonas«, sagte sie beschwichtigend und tätschelte die Hand, die ihre hielt, »ich verstehe ja, dass du deinen Schuft von Vater in Schutz nehmen willst. Er hat wirklich eine reizende Art, die Leute einzuwickeln. Aber du musst wissen, dass er lügt, wenn er den Mund auftut. Ja, er war hier, weil er mich um dieses Haus betrügen will, und dabei habe ich herausgefunden, dass er der Scheißkerl ist, der mir diese anonymen Briefe geschrieben hat. Ich weiß es, denn keinem Mann habe ich jemals mehr vertraut. Keiner hat so viel über mich gewusst wie er, und dann die Worte, die er gewählt hat, so wie er mich früher genannt hat … und diese alten Fotos von der Tanzstunde – nein, mein Sohn, beruhige dich. Glaub mir, das ist nun alles vorbei. Ich habe den Guardian entlarvt und unschädlich gemacht. Du kannst mir jetzt den Schrankschlüssel zurückgeben.«

»Hör mir doch zu!« Er schluchzte fast. »Du hörst mir nicht zu. Diese Fotos habe ich von ihm. Ben, mein Vater, hat sie mir gegeben, ganz ohne Absicht. Er hat nichts mit diesen anonymen Briefen zu tun, wirklich gar nichts. Ich war es. Weißt du noch, seine Briefe in den blauen Umschlägen und dieses kleine Jojo, das ich von Ottilie hatte, die Zeitungsauschnitte und das Protokoll von der Polizei? Es war alles in dem japanischen Kasten in deinem Schlafzimmerschrank. Deshalb habe ich Bescheid gewusst über Toni und Euren Unfall ... Was hast du nur getan?«

»Welcher Unfall? Hattest du einen Unfall?«

»Maman?« Er sah ihr ins Gesicht, ließ ihre Augen nicht los, Blicke, die schon wieder in die Ferne enteilten. »Du hast mich doch verstanden. Du bist doch nicht so weggetreten, dass du mich nicht verstanden hast? Nicht Ben. Ich war dieser Big Scheißkerl und ich habe dich um Entschuldigung gebeten.«

Sie schenkte ihm einen verständnisvollen Blick und ein hübsches Lächeln. »Mach dir keine Sorgen, Jonas. Es ist gut so. Es ist ja vorbei.«

Als er sich verabschiedete, nahm er die Browning mit. »Du wirst mir jetzt bitte nicht widersprechen! Diese Knarre hat nichts in deinem Schrank zu suchen. Du hast ja nicht einmal einen Waffenschein.«

Sie zuckte die Schultern. »Hatte dein Grand-Papa einen? Er hat mir gezeigt, wie man damit umgeht, schließlich war er im Krieg. – War er? Na, egal.« Ein lockerer Handwurf. »Aber wenn du sie gerne haben willst, nur zu, pack sie ein. Sie hat ihren Dienst getan.« Dann begleitete sie ihn zur Tür. »Lass das Schlauchboot im Bootshaus liegen; die Ornis können sich irgendwann darum kümmern.«

Er fragte nicht nach den Ornis. Vielleicht waren es irgendwelche Heinzelmännchen.

»Es ist ein weiter Weg bis zur Straße. Nimm mein Rad. Ich brauche es sowieso nicht. Stell es einfach bei den Finkenwirths in die Einfahrt, Akazienweg 12 im Neubaugebiet. Adam wird es zurückbringen.«

»Du kannst hier nicht allein wohnen bleiben.« Aber was tat er? Weglaufen. »Du wirst auf die Dauer nicht zurechtkommen.«

Es war klar, er hielt sie für plemplem, fürchtete, sie würde die Bude anstecken oder auf Motorradfahrer schießen – oder die Treppe hinunterfallen, aber sie hatte alles genau durchdacht. Und sie würde ihm zuvorkommen. »Ich bleibe ja nicht. Eigentlich wollte ich warten, bis die Köstliche aus Charneux so weit ist, aber das dauert mir zu lang.«

Sofort helle Unruhe. »Wer? Auf wen willst du warten?«

»Auf meine Birnen. Bis sie reif sind. Nun also nicht.«

»Aber was hast du vor? Wo willst du denn hin?«

Noch war er nicht so weit, ihr eine Anstalt zu empfehlen, aber es war nur eine Frage der Zeit. Sie sah ihm seine Erleichterung an, dass sie einander wieder gut waren und er gehen durfte. Was sollte sie ihm verzeihen? Dass er ihr böse Briefe geschrieben hatte? Ach, mein Gold. Du doch nicht! Die Briefe hatte der Guardian geschrieben, der Mann, der mit ihr spielen wollte, der sie erwischen wollte, der Mann, der versucht hatte, sich dieses Haus und die Opale ihrer Mutter unter den Nagel zu reißen: Big Ben, der Erpresser. Doch den hatte sie nun erwischt.

Letzte Nacht im Garten hatte sie ihn ausgeschaltet. In einem Augenblick der Verwirrung hatte er versucht, sie zu täuschen. Aber das war gleich wieder in Ordnung. Sie hatte geschossen, ihn einfach weggeblasen, und statt seiner war Jonas gekommen, ihr kleiner Sohn, der Mann, der sie nie verlassen würde. Nun war sie ebenfalls erleichtert und frei zu tun, was sie sich vorgenommen hatte. Nicht das Weiche unterliegt, dachte sie, das arme Herz in Bedrängnis hatte Mut gefasst und sich selbst besiegt. Sie war in Sicherheit.

»Jetzt wirst du überrascht sein. Dein Vater hat mir eine Wohnung angeboten. Ich weiß noch nicht wo, aber es ist entschieden: Ich werde nicht hierbleiben.« Da nahm er ihre Hände; er strahlte, der gute Sohn. Er war so froh. Also doch! Sie hatte das Richtige getan, das Klügste. Sie wäre nicht mehr allein, vor allem nicht mehr allein in diesem maroden Haus. Sie würde in eine richtige Wohnung umziehen. Er käme sie besuchen. Ben wäre da. Er würde jetzt gerne glauben, dass er sich keine Sorgen mehr machen müsste, und er hoffte, sie würden einander endlich verzeihen; sie und sein Vater.

»Wer weiß?«, sagte sie lächelnd. »Geh jetzt, Jonas,

ich habe noch zu tun.« Sie öffnete die Hände und ließ ihn los. Ehe er unter den Kastanienbäumen aufs Rad stieg, drehte er sich um und schwenkte die Arme mit demonstrativer Vergnügtheit. Sie winkte zurück und nickte ihm zu. Dann war auch das vorbei.

Agathe ließ die Haustür weit offen stehen, damit Adam sie finden konnte, und ging durch den Garten zum Bootshaus. Sie stopfte die Strickjacke in den Rockbund, stieg die Treppe zum Fluss hinunter, setzte sich auf die unterste Stufe, streckte die Beine ins Wasser und sah zu, bis die Gummistiefel vollgelaufen waren. Dann watete sie hinaus ins Tiefe, wo die Rausch sie erfasste.

*

September 2014

Liebe Ottilie,
ich habe gerade am Telefon mit Schwester Johanna vom Elisabethenstift gesprochen. Sie sagte mir, dass Du gesund und wohlauf bist, aber nicht mehr mit mir telefonieren kannst, weil Dein Gehör sehr nachgelassen habe. Deine Augen seien jedoch so gut wie eh und je. Deshalb schicke ich Dir diesen Brief und den Abzug eines Fotos aus dem Jahr 1986, das ich im Nachlass meiner Mutter gefunden habe. Sie ist vor zwei Wochen gestorben.

Erinnerst Du Dich, dass Du mir zu Beginn unserer Bekanntschaft geschrieben hast, dass Du kein Bild von Deinem Sohn besitzt, weil alle Deine Fotoalben beim

Umzug ins Stift verloren gegangen sind? Ein Leben ohne die Bilder der Vergangenheit, das ist doch nicht möglich. Als ich Dir einmal erzählt habe, dass ich Fotograf bin, hast Du gelächelt, weil das doch kein gescheiter Beruf sei, sondern irgendein nettes Hobby. Doch Du siehst, ich habe gelernt, Fotos zu bearbeiten, zum Beispiel aus dieser fast vierzig Jahre alten Aufnahme von drei Personen ein Porträt von Toni herauszukopieren und ein neues Foto anzufertigen. Was für ein sympathischer und gut aussehender Mann war Dein Sohn! Ich hoffe, ich habe Dir mit seinem Bild eine Freude gemacht, und bleibe wie immer
mit herzlichen Grüßen
Dein Jonas

Foto © Markus Kirchgässner

Elsemarie Maletzke wurde 1947 in Oberhessen geboren. Sie hat Reisebücher, Romane sowie hochgelobte Biografien über Klassikerinnen der englischen Literatur verfasst. 2009 wurde sie zusammen mit Christian Golusda und Andreas Maier mit dem Robert-Gernhardt-Preis ausgezeichnet. Sie lebt und arbeitet als Journalistin und Autorin in Frankfurt am Main und ist die Herausgeberin des Literarischen Reise- und Gartenkalenders.